文匯文選

何文匯

商務印書館

文匯文選

作　　者：何文匯

責任編輯：黎彩玉

出版顧問：朱國藩　李今吾　劉衞林（以姓氏筆畫為序）

出　　版：商務印書館（香港）有限公司

　　　　　香港筲箕灣耀興道 3 號東滙廣場 8 樓

　　　　　http://www.commercialpress.com.hk

發行公司：香港聯合書刊物流有限公司

　　　　　香港新界大埔汀麗路 36 號中華商務印刷大廈 3 字樓

印　　刷：中華商務彩色印刷有限公司

　　　　　香港新界大埔汀麗路 36 號中華商務印刷大廈

版　　次：2011 年 1 月第 1 版第 1 次印刷

本書由
伍福慈善基金
贊助出版

　　學長伍步謙博士內俠外儒，體仁行義；三十年來，澤民無數。又屢以伍絜宜慈善基金及永隆銀行名義捐資，助我存揚國故，載物之德厚矣。今步謙博士成立伍福慈善基金，拙著自選集首受其惠。錫我既多，推恩匪淺，能無數言以紀之乎。二零一零年，文匯謹志。

敍

二零零七年初，衞林博士來曰：「公年六十，援學界慣例，當修自選集矣。」一語起予，誠吉人也。時以編著俱繁，猶未能措意於是。二零零九年偶得清閑，遂自選舊文，至二零零八年底而止，付香港商務印書館刊行，名之曰《文匯文選》。

柳宗元〈楊評事文集後序〉謂張說以著述之餘攻比興而莫能極，張九齡以比興之隙窮著述而不克備；能兼斯二體者，唐興以來，陳子昂一人而已。由是觀之，著述與比興之文，古人非必並善，然亦未嘗偏廢。因文行遠，今猶古也，何敢稍懈。現既選取二體之文付梓，乃述其所由以自勵，期不辱師名云爾。二零一零年，歲次庚寅，文匯謹志。

目　錄

三、近體詩 二十首

引 言

六、演説詞 一篇

七、歌詞 十五篇

（每部首頁插圖攝影：何文匯）

學術論文　五篇　一

引 言

本書所選學術論文五篇，原載香港中文大學學報。茲簡述如下：

離合詩釋例

離合乃雜體詩之重要體制，以其源遠而流長。離合者，析合字體以成詩也。其體上及圖讖。東漢末孔融有〈離合作郡姓名字詩〉，以詩句首字析合而成「魯國孔融文舉」六字。本論文溯離合詩體之源流，至宋而止。觀此可知詩體正變而外，雜體亦嘗另樹一幟。

「終古立忠義，感遇有遺編」──陳子昂〈感遇〉三十八首析義

陳子昂是有唐詩文之祖，並甌倡興寄。其所作〈感遇〉諸詩，傳誦千古，然興寄過深，不免流於隱晦。杜甫〈陳拾遺故宅〉詩云：「終古立忠義，感遇有遺編。」是知其真意者。後世但賞其詞而不得其解，注釋乃動輒得咎。清陳沆《詩比興箋》得其宏旨而迷其精義。此論文詳解〈感遇〉三十八首，藉興寄之法，示子昂忠義所在。

近體詩「孤平」雜說

習近體詩者必聞「孤平」之名。然坊間書籍於其出處則語焉

不詳。本論文指出「孤平」一詞在現存載籍中最早見於清乾隆年間李汝襄之《廣聲調譜》。李譜稱「仄平仄仄平」為「孤平式」，並謂此乃「近體之大忌」。後人遂合李譜之說與清初王士禎〈律詩定體〉之說而定出「孤平」諸式。論文並多引唐人律句以助解說。

「一三五不論，二四六分明」雜說 —— 兼論近體詩拗句

余曩讀王力先生之《漢語詩律學》，每以其未言及「孤平」與「一三五不論，二四六分明」二說之出處為憾。於是窮搜明清人詩格之書，乃知「孤平」一詞之鑄成，最晚無過清乾隆年間李汝襄之《廣聲調譜》；而「一三五不論」兩句則見於明釋真空之《篇韻貫珠集》。遂為文詳論之。「一三五不論」之說與近體拗句及孤平諸說關係至為密切，故論文亦詳論近體詩之拗句。其後讀王力《龍蟲並雕齋文集》，方知彼亦提及釋真空之書，乃自恨孤陋而寡聞。然王力因未見《廣聲調譜》，故論拗句及孤平多出臆度，終有所隔。此論文當可補其不足。

蘇軾詞「不應有恨何事」、「小喬初嫁」及「多情應笑」試析

蘇軾〈水調歌頭·中秋〉及〈念奴嬌·赤壁懷古〉千古傳誦。唯後人於此二詞隨讀隨分，任意斷句；既犯格律，又失文義。其中「不應有恨何事」、「小喬初嫁」及「多情應笑」三句尤為後人所誤讀誤解。本論文詳析之，冀有助於蘇詞賞析，亦有助於宋詞研究。

離合詩釋例　*1981*

　　離合乃雜體詩一體，古賢多用於遊戲。離合詩無專籍，散見詩總集、別集、歷代詩話、筆記、小說及類書。近人王運熙作有〈離合詩考〉一文，雖未暇搜羅，亦頗見源流梗概。今更採擷幽潛，用成是篇，以補文學史所闕遺云爾。

　　離合，析合字體以成詩也。說者咸云始於孔融，舊題梁任昉《文章緣起》云：「孔融作四言離合詩。」明陳懋仁注云：「字可拆合而成文，故曰離合也。」唐吳兢《樂府古題要解》卷下「離合詩」條云：「右起漢孔融，合其字以成文也。」宋嚴羽《滄浪詩話》云：「離合，字相析合成文，孔融『漁父屈節』之詩是也。」皆以離合為肇始孔融。

　　漢末孔融有〈離合作郡姓名字詩〉，茲彔其詩及宋章樵注（置括號內）：「漁父屈節，水潛匿方（離魚字）。與峕〔案：古「時」字〕進止，出行施張（離日字。魚日合成魯）。呂公磯釣，闔口渭旁（離口字）。九域有聖，無土不王（離或字。口或合成國）。好是正直，女回于匡（離子字）。海內有截，隼逝鷹揚（當離乙字。恐古文與今文不同，合成孔也）。六翮將奮，羽儀未彰（離鬲字）。蛇龍之蟄，俾也可忘（離虫字。合成融）。玟璇隱曜，美玉

韜光（去玉成文，不須合）。無名無譽，放言深藏（離與字）。按
彎安行，誰謂路長（離扌字。合成舉）。」[1]

詩話詳釋孔詩者，以宋葉少蘊《石林詩話》最早，然所載微
異。《石林詩話》卷中云：「古詩有離合體，近人多不解此體。余
讀《文類》得北海四言一篇，云：『漁父屈節，水潛匿方。與時
進止，出寺弛張。呂公磯釣，闔口渭旁。九域有聖，無土不王。
好是正直，女回于匡。海外有截，隼逝鷹揚。六翮將奮，羽儀未
彰。龍蛇之蟄，俾也可忘。玟璇隱曜，美玉韜光。無名無譽，放
言深藏。按彎安行，誰謂路長。』此篇離合『魯國孔融文舉』六
字。徐而考之，詩二十四句，每四句離合一字〔案：此說誤，參
章樵注〕。如首章云：『漁父屈節，水潛匿方。與時進止，出寺弛
張。』第一句漁字，第二句水字，漁犯水字而去水，則存者為魚
字。第三句有時字，第四句有寺字，時犯寺字而去寺，則存者為
日字。離魚與日合之，則為魯字。下四章類此。」又云：「殆古
人好奇之過，欲以文字示其巧也。」

然文舉以前，實已具此體之微。溯其遠源，當上及於讖緯。
劉勰《文心雕龍・明詩》云：「離合之發，則明於圖讖。」黃叔
琳注（案：道光十三年梇本序後有朱色書云注乃黃氏客所為）引
「圖讖」云：「孔子作《孝經》及《春秋》、《河》、《洛》成，告備
於天。有赤虹下，化為黃玉，上刻文云：『寶文出，劉季握。卯
金刀，在軫北。字禾子，天下服。』合卯金刀為劉、禾子為季
也。」案《孝經右契》云：「孔子作《春秋》，制《孝經》，既成，
使七十二弟子向北辰磬折而立，使曾子抱《河》、《洛》事北向。

孔子齋戒，簪縹筆，衣絳，單衣向北辰而拜，告於天曰：『《孝經》四卷，《春秋》、《河》、《洛》凡八十一卷，謹已備。』天乃洪鬱，起白霧摩地，赤虹自上〔案：《玉函山房》本作「土」，不合〕下，化為黃玉，長三尺，上〔案：《玉函》本作「土」，不合〕有刻文。孔子跪受而讀之，曰：『寶文出，劉季握。卯金刀，在軫北。字禾子〔案：《玉函》本作「未字」，不合〕，天下服。』」此雖有合無離，然已具其體之微矣。

《後漢書·光武紀》記光武即帝位，告天地羣神，其祝文引讖記云：「劉秀發兵捕不道，卯金修德為天子。」李賢注云：「卯金，劉字也。《春秋演孔圖》曰：『卯金刀，名為〔劉〕。赤帝後，次代周。』」又〈光武紀論〉云：「及王莽篡位，忌惡劉氏，믿錢文有金刀，故改為貨泉。或曰貨泉字文為白水真人。」又〈公孫述傳〉云：「述夢有人語之曰：『八厶子系，十二為期。』覺謂其妻曰：『雖貴，而祚短，若何？』妻對曰：『朝聞道，夕死尚可，況十二乎。』」又同傳言述引《援神契》云：「『西太守，乙卯金。』謂西方太守而乙絕卯金也。」李賢注云：「乙，軋也，述言西方太守能軋絕卯金也。」以上所舉，皆讖緯析字之制，故離合之源頗遠也。

東漢袁康、吳平之《越絕書》，魏伯陽之《參同契》，均隱其籍貫姓名於序中。《越絕書·越絕篇敍外傳記》云：「以去為姓〔案：《四部叢刊》本作「生」。然同文又云：「姓有去，不能容也。」因據改。《漢魏叢書》及《逸史》本皆作「姓」〕，得衣乃成。厥名有米，覆之以庚。禹來東征，死葬其疆。不直自斥，託

類自明。寫精露愚，略以事類，俟告後人。文屬辭定，自于邦賢。邦賢以口為姓，丞之以天。楚相屈原，與之同名。」明楊慎《升菴文集》卷十〈跋越絕〉云：「或問：『《越絕》不著作者姓名，何也？』予曰：『姓名具在書中，覽者弟不深考耳。子不觀其絕篇之言乎？曰：以去為姓，得衣乃成。厥名有米，覆之以庚。禹來東征，死葬其鄉。不直自斥，託類自明。文屬辭定，自于邦賢。以口為姓，承之以天。楚相屈原，與之同名。此以隱語見其姓名也。去得衣，乃袁字也。米覆以庚，乃康字也。禹葬之鄉，則會稽也。是乃會稽人袁康也。其曰不直自斥，託類自明，厥旨昭然，欲後人知也。文屬辭定，自于邦賢，蓋所共著，非康一人也。以口承天，吳字也。屈原同名，平字也。與康共著此書者乃吳平也。不然，此言何為而設乎？』或曰：『二子何時人也？』予曰：『東漢也。』『何以知之？』曰：『東漢之末，文人好作隱語，黃絹碑其著者也。又孔融以漁父屈節，水潛匿方云云，隱其姓名于離合詩；魏伯陽以委時去害，與鬼為鄰云云，隱其姓名于《參同契》。融與伯陽俱漢末人，故文字稍同，則茲書之著為同時何疑焉。』問者喜曰：『二子名微矣，得子言乃今顯之，誰謂後世無子雲乎？』」此文釋《越絕書》中隱語甚詳。然王充《論衡》卷十三〈超奇篇〉云：「前世有嚴夫子，後有吳君商，末有周長生。」清孫詒讓《札迻》卷九「後有吳君商」條云：「案商當為高。君高，吳平字。〈案書篇〉云：『會稽吳君高。』又云：『君高之《越紐錄》。』即今《越絕書》也。」實則引《論衡》以證吳平即吳君高，《越紐錄》即《越絕書》，《四庫提要‧史部‧載記類》已及之，並謂楊慎《丹鉛錄》、胡侍《珍珠船》及田藝蘅

《留青日札》皆有是説。王充卒於漢和帝永元三年（見姜亮夫《歷代人物年里碑傳綜表》），〈超奇篇〉又云：「長生死後，州郡遭憂，無舉奏之吏。」故君高在長生前，長生在王充前，君高必較孔融為早。升菴謂與孔融同時，殆失考也。

至於魏伯陽，王運熙〈離合詩考〉一文引葛洪《神仙傳》云：「魏伯陽，上虞人，約《周易》作《參同契》，桓帝時以授同郡淳于叔通。」今觀《神仙傳》卷一但云：「伯陽作《參同契》，五行相類，凡三卷。」朱熹《參同契考異》卷首引五代彭曉《解義》序云：「魏伯陽，會稽上虞人。修真潛默，養志虛無；博贍文詞，通諸緯候。得古人《龍虎經》，盡獲妙旨。乃約《周易》譔《參同契》三篇，復作補塞、遺脱一篇。所述多以寓言借事，隱顯異文。密示青州徐從事。徐乃隱名而注之。桓帝時，公復傳授與同郡淳于叔通，遂行於世。」無言及《神仙傳》。至明蔣一彪《古文參同契集解》序云：「《神仙傳》云：魏伯陽，上虞人，通貫詩律，文辭贍博，修真養志，約《周易》作《參同契》，徐氏景休箋註，桓帝時以授同郡淳于叔通，因行於世。」此文不知何處置引號，因所引魏伯陽云云與《神仙傳》異也。淳于叔通桓帝時人，而孔融生於桓帝永興元年（見姜亮夫《綜表》），則魏伯陽亦在孔融前。案魏伯陽《參同契·自序篇》云：「委時去害，依託丘山。循游寥廓，與鬼為鄰。化形而仙，淪寂無聲。百世一下，遨遊人間。敷陳羽翮，東西南傾。湯遭阨際，水旱隔并。柯葉萎黃，失其華榮。吉人相乘負，安隱可長生。」〈離合詩考〉引宋俞琰《周易參同契發揮》釋之云：「此乃『魏伯陽』三字隱語也。委與鬼相乘負，『魏』字也。百之一下為白，白與人相乘負，『伯』字也。

湯遭旱而無水，為旱，陌之厄際為阝，阝與易相乘負，『陽』字也。魏公用意，可謂密矣。」此釋尚未周備。「化形而仙，淪寂無聲。」謂化與仙二字去其聲，即去匕與山字，所謂淪寂無聲也。得人字旁，故有下文「遨遊人間」之人字。「敷陳羽翮，東西南傾。」乃用天傾西北，地陷東南語意。此謂陳字去東，故東傾也。得阝字。而阝乃陌之際也。隔并實隱離合之名。末云字經拆離，則必萎黃失義，唯有乘負，方能見意也。「依託丘山」一句，俞琰未得其解。楊慎《丹鉛雜錄》卷九「漢人好作隱語」條釋「依託邱山」云：「古魏字作巍，故云依託邱山，宜乎。」案古「魏」字亦作「巍」，「山」字在頂，見《說文》九上「嵬」部。

離合之格，本是先離後合，《越絕》「以去為姓，得衣乃成。厥名有米，覆之以庚。」「以口為姓，承之以天。」僅有合無離。若《參同契》之「百世一下，遨遊人間。」「湯遭阨際，水旱隔并。」始應離合之義。此離合體之濫觴也。

漢魏之際，析字庾辭之風甚盛，非獨孔融為然。《三國志・吳書・薛綜傳》云：「西使張奉於權前列尚書闞澤姓名以嘲澤，澤不能答。綜下行酒，因勸酒曰：『蜀者何也？有犬為獨，無犬為蜀，橫目勾身，蟲入其腹。』奉曰：『不當復列君吳邪？』綜應聲曰：『無口為天，有口為吳。君臨萬邦，天子之都。』於是眾坐喜笑，而奉無以對。」裴松之注引《江表傳》云：「費褘聘于吳，陛見，公卿侍臣皆在坐。酒酣，褘與諸葛恪相對嘲難。言及吳、蜀，褘問曰：『蜀字云何？』恪曰：『有水者濁，無水者蜀。橫目苟身，蟲入其腹。』褘復問：『吳字云何？』恪曰：『無口者

天，有口者吳。下臨滄海，天子帝都。』」《世說新語‧捷悟》云：「楊德祖為魏武主簿，時作相國門，始構榱桷。魏武自出看，使人題門作活字便去。楊見，即令壞之。既竟，曰：『門中活，闊字，王正嫌門大也。』」又云：「人餉魏武一桮酪，魏武噉少許，蓋頭上題合字以示眾。眾莫能解。次至楊脩，脩便噉曰：『公教人噉一口也，復何疑？』」又云：「魏武嘗過曹娥碑下，楊脩從。碑背上見題作『黃絹幼婦，外孫齏臼』八字。魏武謂脩曰：『解不？』答曰：『解。』魏武曰：『卿未可言，待我思之。』行三十里，魏武乃曰：『吾已得。』令脩別記所知。脩曰：『黃絹，色絲也，於字為絕。幼婦，少女也，於字為妙。外孫，女子也，於字為好。齏臼，受辛也，於字為辭。所謂絕妙好辭也。』魏武亦記之，與脩同。乃歎曰：『我才不及卿，乃覺三十里。』」劉孝標注云：「按曹娥碑在會稽中，而魏武、楊脩未嘗過江也。《異苑》曰：『陳留蔡邕，避難過吳，讀碑文，以為詩人之作，無詭妄也，因刻石旁作八字。魏武見而不能了，以問羣寮，莫有解者。有婦人浣於汾渚，曰第四車解，既而禰正平也。衡即以離合義解之。或謂此婦人即娥靈也。』」

歌謠亦有離合之體。《古謠諺》卷六录漢獻帝初京師童謠，引司馬彪《續漢書‧五行志一》云：「獻帝踐祚之初，京師童謠曰云云〔案：見後〕。案千里草為董，十日卜為卓。凡別字之體，皆從上起，左右離合，無有從下發端者也。今二字如此者，天意若曰『卓自下摩上，以臣陵君』也。青青者，暴盛之貌也。不得生者，亦旋破亡。」其謠曰：「千里草，何青青。十日卜，不得

生。」近人陳光堯《謎語研究》第三章謂此謠「但係後人事後所杜撰，不足憑信」。未知何據。又《玉臺新詠》卷十彔古絕句四首，置賈充〈與李夫人連句〉前，當屬漢魏之作。其一云：「藁砧今何在？山上復有山。何當大刀頭？破鏡飛上天。」唐吳兢《樂府古題要解》「藁砧今何在」條（案：《續歷代詩話》本作「砧藁」，誤）云：「『藁砧今何在？』藁砧，鈇也，問夫何處也。『山上復有山。』重山為出字，言夫不在也。『何當大刀頭？』刀頭有鐶，問夫何時當還也。『破鏡飛上天。』言月半當還也。」

《文心雕龍・諧讔》云：「自魏代已來，頗非俳優，而君子嘲隱，化為謎語。謎也者，迴互其辭，使昏迷也。或體目文字，或圖象品物；纖巧以弄思，淺察以衒辭；義欲婉而正，辭欲隱而顯。荀卿〈蠶賦〉，已兆其體；至魏文、陳思，約而密之。高貴鄉公，博舉品物，雖有小巧，用乖遠大。」據劉氏此言，可知當時謎語大別有二：其一體目文字，如析字之體是；其二圖象品物，則荀卿〈蠶賦〉之流。然曹魏諸家謎語今並無存，無由考究。《北史・藝術・徐謇傳》云：「〔徐〕之才聰辯強識，有兼人之敏，尤好劇談體語。」又云：「嘲王昕姓云：『有言則訂，近犬便狂；加頸足而為馬，施角尾而成羊。』盧元明因戲之才云：『卿姓是未入人，名是字之誤，之當為乏〔案：武英殿本作「之」，無義〕也。』即答云：『卿姓在山為虐，在丘為虛；生男則為虜，配馬則為驢。』又嘗與朝士出游，遙望羣犬競走，諸人試令目之。之才即應聲云：『為是宋鵲，為是韓盧；為逐李斯東走，為負帝女南徂。』」徐之才與王昕、盧元明之嘲戲，即劉氏所謂體目文字

也；其目羣犬競走，即劉氏所謂圖象品物也。離合實即體目文字之一體。

　　孔融離合，猶未為後世之常體。後之離合詩，於每句首字析合。然孔詩則未盡然，且往往求諸指意。「漁父屈節，水潛匿方。」「漁」離「水」成「魚」字，可稱離句之首字，然全仗「潛」字指意。「與㫃進止，出行施張。」乃「㫃」字去「出」字，而「㫃」屬第二字，「出」字亦靠「行」字指意。「呂公磯釣，盍口渭旁。」「呂」字離「口」字，「口」乃第二字，又靠「盍」字指意。「九域有聖，無土不王。」「域」字離「土」字，兩字皆第二字，而「無」字指意。「好是正直，女回于匡。」「回」字指意。「海內有截，隼逝鷹揚。」「截」是第四字，而「逝」字指意。「六翮將奮，羽儀未彰。」「翮」是第二字，而「未彰」指意。「蚍龍之蟄，俾也可忘。」「可忘」指意，「也」乃第二字。「玟璇隱曜，美玉韜光。」「玉」是第二字，而「韜光」指意。此二句有離無合，又一異也。「無名無譽，放言深藏。」「譽」是第四字，「言」是第二字，「深藏」指意。而「按轡安行，誰謂路長。」竟是「按」去「安」成「手」，「行」字指意，末句無析合之用，又一異也。要之，孔氏之體，仍未成後世楷模。然而大輅之椎輪，若不兼求於意，讀者又焉能明之，此又不可不察。

　　若離合詩立有一定體式，而為後世法者，見於載籍，當推晉潘岳之〈離合〉為最早。其體四句離合成一字，而皆在句之首字離合。其詩云：「佃漁始化，人民穴處〔離田字。意守醇樸，音應律呂〔離心字。田心合成思字〕。桑梓被源，卉木在野〔離木

字）。錫鸞〔案：中華書局本《全晉詩》作「錫鸞」，然《左傳》桓二年有「錫鸞和鈴」之辭，故據而正之〕未設，金石拂舉〔離易字。木易合成楊字〕。害咎蠲消，吉德流普〔離宀字〕。谿谷可安，奚作棟宇〔離谷字。宀谷合成容字〕。嫣然以憙，焉懼外侮〔離女字〕。熙神委命，已求多祜〔離臣字。女臣合成姬字〕。嘆彼季末，口出擇語〔離莫字〕。誰能默識，言喪厥所〔離佳字。莫佳合成難字〕。罤畝之彥，龍潛巖阻〔離土字〕。跂義崇亂，少長失敍〔離甚字。土甚合成堪字。全詩離合成「思楊容姬難堪」〕。」[2]〈離合詩考〉云：「案《潘安仁集》：岳娶楊肇女。卒，有悼亡詩。容姬或是其妻名也。」觀此詩，其字之離合，往往但求形似而已，筆畫猶須更為增減。如「害」字去「吉」字，當為「宀」，因要合成「容」字，乃得削去一畫。又如「熙」字去「巳」，當為「𤋮」，因要合成「姬」字，故「火」字乃得削去。潘安仁以後之離合詩亦多如是。固不能稱離合之上乘，但亦有以見離合一體之不易工也。〈離合詩考〉云：「孔融以後，晉有潘岳離合詩，體式一遵孔氏。」觀二詩，殆非。

泊乎劉宋，王韶之〈詠雪離合〉，拊為騷體，云：「霙先集兮雪乃零，散輝素兮被簷庭。曲室寒兮朔風厲，川陸涸兮羣籟鳴〔案：「雪」字〕。」[3]宋孝武帝亦有騷體〈離合〉，云：「霏雲起兮汎濫，雨靄昏而不消。意氣悄以無樂，音塵寂而莫交。守邊境以臨敵，寸心厲於戎昭。閣盈圖記，門滿賓僚。仲秋始戒，中園初凋。池育秋蓮，水滅寒漂。旨歸塗以易感，日月逝而難要。分中心而誰寄，人懷念而必謠〔注云：『悲客他方』字。〕。」[4]

宋世謝靈運、謝惠連、何長瑜、賀道慶並有五言離合詩。謝靈運有〈作離合〉，詩云：「古人怨信次，十日眇未央。加我懷繾綣，口脈情亦傷。劇哉歸遊客，處子勿相忘〔注云：「『別』字。」〕。」[5]謝惠連〈離合詩〉二首云：「放棹遵遙塗，方與情人別。嘯歌亦何言，蕭爾凌霜節〔注云：「『各』字。」〕。」「夫人皆薄離，二友獨懷古。思篤子衿詩，山川何足苦〔注云：「『念』字。」〕。」[6]又〈夜集作離合〉云：「四座宴嘉賓，一客自遠臻。九言何所戒，十善故宜遵〔案：當是「此」字〕。」[7]何長瑜〈離合詩〉云：「宜然悅今會，且怨明晨別。肴蔌不能甘，有難不可雪〔案：似是「文」字，「文」即「守」也〕。」[8]賀道慶〈離合詩〉云：「促席宴閒夜，足歡不覺疲。詠歌無餘願，永言終在斯〔注云：「『信』字。」〕。」[9]自潘岳而後，迄於唐末皮日休、陸龜蒙新體以前之離合詩，除陶弘景所彔外（見後），皆四句析合成一字。謝靈運「別」字離合，六句析合成一字，其體實與諸作稍異。

齊梁以降，離合作者咸宗五言。齊王融〈離合賦物為詠〉云：「冰容慚遠鑒，水質謝明暉。是照相思夕，早望行人歸〔注云：「『火』字。」〕。」[10]齊石道慧〈離合詩〉云：「好仇華良夜，子歡我亦欣。昊穹出明月，一坐感良辰〔注云：「『娛』字。」〕。」[11]梁元帝〈離合〉云：「沉寥雲初靜，水木備春光。龕定方無遠，合浦不難航〔案：「寵」字〕。」[12]皆五言。

梁蕭巡五言〈離合詩贈尚書令何敬容〉云：「伎能本無取，支葉復單貧。柯條謬承日，木石豈知晨。狗馬誠難盡，犬羊非易馴。歔嚬既不似，學步孰能真。寔由紊朝典，是曰蠹彝倫。俗化

於茲鄙，人塗自此分〔注云：「『何敬容』字。」〕。」[13]《南史・何尚之傳》云：「自晉宋以來，宰相皆文義自逸，敬容獨勤庶務，貪惏為時所嗤鄙。」又云：「時蕭琛子巡頗有輕薄才，因製卦名、離合等詩嘲之，亦不屑也。」

陳沈炯五言〈離合詩贈江藻〉云：「開門枕芳野，井上發紅桃。林中藤蔦秀，木末風雲高。屋室何寥廓，至士隱蓬蒿。故知人外賞，文酒易陶陶。友朋足諧晤，又此盛詩騷。朗月同攜手，良景共含毫。欒巴有妙術，言是神仙曹。百年事偃仰，一理詎相勞〔注云：「閑居有樂。」〕。」[14]

庾信〈春日離合〉二首云：「秦春初變曲，未有逐琴心。明年花樹下，月月來相尋〔注云：「『春』字。」〕。」「田家足閒暇，士友暫流連。三春竹葉酒，一曲鵾雞弦〔注云：「『日』字。」〕。」[15]

上所引詩，離合之法不異也。梁陶弘景《真誥》卷二〈運象篇〉皋誥命云：「曾參出田，丹心同舟。素糸三遷，來庇方頭。」弘景自注云：「此四句是離合作『思玄』字，即長史之字也。」又云：「右紫微王夫人所喻，令示許長史。」然此四言四句體制未嚴，較諸孔融，已覺牴疏；見於離合已有定式之南朝，尤覺不經。

《北史・斛律金傳》云：「班省事褚士達夢人倚戶授其詩曰：『九升八合粟，角斗定非真。堰卻津中水，將留何處人。』以告班。班占之曰：『角斗，斛字。津卻水，何留人，合成律字。非真者，解斛律於我不實。』士達又言所夢狀，乃其父形也。班由

是懼。」此乃屬體目文字及圖象品物相混之謎語。當時離合已有定式，實不能當離合之名，而本傳亦無言此數語是離合。蓋因〈離合詩考〉云：「《北史·斛律光傳》所載五言離合，亦率意不經。」故舉而辨之耳。

　　隋祚短促，離合之製靡聞。迄於唐初，其體未絕。《舊唐書·元萬頃傳》云：「元萬頃，洛陽人。」又云：「乾封中，從英國公李勣征高麗，為遼東道總管記室。別帥馮本以水軍援裨將郭待封，船破失期。待封欲作書與勣，恐高麗知其救兵不至，乘危迫之，乃作離合詩贈勣。勣不達其意，大怒曰：『軍機急切，何用詩為？必斬之。』萬頃為解釋之，乃止。」《唐詩紀事》卷五以詩屬元萬頃，云：「從李勣征高麗，為遼東道管記。勣令別將赴平壤，糧不及期。萬頃作離合詩密報勣。勣曰：『軍機切遽，何以詩為？』欲斬之。言狀乃免。」此詩已不存，然想其體當如南北朝之常製，唯其不用指意，方可防「高麗知其救兵不至」也。

　　逮乎唐中葉，權、張贈答，同僚賡和，蔚成篇什。見於《全唐詩》者，現一一泉於後：

　　權德輿〈離合詩贈張監閣老〉云：「黃葉從風散，共〔《全唐詩》作「暗」，注云：「一作『共』。」案：「共」字是〕嗟時節換。忽見鬢邊霜，勿辭林下觴。躬行君子道，身負芳名早。帳殿漢官儀，巾車塞垣草。交情劇斷金，文律每招尋。始知蓬山下，如見古人心〔注云：「『思張公』。」〕。」[16]

　　張薦〈奉酬禮部閣老轉韻離合見贈〉云：「移居既同里，多幸

陪君子。弘雅重當朝，弓旌早見招。植根瓊林圃，直夜金閨步。勸深子玉銘，力競相如賦。間闊向春闈，日復想光儀。格言信難繼，木石強為詞〔案：乃「私權閣」字〕。」[17]

崔邠〈禮部權侍郎閣老史館秘監閣老有離合酬贈之什宿直吟翫聊繼此章〉云：「脈脈羨佳期，月夜吟麗詞。諫垣則隨步，東觀方承顧。林雪消豔陽，簡冊漏華光。坐更芝蘭室，千載各芬芳。節苦文俱盛，即時人竝命。翩翩紫宵中，羽翮相輝映〔案：乃「詠簡篇」字〕。」[18]

楊於陵〈和權載之離合詩〉云：「校德盡珪璋，才臣時所揚。放情寄文律，方茂經邦術。王猷符發揮，十載契心期。晝遊有嘉話，書法無隱辭。信茲酬和美，言與芝蘭比。昨來恣吟繹，日覺祛蒙鄙〔案：乃「效三作」字〕。」[19]

許孟容〈答權載之離合詩〉云：「史〔注云：「一作『敏』。」案：「史」字是〕才司秘府，文哲今超古。亦有擅風騷，六聯文墨曹。聖賢三代意，工藝千金字。化識從臣謠，人推仙閣吏。如登崑閬時，口誦靈真詞。孫簡下威鳳，系霜瓊玉枝〔案：乃「四戢好」字。《說文》云：「戢，詞之戢也。」《廣韻》入聲「緝」韻「集」小韻有「戢」字，解云：「《說文》云：『詞之集也。』」「四戢好」即四詞作都好〕。」[20]

馮伉〈和權載之離合詩〉云：「車馬退朝後，聿懷在文友。勤詞宗伯雄，重美良史功。亦曾吟鮑謝，二妙尤增價。雨霜鴻唳天，币樹鳥鳴夜。覃思各縱橫，早擅希代名。息心欲焚硯，自覷

陪羣英〔案：乃「五非惡」字〕。」[21]

潘孟陽〈和權載之離合詩〉云：「詠歌有離合，永夜觀酬答。笥中操綵牋，竹簡何足編。意深俱妙絕，心契交情結。計彼官接聯，言初並清切。翔集本相隨，羽儀良在斯。烟雲競文藻，因喜甎新詩〔案：乃「詞章美」字〕。」[22]

武少儀〈和權載之離合詩〉云：「少年慕時彥，小悟文多變。木鐸比羣英，八方流德聲。雷陳美交契，雨雪音塵繼。恩顧各飛翔，因詩睹瑰麗。傅野絕遺賢，人希有感遷。早欽風與雅，日詠贈酬篇〔案：乃「才思博」字〕。」[23]

八詩轉韻之式全同。

貞元間，馬總有〈贈日本僧空海〔案：空海回國後編《文鏡秘府論》〕離合詩〉，《全唐詩逸》卷中有載。詩云：「何乃萬里來，可非銜其才。增學助玄機，土人如子稀〔案：「僧」字〕。」題下注引釋空海〈性靈集序〉云：「和尚昔在唐日，作離合詩贈土僧唯上。泉州別駕馬總，一時大才也，覽則驚怪，因贈詩云。」可知釋空海在中國亦有離合詩，弟不存耳。

降及唐末，皮日休與陸龜蒙唱酬，篇章特富，或析合字，或析合辭，其法與前迥異，只以句之末字合下句之首字。此離合者，合其已離之字也。

陸龜蒙有〈閑居雜題〉五首，自注云：「以題十五字離合。」〈鳴蜩早〉云：「閑來倚杖柴門口，鳥下深枝啄晚蟲。周步一池銷

半日，十年聽此鬢如蓬。」〈野態真〉云：「君如有意躭田里，予亦無機向藝能。心跡所便唯是直，人間聞道最先憎。」〈松間斟〉云：「子山園靜憐幽木，公幹詞清詠華門。月上風微蕭灑甚，斗醪何惜置盈尊。」〈飲巖泉〉云：「已甘茅洞三君食，欠買桐江一朵山。嚴子瀨高秋浪白，水禽飛盡釣舟還。」〈當軒鶴〉云：「自笑與人乖好尚，田家山客共柴車。干時未似棲廬雀，鳥道閑攜相爾書。」[24]

皮日休有〈奉和魯望閑居雜題〉五首。〈晚秋吟〉云：「東皋煙雨歸耕日，免去玄冠手刈禾。火滿酒爐詩在口，今人無計奈儂何。」〈好詩景〉云：「青盤香露傾荷女，子墨風流更不言。寺寺雲蘿堪度日，京塵到死撲侯門。」〈醒聞檜〉云：「解洗餘酲晨半酉，星星仙吹起雲門。耳根莫厭聽佳木，會盡山中寂靜源。」〈寺鐘暝〉云：「百緣斗藪無塵土，寸地章煌欲布金。重擊蒲牢嶱山〔案：「嶱」、「山」皆平聲，「嶱」字疑誤〕日，冥冥煙樹睹棲禽。」〈砌思步〉云：「襯襯古薜繃危石，切切陰螿應晚田。心事萬端何處止，少夷峰下舊雲泉。」[25]

陸龜蒙復有〈藥名離合夏日即事〉三首云：「乘屐著來幽砌滑，石罌煎得遠泉甘。草堂祇待新秋景，天色微涼酒半酣〔案：滑石、甘草、景天。下昉此〕。」「避暑最須從樸野，葛巾筇席更相當。歸來又好乘涼釣，藤曼陰陰着雨香。」「窗外曉簾還自卷，柏煙蘭露思晴空。青箱有意終須續，斷簡遺編一半通。」[26]

皮日休則有〈奉和魯望藥名離合夏日即事〉三首云：「季春人病拋芳杜，仲夏溪波繞壞垣。衣典濁醪身倚桂，心中無事到黃

昏。」「數曲急溪衝細竹，葉舟來往盡能通。草香石冷無辭遠，志在天台一遇中。」「桂葉似茸含露紫，葛花如綬蘸溪黃。連雲更入幽深地，骨錄閑攜相獵郎。」[27]

皮日休復有〈懷錫山藥名離合〉二首云：「暗竇養泉容決決，明園護桂放亭亭。歷山居處當天半，夏裏松風盡足聽。」「曉景半和山氣白，薇香清淨雜纖雲。實頭自是眠平石，腦側空林看虎羣。」[28]

陸龜蒙則有〈和襲美懷錫山藥名離合〉二首云：「鶴伴前溪栽白杏，人來陰洞寫枯松。蘿深境靜日欲落，石上未眠聞曉鐘。」「佳句成來誰不伏，神丹偷去亦須防。風前莫怪攜詩藁，本是吳吟蕩槳郎。」[29]

皮日休復有〈懷鹿門縣名離合〉二首云：「山瘦更培秋後桂，溪澄閑數晚來魚。臺前過雁盈千百，泉石無情不寄書。」「十里松蘿陰亂石，門前幽事雨來新。野霜濃處憐殘菊，潭上花開不見人。」[30]

陸龜蒙則有〈和襲美懷鹿門縣名離合〉二首云：「雲容覆枕無非白，水色侵磯直是藍。田種紫芝餐可壽，春來何事戀江南。」「竹溪深處猿同宿，松閣秋來客共登。封逕古苔侵石鹿，城中誰解訪山僧。」[31]

案藥名詩、縣名詩，六朝人均嵌其名於一句中，皮、陸以離合相雜，殆欲於模擬中捌新法也。然藥名與縣名離合，並非析合字，而是析合辭，此乃自孔文舉離合以來未有之體。

實則析合辭體，張籍且在皮、陸之前。〈答鄱陽客藥名詩〉云：「江皐歲暮相逢地，黃葉霜前半夏枝。子夜吟詩向松桂，心中萬事喜君知。」[32]除半夏在句中，餘皆以離合相雜，與皮、陸之體無異。

比及趙宋，離合之體式微，獨孔平仲所作不少。《清江三孔集》卷二十六載平仲〈離合轉韻寄常父〉云：「舒州寄官舍，舍在潛峯下。密邇豫章城，山川無十程。音書常絡繹，日日通消息。況復多唱酬，兄〔孔武仲常父乃平仲之兄〕塤弟竽笛。秋風鳴竹林，火退避新金。悵望南來雁，長年空此心〔案：似是「函泣悉」字。若第一字釋「寧」，作服喪解，則與詩意不合；若釋「喬」，作譎解，或有義，然不能明矣〕。」又載〈寄孫虢州〉云：「鰜鮌飲石乳，魚中最溫補。字畫尚茫然，何〔疑誤〕由食鮮〔闕字〕。漆林自小足，水繞庵前竹。君性本清高，伊人又閒熟。三堂秋際餘，一枕夢回初。斤斧卻無事，新詩或起予〔案：似是「愛黎庶」字。此詩第四聯兩首字相離後各餘偏旁，末聯對句首字含出句首字，似皆前所未有〕。」

同卷又載〈藥名離合四時〉四首云：「草滿南園綠，青青復間紅。花開不擇地，錦繡逕相通。」「漿寒飲一石，蜜液和巖桂。心渴望天南，星河燦垂地。」「參旗掛疎木，通夕涼如水。銀漢耿半天，河橋瞑煙紫。」「雪片擁頹垣，衣裘冷如甲。香醪不滿榼，藤枕欹殘臘。」又〈藥名離合寄孫虢州〉云：「孫八遠在虢，丹霞絢崔蒼。耳目雖清遠，志願多參商。陸沈眾人中，白首滯鉛黃。耆英紹前烈，當復佐興王。」「朴也纔通貫，眾安無吠狗。

杞菊飯家常，山前消晝漏。蘆雁來蔽空，青眼思朋舊。歷日驚晚景，天涯情更厚。」此體本自皮、陸，然末句與首句離合藥名，則為二氏所無。

章樵《古文苑》注引蘇軾「硯蓋」字離合云：「研石猶在，峴山已頹。姜女既去，孟子不來。」[33] 硯蓋離合之法為一句離一字偏旁，似孔融之「按轡安行」，兩句合為一字。全詩如此，唯東坡有之。

明徐師曾《詩體明辨》卷十六「離合詩」小序云：「按離合詩有四體：其一，離一字偏旁為兩句，而四句湊合為一字，如『魯國孔融文舉』〔案：此例非是，已見前〕、『思楊容姬難堪』、『何敬客』、『閑居有樂』、『悲客他方』是也；其二，亦離一字偏旁為兩句，而六句湊合為一字，如『別』字詩是也；其三，離一字偏旁於一句之首尾，如『松間斲』、『飲巖泉』、『砌思步』是也；其四，不離偏旁，但以一物二字，離於一句之首尾，而首尾相續為一物，如藥名離合是也。」序說未及蘇軾之體，尚欠該盡。

詩中有藏頭、歇後之體，又有口字詠。藏頭詩是離字之體，歇後詩是離辭之體，口字詠則以同一偏旁合他字。雖非離合，亦具其體之一端，因並坿於後：

《詩體明辨》「離合詩」小序云：「藏頭詩則每句頭字皆藏於每句尾字也。」《回文類聚》卷二載白居易藏頭拆字詩，名〈遊紫霄宮〉，詩句串成環狀，順行為「漿洗塵埃道味嘗於名利兩相忘懷六洞丹霞客誦三清紫府章里採蓮歌達旦輪明月桂飄香高公子還

相覓得山中好酒」，讀之則為：「水洗塵埃道味嘗，甘於名利兩相忘。心懷六洞丹霞客，口誦三清紫府章。十里採蓮歌達旦，一輪明月桂飄香。日高公子還相覓，見得山中好酒漿。」

《皇朝文鑑》卷二十九載孔平仲藏頭詩二首，其一〈寄賈宣州〉云：「高會當年喜得曹，日陪宴衎自忘勞。力回天地君應憊，心狹乾坤我尚豪。豕亥論書非素學，子孫干祿有東皐。十年求友相知寡，分付長松蔭短蒿。」其二〈呈章子平〉云：「王駱聲華星斗傍，方州投老憩甘棠。木逃剪伐枝長碧，石耐鐫磨性有常。巾褚藏經勤問學，子孫傳業富文章。十年留落歸何暮，日聽除書侍玉皇。」平仲尚有藏頭詩多首，見《清江三孔集》卷二十六及二十八。

修辭學藏辭亦有藏頭之名，析辭而藏匿其前截，以餘截代其義。然此自與藏頭詩之藏頭不同。

歇後乃析辭之體，而所隱藏之本字或辭在後截。世頗有歇後語。全詩皆歇後者，唐世有見。《全唐詩》載封抱一〈歇後〉一首，題下注云：「抱一任櫟陽尉，有客過之，既短，又患眼及鼻塞，用千字文語嘲之。」詩云：「面作天地玄，鼻有雁門紫。既無左達承，何勞罔談彼。」是以其本語乃「面作黃，鼻有塞。既無明，何勞短」也。詩後又注云：「一說：人有患側眼及齄，又有患鼻齆者，互嘲。一云：『眼能日月盈，為有陳根委。』一云：『不別似蘭斯，都由雁門紫。』」[34] 其所藏者，乃「昃」、「齄」、「馨」、「塞」四字也。

《全唐詩》又有李濤答弟婦歇後語，題下注云：「濤弟澣，娶竇尚書女，年甲已高。出參，濤望塵下拜曰：『只將謂親家母。』又作歇後語云云，聞者莫不絕倒。」其語云：「憨無竇建，媿作梁山。」[35] 此乃以人名作歇後，即「憨無德」及「媿作伯」。

　　《詩體明辨》「離合詩」小序云：「他如口字詠，則字字皆藏口字也。」《藝文類聚》卷五十六「雜文」部載陳沈炯〈和蔡黃門口字詠絕句〉云：「囂囂宮閣路，靈靈谷口閭。誰知名器品，語哩各崎嶇。」又宋胡仔《苕溪漁隱叢話‧前集》卷二彔《漫叟詩話》載黃庭堅〈戲題〉云：「逍遙近道邊，憩息慰憊懣。晴暉時晦明，謔語諧讜論。草萊荒蒙蘢，室屋壅塵坌。僮僕侍偪側，涇渭清濁混。」此亦近口字詠之體，獨每句自為偏旁耳。

注　釋

1. 《古文苑註》卷八。此用《惜陰軒叢書》本，以其「時」字作「旹」，合古也。
2. 《全漢三國晉南北朝詩‧全晉詩》卷四。
3. 《全漢三國晉南北朝詩‧全宋詩》卷二。
4. 〈全宋詩〉卷一。
5. 〈全宋詩〉卷三。
6. 同前。
7. 同前。
8. 〈全宋詩〉卷五。
9. 同前。
10. 《全漢三國晉南北朝詩‧全齊詩》卷二。
11. 〈全齊詩〉卷四。

12. 《全漢三國晉南北朝詩・全梁詩》卷三。

13. 〈全梁詩〉卷十。

14. 《全漢三國晉南北朝詩・全陳詩》卷二。

15. 《全漢三國晉南北朝詩・全北周詩》卷二。

16. 《全唐詩》第五函第八冊。

17. 《全唐詩》第五函第九冊。

18. 同前。

19. 同前。

20. 同前。

21. 同前。

22. 同前。

23. 同前。

24. 《全唐詩》第九函第十冊。

25. 《全唐詩》第九函第九冊。

26. 《全唐詩》第九函第十冊。

27. 《全唐詩》第九函第九冊。

28. 同前。

29. 《全唐詩》第九函第十冊。

30. 《全唐詩》第九函第九冊。

31. 《全唐詩》第九函第十冊。

32. 《全唐詩》第六函第六冊。

33. 《古文苑》卷八。

34. 《全唐詩》第十二函第八冊。

35. 同前。

原載《香港中文大學中國文化研究所學報》第十二卷。香港：香港中文大學中國文化研究所，1981。

「終古立忠義，感遇有遺編」

—— 陳子昂〈感遇〉三十八首析義　　*1992*

陳子昂詩文，開有唐之正風，為時所重。太白許為鳳麟，少陵並方日月。蕭穎士謂其文體最正，柳子厚謂既工著述，亦善比興，有唐以來，一人而已。元遺山〈論詩三十首〉其八特著之，云：「沈宋橫馳翰墨場，風流初不廢齊梁。論功若準平吳例，合著黃金鑄子昂。」高文令望，頌之者亦云盛矣。然伯玉盛名，豈徒得自文辭乎？杜工部〈陳拾遺故宅〉詩云：「位下曷足傷，所貴者聖賢。」又云：「終古立忠義，感遇有遺編。」乃知伯玉兼以忠義名世，而其忠義是立於其〈感遇〉遺編中，而非立於武周之朝也。頌其詩而知其人，然則許以聖賢，不虛美矣。

伯玉〈感遇〉諸篇，多譏武氏而不忘唐，此所以其忠義之名可卓然而樹於有唐之世也。詩中諷高武事，以中冓言醜，故詭譎其辭，非徒以遠害耳。詩聖必洞悉之，故有聖賢忠義之品題。盧藏用〈陳氏別傳〉云：「初為詩，幽人王適見而驚曰：『此子必為文宗矣。』」至後晉劉昫等人，唯知伯玉詩首推〈感遇〉，其《舊唐書》至謂子昂少為〈感遇〉詩見王適矣。宋子京不攷，《新唐書》仍之，誤甚。小宋無知於伯玉之為人及〈感遇〉之精蘊，至

譏伯玉為聾瞽，其昏惑亦甚矣。後世於〈感遇〉不求甚解，遂略其忠義之旨，但評其文辭風致而已。〈感遇〉深賾至隱，誠譎無端，其費解可知。朱熹〈齋居感興二十首〉自序云：「余讀陳子昂〈感遇〉詩，愛其詞旨幽邃，音節豪宕，非當世詞人所及。」又云：「亦恨其不精於理，而自託於僊佛之間以為高也。」即不得其解之一證。清世陳沆作《詩比興箋》，廣杜公之卓論，固伯玉之功臣。然箋語與原詩每不相涉，復顛亂原次，大失章旨。近世復有箋注〈感遇〉者，惜亦無過陳秋舫，其於伯玉至隱之辭，皆不得其解，但強箋耳。至有箋注者以〈感遇〉中「醒」、「溟」協韻及「患」、「干」協韻為平仄通押，而不知「醒」、「患」本可讀平聲，無異以伯玉為不識詩也。閱其言如此，能不痛心？

余亦嘗探〈感遇〉諸篇之奧旨矣。既感於時賢之述作，特亦不避淺陋，採賾鈎深；用成文章，拋磚引玉。要亦冀無慚於伯玉而已。陶淵明〈移居二首〉其一云：「奇文共欣賞，疑義相與析。」茲為析義之篇。

本文所錄〈感遇〉詩三十八首，俱以上海商務印書館《四部叢刊初編》影印秀水王氏藏明弘治本《陳伯玉文集》為底本，《四部叢刊初編》影印明嘉靖刊本《唐詩紀事》及臺北復興書局影印清刊本《全唐詩》為輔本，附校記於詩後。第一首以「其一」目之，餘仿此。

其一

微月生西海，幽陽始化昇。
圓光正東滿，陰魄已朝凝。
太極生天地，三元更廢興。
至精諒斯在，三五誰能徵。

校記

「生」，《全唐詩》一作「出」。「化」，《紀事》及《全唐詩》作
「代」，《全唐詩》一作「化」。「正」，《全唐詩》一作「恰」。

析義

陳沆《詩比興箋》云：「開章明義，厥旨昭然。陰月喻黃裳之
坤儀，陽光喻九五之乾位。才人入宮，國運方盛。嗣君踐祚，煽
處司晨。三統迭興，五德代運。循環倚伏，疇可情量？」乃粗通
陳君之旨耳。此篇開宗明義，即覺厥旨茫然，辭意迷離，深僻至
隱，使人幾於莫知其所謂。蓋不如是則不足以全身遠害也。此章
及末章，一首一尾，皆用隱語，是〈感遇〉諸製最僻奧譎怪者。
詩而賦事如此，不得已也。

「微月生西海」，發端首句用比，非尋常之體物瀏亮。李義山
〈利州江潭作〉題下自注云：「感孕金輪所。」故知武氏生於利
州，在國之西。據李嶠〈攀龍臺碑〉，武士彠貞觀元年拜利州都
督，五年授荊州大都督。而世皆以武后年長於高宗，故后當生於
貞觀元、二年間。而「生西海」者，則作「生自西海」解，隱指

武氏初入宮為女官才人之時也。《新唐書・則天皇后本紀》謂「后年十四，太宗聞其有色，選為才人〔《舊書》略同〕」，以微月喻女官之才人，妙甚。駱賓王〈代李敬業檄〉謂武氏「人非溫順，地實寒微」，陳君「微」字，亦有此意歟？

「幽陽始化昇」，「幽陽」喻高宗為太子時也。此與末章之「幽鴻」同喻，兩皆伯玉特製謔辭。全詩「幽」字凡十見，用以淆之，他不準此。高宗是「昏童」（見《新唐書・高宗本紀》），宜以為比。太宗貞觀十七年，廢太子承乾為庶人，改立晉王治，即後之高宗。時高宗年十六，距武氏入宮為才人後僅二、三年耳。故「微月生西海」後即接此句。「始化昇」者，喻高宗由晉王而改立為太子也。「化」字，《全唐詩》原作「代」。「化」已有義，「代」字亦好。楊升庵《丹鉛總錄》不解此章，以為「幽陽」即「微月」，非是。而陳秋舫謂「陰月喻黃裳之坤儀」，則未會《周易》真義。蓋坤卦之主爻在六二，非六五之黃裳也。

「圓光正東滿」，指高宗即帝位後之永徽五年甲寅至六年乙卯也。五年，武氏以太宗之才人（正四品）受高宗立為昭儀（正二品）；翌年復以昭儀立為皇后（廢王皇后立之。皇后極位無品，尊同天子）。高宗已立，故由「幽陽」改稱「圓光」，且「圓光」亦正喻「永徽」，其義甚的。「徽」者「滿」也。夫日者，太陽之精，除間或有蝕之者外，本是永滿，與月之有圓缺不同。而謂之正東滿者，蓋切指永徽五年及六年。五年是甲寅，六年是乙卯。甲乙木屬東方，官旺於寅卯，死墓於午未，故甲寅、乙卯是東方木極旺之候。以「圓光正東滿」出之，取譬切當之至。又永徽五年高

宗年二十七，翌年二十八，皆正在盛年，以圓光東滿喻之，亦正恰當。時伯玉猶未生。因是開宗冠首之第一篇，故追敍其事耳。

「陰魄已朝凝」，「陰魄」承月，此二字伯玉所特制以喻武氏者。永徽五年武氏為昭儀，六年立為皇后，時年當在二十八、九間。若以人之生年持較日數，則月是在凝魄無光之時。此與上句皆比況至的切，無以易之。今陰魄與正東滿之朝日同時而全部凝成，則武曌稱制及篡唐之禍已潛伏於此時矣，可不懼哉？故志士仁人如褚河南者，能不激憤忘身，盡情極諫，「因致笏殿階，叩頭流血，曰：『還陛下此笏，乞歸田里。』」乎（見《新唐書·褚遂良列傳》）？

「太極生天地」，「太極」隱指太宗。「生天地」，指生高宗及選武氏也。太宗生高宗無論矣；武氏由太宗選為才人，則其政治生命，可不謂之自太宗乎？《禮·昏義》云：「故天子之與后，猶日之與月，陰之與陽，相須而后成者也。」《新唐書·則天皇后本紀》云：「上元元年，高宗號天皇，皇后亦號天后，天下之人謂之『二聖』〔《舊書》略同〕。」則生天地之取譬，又確不可拔。如非有的指，則此是蕪音累句矣。韓愈〈薦士〉云：「國朝盛文章，子昂始高蹈。」則稍變《易·繫辭上傳》文字以塞諸至簡要之八句冠首詩中，豈伯玉所應為哉？至若第八章之「仲尼推太極，老聃貴窅冥」則孔老對舉，不得復以「太極」喻太宗。猶第十七章之「仲尼溺東魯，伯陽遁西溟」不得與末章之仲尼同喻也。同辭而異喻，詼詭無方，不一其旨；為道屢遷，變動不居，雖擅讒說而工羅織者亦無以入其罪也。

「三元更廢興」，此句尤精妙，度人金針也。中宗嗣聖元年，此一元也；睿宗文明元年，此二元也；武后光宅元年，此三元也。三元同在甲申年（高宗崩後之翌年）。是年正月，改元嗣聖。二月，武太后廢中宗為廬陵王而立豫王旦，是為睿宗，改元文明。九月，武太后自立，改元光宅。然則謂之三元更廢興，不的切之至乎？「廢興」二字有實義，非徒仍用前人語也。陳沆於此句及末句之「三五」謂是「三統迭興，五德代運」，以夏商周三統曆釋之，非是。武曌纂唐為周之年改用周正，以夏曆之十一月為正月。其後復仍用夏正，不涉殷曆，不得胡亂當之。且「三元」亦豈三統曆或夏商周之謂乎？時武太后但臨朝稱制耳，猶未改易唐之國號。同在一國一歲中而有三元年，唐開國以來所未有，則武氏之胡作非為者至矣。伯玉嗟之，有旨哉。

「至精諒斯在」，「至精」喻本朝唐祚，緊承上句來。謂三元雖更迭廢興，而大唐之國祚必其猶存也。武氏稱制後六年，改國號曰周。是時唐之國祚暫斷，亦與莊生「至精無形」語合。「諒」，揚子雲《方言》：「信也。」「諒斯在」，信國人之不忘唐。「煌煌太宗業，樹立甚宏達」，何至僅此而已乎？必其斯在，仍存而不亡也。孔子曰：「某在斯，某在斯。」「斯在」二字有所本，亦非輕下者。此與末章用「仲尼」及「孤鳳」喻太宗又合。

「三五誰能徵」，「三五」是十五月滿時也。陳秋舫以三統曆及五行之德解之，大誤矣。武氏由女官才人而至改國號稱帝，故伯玉之喻，由微月始而以滿月終也。謂武氏雖如滿月之光彩盈盈，然實不終成，不足為證驗。其誰信之能久長也？必其如月之

由滿盈而虧損，由虧損而至無有。及其虧損而至無有也，則至精之大唐國祚復續矣。「徵」，證也。此章氣脈宛轉關生，無一字不切，無一字可移，語甚寡而陳義甚深。以之冠首，豈無故哉。

其二

> 蘭若生春夏，芊蔚何青青。
> 幽獨空林色，朱蕤冒紫莖。
> 遲遲白日晚，嫋嫋秋風生。
> 歲華盡搖落，芳意竟何成。

析義

　　陳沆云：「『歲華盡搖落，芳意竟何成』，歎志事之不就。」蘭若香草，以比賢人。幽獨空林，靡有賞者，徒具美才而已。且歲月不留，一旦春去秋來，凋零搖落，縱有佳意，亦何所成哉？蓋是作者自傷不得時也。宋玉〈九辯〉云：「坎廩兮，貧士失職而志不平。廓落兮，羈旅而無友生。」又云：「時亹亹而過中兮，蹇淹留而無成。」陶淵明〈飲酒〉其三云：「鼎鼎百年內，持此欲何成。」此有同慨焉。〈離騷〉云：「日月忽其不淹兮，春與秋其代序。惟草木之零落兮，恐美人之遲暮。」蓋亦屈子自傷也。後世曹子建〈美人篇〉、杜子美〈佳人篇〉，皆意同屈子。伯玉此篇亦然，蓋遲暮之嗟也。

其三

蒼蒼丁零塞，今古緬荒途。
亭堠何摧兀，暴骨無全軀。
黃沙漠南起，白日隱西隅。
漢甲三十萬，曾以事匈奴。
但見沙場死，誰憐塞上孤。

校記

「堠」，《紀事》作「候」。「漠」，《紀事》作「暮」，誤。《全唐詩》作「幙」。「西」，《陳集》與「天」並排。「上」，《全唐詩》一作「下」。

析義

此章蓋作於垂拱二年子昂隨喬知之西征時。陳沆以為言萬歲通天元年曹仁師、張玄遇等二十八將擊契丹全軍覆沒事，云：「即此所謂『漢甲三十萬』、『暴骨無全軀』也。」恐非是。蓋丁零屬匈奴，詩亦明言「曾以事匈奴」（「事」，征伐也）。伯玉〈感遇〉其三十五云：「西馳丁零塞。」丁零塞指居延海一帶，在西北。契丹李盡忠以營州叛，在東北，與丁零塞兩地不屬。子昂〈燕然軍人畫像銘〉序云：「龍集丙戌，……金微州都督僕固始榮鷟，惑亂其人。天子命左豹韜衛將軍劉敬同發河西騎士，自居延海入以討之。」〈弔塞上翁文〉云：「丙戌歲兮，我征匈奴。恭聞北叟，託國此都。」可證。〈為喬補闕論突厥表〉云：「伏見去月日敕，令同城權置安北都護府，以招納亡叛，扼匈奴之

喉。」亦以匈奴括西北之種。

詩云:「亭堠何摧兀,暴骨無全軀。」又云:「但見沙場死,誰憐塞上孤。」憫戰死之士及塞上餘生也。「漢甲三十萬,曾以事匈奴」,以古諷今。蓋謂匈奴難制,漢高祖猶有白登之圍,而今則邊備不修,將帥非人,但贏得沙場戰死,塞上遺孤。死者已矣,孤者何如?故有此嘆。

其四

樂羊為魏將,食子殉軍功。
骨肉且相薄,他人安得忠。
吾聞中山相,乃屬放麑翁。
孤獸猶不忍,況以奉君終。

校記

「且」,《全唐詩》一作「尚」。「猶」,《全唐詩》一作「且」。「況」,《全唐詩》一作「矧」。

析義

《韓非子·說林上》:「樂羊為魏將而攻中山。其子在中山,中山之君烹其子而遺之羹。樂羊坐於幕下而啜之,盡一杯。文侯謂堵師贊曰:『樂羊以我故而食其子之肉。』答曰:『其子而食之,且誰不食?』樂羊罷中山,文侯賞其功而疑其心。孟孫獵得麑,使秦西巴載之持歸。其母隨之而啼,秦西巴弗忍而與之。

孟孫歸，至而求麑。答曰：『余弗忍而與其母。』孟孫大怒，逐之。居三月，復召以為其子傅。其御曰：『曩將罪之，今召以為子傅，何也？』孟孫曰：『夫不忍麑，又且忍吾子乎？』故曰巧詐不如拙誠。樂羊以有功見疑，秦西巴以有罪益信。」故知秦西巴為魯傅，非中山相也。樂羊與秦西巴二事同條，故子昂誤魯為中山耳。「殉」，從也，引申為「求」義。

此章首疑酷吏不忠，繼言仁者可勝輔君之任。陳沆云：「刺武后寵用酷吏，淫刑以逞也。」又云：「武后天性殘忍，自殺太子宏、太子賢及皇孫重潤等。《舊唐書‧酷吏傳》十八人，武后朝居其十一。皆希旨殺人以獻媚，宗室大臣無得免者。武后嘗欲赦崔宣禮，其甥霍獻可爭之曰：『陛下不殺崔宣禮，臣請殞命於前。』頭觸殿階流血，示不私其親。是皆有食子之忠，無放麑之情矣。孰不可忍乎？子昂嘗上疏極諫酷刑，又請撫慰宗室子弟，無復緣坐，俾得更生，毋致疑懼。即此詩旨。」其疏指〈答制問事〉。

又誤以他國為中山者，非獨伯玉然也。阮籍〈詠懷〉其二十云：「趙女媚中山，謙柔愈見欺。」《呂氏春秋‧孝行覽‧長攻》謂趙襄子以其姊（用畢沅《〈呂氏春秋〉新校正》說。《四部叢刊》本原文作「弟姊」）妻代君，遂謁而請觴之。先令舞者置兵其羽中數百人，先具大金斗。代君酒酣，反斗擊殺之，舞者操兵，盡殺其從者。嗣宗亦誤言中山，怪哉。

其五

市人矜巧智，於道若童蒙。
傾奪相誇侈，不知身所終。
謁見玄真子，觀世玉壺中。
窅然遺天地，乘化入無窮。

「誇」，《紀事》及《全唐詩》作「夸」。「窅」，《紀事》作「杳」。

　　此言市俗之人，務在傾奪誇侈，好行小慧，茫茫然不知其所歸宿。而己實不欲與彼等為伍，意欲歸隱，如仙人之乘變化，捨天地而入於無窮也。市人喻武朝市媚之臣，背棄唐室，務在取悅；更相傾軋，營營終日。身事僭竊之主，而不知禍之將至也。

　　詩中以仙道喻正道，故後數句實言不滿武后朝而萌遠引之志，謂己不與同俗，思隨壺公而遠去也。夫志士仁人，生丁喪亂，不遽思遺世，則或負石自沈矣。屈子不嘗賦〈遠遊〉乎？不云「聞赤松之清塵兮，願承風乎遺則」、「超無為以至清兮，與泰初而為鄰」乎？伯玉此章，正有其意。

其六

吾觀龍變化，乃知至陽精。
石林何冥密，幽洞無留行。

古之得仙道，信與元化并。

玄感非蒙識，誰能測淪冥。

世人拘目見，酣酒笑丹經。

崑崙有瑤樹，安得采其英。

校記

「知」，《陳集》作「是」。「蒙」，《紀事》及《全唐詩》作「象」，《全唐詩》一作「蒙」。「淪」，《全唐詩》作「沈」，一作「淪」。

析義

陳沆云：「此言天命之終必復也。尺蠖有時屈申，神龍莫測變化，自古以喻當陽受命之君，此則以指唐室國祚也。其潛蟄躍見，非羣陰所能留阻。其應運中興，皆天命，非人力，正猶仙人之得道上升者，皆與造化合一。世俗目見之徒，不知天命，但知去衰附盛，語之以此，方笑而不信。安得一日飛龍利見，萬物咸覩，復都崑崙而遊太清乎？」

龍，陽之至也，於《周易》可見，乾君之象也。石林幽洞，羣陰之象。「石林」見《楚辭‧天問》，詩中以喻南方楚地。時中宗廢為盧陵王，幽於房州，乃楚地也。「幽洞」有極陰之義，喻武氏之勢。《易》有潛龍，亦有飛龍，時不與，則陽下勿用；時既至，則九五之勢，非陰力能留行矣。得仙道者，喻唐君；世人者，喻依附武朝諸人。末二句喻彼等不長久也。

其七

白日每不歸，青陽時暮矣。
茫茫吾何思，林臥觀無始。
眾芳委時晦，鶗鴂鳴悲耳。
鴻荒古已頹，誰識巢居子。

「鴂」，《紀事》作「鴃」。「鳴悲」，《紀事》作「悲鳴」。

析義

伯玉〈感遇〉詩三十八章，押仄韻者僅此。

此章因林臥觀無始，乃知白日不歸，青陽時暮；君子道消，
小人道長。節物感人，乃引其茫茫之思。「眾芳委時晦」，時不利
於賢人也。鶗鴂之鳴，益增其悲。鴻荒淳樸之世，既屬無有，是
興慕巢父隱逸之志，人不識而己獨愛也。

其八

吾觀崑崙化，日月淪洞冥。
精魄相交構，天壤以羅生。
仲尼推太極，老聃貴窈冥。
西方金仙子，崇義乃無明。
空色皆寂滅，緣業亦何成。
名教信紛籍，死生俱未停。

「構」,《紀事》及《全唐詩》作「會」。「眢」,《紀事》及《全唐詩》作「窈」。「義」,《紀事》作「議」。「緣業」,《紀事》作「業緣」。「亦」,《紀事》及《全唐詩》作「定」,《全唐詩》一作「亦」。「成。名」,《陳集》作「名。成」,誤。「紛」,《陳集》作「終」,誤。「籍」,《全唐詩》作「藉」。

此章半正半譎,索解費人。「吾觀崑崙化,日月淪洞冥」者,吾華民族原出崑崙,崑崙實具天地造化之機。《史記・大宛列傳》末太史公據〈禹本紀〉謂「河出崑崙。崑崙其高二千五百餘里,日月所相避隱為光明也。其上有醴泉、瑤池」,神而化之,古有此說。

〈感遇〉諸篇「崑崙」凡三見,皆用顯語,並是佳稱。「日月淪洞冥」,「洞冥」乃深遠之稱,二字是聯綿詞,謂日月皆入於其中,太陽太陰二氣絪縕醞釀而萬物化醇也。「精魄相交構,天壤以羅生」,實緊承上文,意藏不露耳。「精魄」非一物,謂陽精陰魄,即指陰與陽。「相交構」,謂陰陽二氣感應以相與,即《易・繫辭上傳》所謂「一陰一陽之謂道」、「陰陽不測之謂神」,及《莊子・田子方》所謂「至陰肅肅,至陽赫赫;肅肅出乎天,赫赫發乎地;兩者交通成和而物生焉」者也。下句接謂「天壤以羅生」,「天壤」即「天地」,謂天地以精魄之交構而羅生萬物也。

「仲尼推太極」,總承上四,是伯玉重孔子之道,許其於

《易》傳中發造化之秘。「老聃貴窈冥」，與仲尼一有一空，以成對比。以下接入「西方金仙子」，極易滋人混惑，以為指佛，與上文之仲尼老聃儒道合成三教。不知釋書謂釋迦牟尼成佛前五百世已得仙業，而《楞嚴經》卷八分述十種仙者甚詳明。仙之去佛尚遠，伯玉生於釋書甚流行之時，而《楞嚴經》即武氏時宰相房融所譯，伯玉正與同時且相友，不當於釋氏之書昧昧而以「西方金仙子」指釋迦牟尼佛。此當是橫插一筆，以刺武氏也。武氏生於利州，在西蜀，一也；又嘗在長安感業寺為尼，應曾習西方之教，二也。合二端觀之，此喻甚妙。下句「崇義乃無明」，乃伯玉特筆提示來學，俾能尋其曲衷者。「無明」乃「愚癡」之謂，謂武氏雖嘗入寺為尼，而其所崇之本義竟是愚癡也。痛貶武氏，霆擊雷轟，合《春秋》斧鉞之誅。陳秋舫箋此，至謂「儒以太極為萬化之原，老以窈冥為眾有之母。自西方之教論之，乃所謂無明耳」，繼則亂舉釋家語終篇，大乖章旨。

「空色皆寂滅」，此句提起，乃始是真正佛義。而武氏禽獸無禮，陷君聚麀，則其為尼時所緣所業是果類乎？將何成哉。「名教信紛籍」，「名教」是孔子聖教之獨稱，陳君特標出此二字，彌覺嚴霜烈日，大義凜然。杜子美許以聖賢，豈不在此等處乎？「信紛籍」，「信」，誠也；「紛籍」，甚盛眾多之貌。謂列聖羣賢諸所述作誠森羅叢陳，美刺褒貶之間，寵踰華袞之贈，辱過市朝之撻。徇名教而死者將美之褒之，背名教而生者將刺之貶之。《詩》與《春秋》為最著，而歷代聖賢之所撰論，亦後先繼軌，賢賢賤不肖，懲惡而勸善。即伯玉所撰之〈感遇〉諸篇，便是此類。人經

死生，而名教述作俱未停也。觀「西方金仙子」以下多作隱語，「仲尼」二句或亦有深義。今大義既見，不欲多作附會矣。

陳沆云：「此章志無生以出世也。儒以太極為萬化之原，老以窈冥為眾有之母。自西方之教論之，乃所謂無明耳。無明緣行，行緣識，識緣名色，名色緣六入，六入緣觸，觸緣受，受緣愛，愛緣取，取緣有，有緣生，生緣老死，輪迴何由息乎？惟空有不立，二俱寂滅，以無所得無所思維，故無明滅則行滅，行滅則識滅，識滅則名色、六入、觸、受、愛、取、有滅，乃至生老死滅。」此豈非謂伯玉同佛家視儒道為外學無明乎？是不意而厚誣伯玉者也。以片言淺語了之，不尤勝其矜博於佛學耶？

其九

聖人祕元命，懼世亂其真。
如何嵩公輩，詼譎誤時人。
先天誠為美，階亂禍誰因。
長城備胡寇，嬴禍發其親。
赤精既迷漢，子年何救秦。
去去桃李花，多言死如麻。

校記

「祕」，《紀事》及《全唐詩》作「秘」。「詼」，《全唐詩》一作「談」。

此章末第二句轉韻。

陳沆云：「緯書有《元命苞》，漢人以緯候圖讖為祕學。此言聖
人之言天道不可得聞者，雖有前知之美，適為階亂之資。如貞觀
中太白晝見，太史占女主昌；民間又謠女主武王。於是太宗以嫌
疑殺大將李君羨，以其小字五孃，又官邑屬縣皆武也。而不知武
氏為才人，在其宮中，正猶始皇以『亡秦者胡』，大築長城，而不
知其子胡亥。故曰『長城備胡寇，嬴禍發其親』也。武后天授中，
君羨家訟冤。武后詔復其官。《新唐書》贊曰：『以太宗之英明〔原
作「明德」〕，蔽於謠讖，濫君羨之誅，徒使孼后引以自神，顧不哀
哉。』同此詩旨也。章末故為隱語，言今之以口語取禍者，死多
如麻矣。尚可不如桃李之無言，以遠害乎？」殆是。

《新唐書・李君羨列傳》云：「李君羨，洺州武安人。」又
云：「太宗曰：『使皆如君羨者，虜何足憂。』改左武候中郎將，
封武連縣公，北門長上。」又云：「先是，貞觀初，太白數晝
見，太史占曰：『女主昌。』又謠言『當有女武王者』。會內宴，
為酒令，各言小字，君羨自陳曰『五娘子』。帝愕然，因笑曰：
『何物女子，乃此健邪。』又君羨官邑屬縣皆『武』也，忌之。
未幾，出為華州刺史。會御史劾奏君羨與狂人為妖言，謀不軌，
下詔誅之。天授中，家屬詣闕訴冤，武后亦欲自詫，詔復其官
爵，以禮改葬。」太宗是時太史令當為李淳風。《新唐書・方技
列傳・李淳風列傳》云：「貞觀初，與傅仁均爭曆法，議者多附
淳風，故以將仕郎直太史局。制渾天儀，詆摭前世得失，著《法

象書》七篇上之。擢承務郎，遷太常博士，改太史丞，與諸儒脩書，遷為令。太宗得祕讖，言『唐中弱，有女武代王〔《舊唐書‧李淳風列傳》云：「初，太宗之世有〈祕記〉云：『唐三世之後，則女主武王代有天下。』」此實含「武則天」三字。《新書》力求行文簡潔，輒竄改《舊書》，每失真義〕。以問淳風，對曰：『其兆既成，已在宮中。又四十年而王，王而夷唐子孫且盡。』帝曰：『我求而殺之，奈何？』對曰：『天之所命，不可去也，而王者果不死，徒使疑似之戮淫及無辜。且陛下所親愛，四十年而老，老則仁，雖受終易姓，而不能絕唐。若殺之，復生壯者，多殺而逞，則陛下子孫無遺種矣。』帝采其言，止。」

「赤精既迷漢」，西漢也；「子年何救秦」，苻秦而非嬴秦也，此亦伯玉之詼譎歟？用苻秦殆有深意，蓋非正統而亡，或以暗指武朝。嵩公、子年，豈指李淳風歟？「去去桃李花」，明不言之德，諷其上太史占也。如非太宗實明德，淳風亦有諫，則死人如麻矣。陰陽秘奧數術之學，誠有不可測者。《漢書‧五行志中》之童謠且驗，況真精之如淳風者乎？唯真精萬不得一，而妖言惑眾者無世無之耳。然未可以僞廢真，謂之盡無憑也。

其十

深居觀元化，悱然爭朵頤。
讒説相啖食，利害紛疑疑。
便便夸毗子，榮耀更相持。
務光讓天下，商賈競刀錐。
已矣行采芝，萬世同一時。

「居」，《陳集》作「閨」。「元化」，《陳集》與「群動」並排，《紀事》作「群動」，《全唐詩》一作「羣動」。「讒說」，《紀事》作「群動」，誤。「疑疑」，《全唐詩》作「嶷嶷」，不合韻，誤。

析義

此章言己情不欲仕，恥與夸毗為伍而興遠遁之思也。「深居觀元化」，喻細察天下事。讒說蜂起，人將相食，不欲觀之矣。「務光讓天下」，武氏如何？「商賈競刀錐」，謂黨附武氏者也。不君不臣，不若去去采芝以延年也。《易·遯》象云：「天下有山，遯。君子以遠小人，不惡而嚴。」伯玉有其意矣。

「疑疑」據弘治本，重言之，俱作動詞用。此殆伯玉自鑄，義或非佳，故餘本多作「嶷嶷」。然「嶷」字仄聲失韻，殊不合。

其十一

吾愛鬼谷子，青谿無垢氛。
囊括經世道，遺身在白雲。
七雄方龍鬭，天下亂無君。
浮榮不足貴，遵養晦時文。
舒之彌宇宙，卷之不盈分。
豈圖山木壽，空與麋鹿羣。

校記

「谿」，《陳集》作「溪」。「亂」，《全唐詩》作「久」，一作

「亂」。「榮」,《陳集》作「雲」。「遵」,《紀事》作「導」。「舒之」之「之」,《紀事》及《全唐詩》作「可」,《全唐詩》一作「之」。「圖」,《紀事》及《全唐詩》作「徒」。

析義

陳沆云:「子昂少志經世,中年不遇,乃志歸隱,故云『天下亂無君』、『遵養晦時文』,冀俟王室中興而復出也。子昂乞歸,在聖曆元年,盧陵王復立為太子之日。蓋見唐室興復有漸,己志稍慰,始歸養也。惜不久尋卒,不逮開元之世耳。」案「聖曆」諸語,猜度之辭耳。此與上章意略同。結語謂非圖有山木之壽而空與麋鹿為羣,則不得已而遯世之意可見。

其十二

呦呦南山鹿,罹罟以媒和。
招搖青桂樹,幽蠹亦成科。
世情甘近習,榮耀紛如何。
怨憎未相復,親愛生禍羅。
瑤臺傾巧笑,玉杯殞雙蛾。
誰見枯城蘗,青青成斧柯。

校記

「罹」,《紀事》作「離」。「杯」,《陳集》作「盃」。「蛾」,《紀事》作「娥」。「枯」,《全唐詩》一作「孤」。「蘗」,《全唐詩》一作「樹」。

陳沆云：「傷權幸挾私誣陷士類也。碧玉〈綠珠〉之篇，喬補闕以赤其族；細婢歌舞之釁，斛瑟羅幾滅其家。求金不遂，泉帥殞軀於俊臣；宅第過侈，楚客見羨於公主。豈非怨憎報復之外，更有財色致禍之虞耶？鹿以媒獲，桂以馨蠹，士以欲醢，何如枯櫱之無患無爭乎？」末句恐未是。謂枯櫱無患無爭，既是枯櫱，則是被斫之身，與桂同命矣。又枯者城也，非櫱也。察伯玉所指，殆有數事。鹿得食而相呼，物之善美者也，乃因同類而罹罟，喻善人受羅織之害。招搖山之青桂，以喻賢士，乃因讒諂之臣而成科。近習者天子所寵，威福未及作，乃因其所愛而生禍，榮不足恃。或各有所指，於今則義晦不明。陳沆所舉諸例，或亦有當。瑤臺玉杯，喻高宗寵武后而失國。枯城之櫱，用《太玄經》意。揚雄《太玄經》卷一〈差〉：「上九，過其枯城，或櫱青青。測曰：過其枯城，改過更生也。」范望注云：「枯城，謂故都也。」伯玉蓋寄意廬陵王等幹父之蠱，改過更生，將有成斧柯之日，障礙可除。「斧柯」喻權柄，尤有除障之意。舊題孔子〈龜山操〉：「予欲望魯兮，龜山蔽之。手無斧柯。奈龜山何。」而〈感遇〉其二十二有「微霜知歲晏，斧柯始青青」語，其深意益見。

楊惲〈報孫會宗書〉記其詩云：「田彼南山，蕪穢不治。種一頃豆，落而為萁。」淵明〈飲酒〉其五云：「採菊東籬下，悠然見南山。」皆隱指朝廷，伯玉「呦呦南山鹿」其亦有斯意歟？

其十三

林居病時久，水木淡孤清。
閑臥觀物化，悠悠念無生。
青春始萌達，朱火已滿盈。
殂落方自此，感嘆何時平。

校記

「淡」，《紀事》及《全唐詩》作「澹」。「無」，《陳集》作「群」。
「火」，《紀事》作「玉」。「殂」，《陳集》及《全唐詩》作「徂」。
「嘆」，《紀事》及《全唐詩》作「歎」。

析義

此章言時逝之速，物方盛而衰亡踵之也。「念無生」者，無
生則無死矣。然生而丁此喪亂傾危，信如《詩‧小雅‧苕之華》
所云「知我如此，不如無生」矣，感嘆之至。春始萌達，夏已滿
盈，而殂落隨之而到，其速可知。子昂事國，既未獲用，而時艱
如此，尚榮其生耶？此詩或作於丁繼母憂家居之時。

其十四

臨岐泣世道，天命良悠悠。
昔日殷王子，玉馬遂朝周。
寶鼎淪伊穀，瑤臺成古丘。
西山傷遺老，東陵有故侯。

「古」，《陳集》作「故」，《全唐詩》一作「故」。

陳沆云：「此章尤顯。『昔日殷王子，玉馬遂朝周』者，謂太子、相王〔中宗、睿宗〕等並改姓武氏之事也。周者借寓其號。」是矣。

「臨岐」者，發端舉西周故地。「天命」數句，櫽括《史記‧宋微子世家》數事。〈世家〉云：「微子開〔微子名啟，此避漢景帝諱〕者，殷帝乙之首子而帝紂之庶兄也。紂既立，不明，淫亂於政，微子數諫，紂不聽。及祖伊以周西伯昌之修德滅阢國，懼禍至，以告紂。紂曰：『我生不有命在天乎？是何能為？』」又云：「太師若曰：『王子，天篤下菑亡殷國，乃毋畏畏，不用老長。今殷民乃陋淫神祇之祀。今誠得治國，國治身死不恨。為死終不得治，不如去。』〔微子〕遂亡。」又云：「周武王伐紂克殷，微子乃持其祭器，造於軍門。」《論語比考讖》云：「殷惑妲己，玉馬走。」任昉〈百辟勸進今上牋〉云：「是以玉馬駿犇，表微子之去。」「玉馬朝周」，喻睿宗降為皇嗣以朝其母也。武周都洛陽，伊、穀，洛陽外二水，示寶鼎之所淪也。「瑤臺成古丘」，喻唐室女禍而亡。子昂蜀人，西山或亦喻此乎？蓋自視為唐室遺老而自傷，亦以伯夷、叔齊及東陵故侯召平自比也。

其十五

貴人難得意，賞愛在須臾。
莫以心如玉，探他明月珠。
昔稱夭桃子，今為春市徒。
鴟鴞悲東國，麋鹿泣姑蘇。
誰見鴟夷子，扁舟去五湖。

校記

「探」，《陳集》與「採」並排。「姑」，《紀事》作「沽」。

析義

陳沆云：「悼將相大臣之不令終也。夫驪龍頷下有珠焉，有
逆鱗焉。苟自倚其心之無他，可以探其珠，而不知適攖其鱗。昔
日榮華，今日春市。流言危公旦，忠鯁戮子胥，其以功名始終
如范蠡者何人哉。子昂嘗上疏云：『陛下好賢而不任，任而不能
信，信而不能終者，蓋以嘗信任而不效。如裴炎、劉禕之、周思
茂、騫味道，固嘗蒙用，皆孤恩前死。是以疑於信賢，是猶因食
病噎而欲絕食也。』蓋同斯旨。」

「貴人」，明指尊貴之人，暗指武后，以其曾為女官才人，貴
人乃漢女官。此謂武氏賞愛不恆，予幻無常，若以己心如玉而求
之，終遭其噬。「夭桃子」，喻寵愛之盛；「春市徒」，喻罪愆之易
招；「鴟鴞」句閔周公之見疑，「麋鹿」句憐伍員之見誅。唯有棄
絕榮名，遠離君虎，一若范蠡之去句踐，方是獲存之道也。

其十六

聖人去已久，公道緬良難。
蚩蚩夸毗子，堯禹以為謾。
驕榮貴工巧，勢利迭相干。
燕王尊樂毅，分國願同歡。
魯連讓齊爵，遺組去邯鄲。
伊人信往矣，感激為誰嘆。

校記

「迭」，《全唐詩》一作「遞」。「分」，《陳集》與「齊」並排。
「魯」，《全唐詩》一作「仲」。「嘆」，《紀事》及《全唐詩》作
「歡」。

析義

此章傷古道之不再，舉世少真。而夸毗當道，雖堯禹之事不
虛，亦必以為謾也。今之君天下者，任其驕榮工巧，勢利相干，
曾無忠愛之心。燕王尊樂毅，二人同心也；魯連讓齊趙之爵，重
義輕利也。今俱往矣，唯餘巧宦小人耳。彼等非毀聖人，而崇工
巧勢利，此伯玉所以重為嗟嘆也。

陳沆云：「刺上下以利相取也。史言天后時官爵易得，上書
言事，不次擢用，而誅罰亦輒隨之。操刑賞之權，以駕馭天下
士，即此詩所指也。『堯禹以為謾』，謂古聖亦畏巧言令色孔壬也
〔《書‧皋陶謨》：「何畏乎巧言令色孔壬。」〕。夫為上禮賢，當如

燕昭之誠；為下輕爵，當如魯連之高。則上下皆以義交，不以利取矣。子昂嘗上書論八事，所陳官人、知賢、去疑、招諫之術，正同此旨。」陳秋舫誤解「堯禹以為譀」句。《説文》：「譀，欺也。」今俗用「瞞」。詩三、四句實承一、二，謂阿諛夸諂荒誕之徒，不信聖人公道，謂所稱述堯禹者為欺己。神堯茅茨，禹卑宮室，夸毗子豈肯信哉。是夸毗子以堯禹之事為譀，非堯禹譀夸毗子也。「譀」字而可解作「畏」乎？

其十七

幽居觀大運，悠悠念羣生。
終古代興沒，豪聖莫能爭。
三季淪周赧，七雄滅秦嬴。
復聞赤精子，提劍入咸京。
炎光既無象，晉虜復縱橫。
堯禹道既昧，昏虐世方行。
豈無當世雄，天道與胡兵。
咄咄安可言，時醉而未醒。
仲尼溺東魯，伯陽遁西溟。
大運自古來，孤人胡嘆哉。

校記

　「觀大運」之「大」，《全唐詩》作「天」。「復縱」，《陳集》作「紛蹤」，《紀事》作「紛縱」。「既昧」之「既」，《紀事》及《全唐詩》作「已」。「世方行」之「世」，《紀事》及《全唐詩》作「勢」。

「魯」，《紀事》作「夏」。「孤」，《紀事》及《全唐詩》作「旅」。
「嘆」，《紀事》及《全唐詩》作「歎」。

析義

此章末第二句轉韻。

此嘆天命之如斯，作無可奈何之語。以大運始而念羣生，以
大運終而孤人嘆。雖然，歷代興替，皆由天意如此，而今堯禹道
昧，昏虐世行，則以古諷今也。「豈無當世雄」，「雄」與「雌」
對，諷武氏之語。「天道與胡兵」，以胡兵喻武氏之爪牙師旅，嘆
諸王舉義敗績也。末乃以仲尼、伯陽隱遁語作結，既嗟聖道之不
行，復以老子李耳西溟之遁痛李唐之氣運暫沒也。「孤人」，伯玉
自喻。《莊子‧山木》云：「今處昏上亂相之間，而欲無憊，奚可
得邪？此比干之見剖心，徵也夫。」伯玉居職不樂而壯歲告歸，
有以也。

陳沆云：「此指諸王舉兵興復悉就敗滅之事也。一女后臨御
稱制，而舉天下莫能抗，豈非天道助虐乎？」「七雄滅秦嬴」，謂
戰國時諸侯滅於秦嬴也，與上句三季淪於周赧，辭氣略同。「三
季」、「七雄」，略頓即通。「七雄」包秦，無自滅之理。然若追溯
祖龍之宗，則始皇實以呂為嬴，亦可謂之七雄俱滅矣。「六雄」
不辭，而「六國」、「戰國」之類用於此句中則嫌微弱，復似近
體，故第二字非用平聲提起不可也。姑強解如上。

其十八

透迤勢已久，骨鯁道斯窮。
豈無感激者，時俗頹此風。
灌園何其鄙，皎皎於陵中。
世道不相容，嗟嗟張長公。

「勢」，《紀事》作「世」。「中」，《陳集》及《紀事》作「子」，斯則「鄙」、「子」轉仄韻。雖無不可，然只一聯即回舊韻，便覺技窮。餘各章俱無此法，當以一韻到底為佳。

此嘆正道之阻塞，透迤之勢已久，骨鯁斯窮，雖有感激奮發之士，亦難移時俗也。陳仲子不仕於亂世，灌園自保，高尚其事。張摯不取容於當時，終身不仕。是骨鯁道窮之證，兩者皆不欲透迤以周旋於世也。借古諷今，亦以自勉。

陳沆云：「子昂八事疏，其一云：『聖人大德，在能納諫。太宗德參三王，而能容魏徵之直。今誠有敢諫骨鯁之臣，陛下宜廣延順納，以新盛德。』又本傳言后雖數召見問政事，論並詳切，故奏聞輒罷。並骨鯁之明驗也。《漢書》：『張釋之子摯，字長公，官至大夫，免。以不能取容於時，終身不仕。』猶子昂屢觸武后，又忤諸武，遂壯年乞歸也。」案《史記》及《漢書》載張長公事並僅寥寥數語，而陶公〈讀史述九章〉特標舉之而為之

贊，豈不在「不能取容當世」故乎？伯玉此結，正同陶公，皆所謂「攄懷舊之蓄念，發思古之幽情」者也。

其十九

聖人不利己，憂濟在元元。
黃屋非堯意，瑤臺安可論。
吾聞西方化，清淨道彌敦。
奈何窮金玉，彫刻以為尊。
雲構山林盡，瑤圖珠翠煩。
鬼功尚未可，人力安能存。
夸愚適增累，矜智道逾昏。

校記

「彫」，《陳集》及《全唐詩》作「雕」。「構」，《紀事》作「架」。「功」，《全唐詩》作「工」。

析義

陳沆云：「武后嘗削髮感應寺為尼〔案《舊唐書·則天皇后紀》：「及太宗崩，遂為尼，居感業寺。」《通鑑·唐紀十五》亦云是感業寺。胡三省《通鑑》注引程大昌說定為安業寺。無感應寺，陳秋舫誤記〕，及臨朝稱制，僧法明等又撰《大雲經》，稱后為彌勒化身，當代唐主閻浮提天下，故勅諸州並建大雲寺。為僧懷義建白馬寺。又使作夾紵大像，小指尚容數十人，於明堂北為天堂以貯之。初成，為風所摧，復重脩之。采木江嶺，日役萬人，府

庫為耗竭。久視元年，欲造大像，令天下尼僧日出一錢，以助其功。狄仁傑上疏曰：『今之伽藍，制過宮闕。功不使鬼，止在役人。物不天來，終須地出。如來設教，以慈悲為主，豈欲勞人以存虛飾？』長安四年，張廷珪諫造大像曰：『以釋教論之，則宜救苦厄，滅諸相，崇無為。願陛下行佛之意，以理為上。』並同斯旨。」此詩或寫於武后登位後數年間。久視元年，伯玉恐已卒矣。

其二十

　　玄天幽且默，羣議曷嗤嗤。
　　聖人教猶在，世運久陵夷。
　　一繩將何繫，憂醉不能持。
　　去去行采芝，勿為塵所欺。

　　「夷」，《紀事》作「遲」。「采」，《陳集》作「採」。

　　陳沆云：「天意渺冥，難可情測。惟以人事度之，則先皇之德澤猶在，未應遽斬；世運之凌夷已深，又似難回。展轉二端，憂心如醉。一繩繫日，誠不能持。意惟潔身長往，不與塵淄矣乎？蓋欲去未忍，欲救無權。決計良難，豈伊朝夕？」觀其詩，「玄天幽默」者，謂天何言也，而人反嗤嗤。「去去行采芝」，則去意已決，豈有決計良難之意？又伯玉「一繩何繫」，明用《後漢書》徐孺子語，而可以「一繩繫日」文之耶？

其二十一

蜻蛉遊天地，與物本無患。

飛飛未能去，黃雀來相干。

穰侯富秦寵，金石比交歡。

出入咸陽裏，諸侯莫敢言。

寧知山東客，激怒秦王肝。

布衣取丞相，千載為辛酸。

校記

「地」，《紀事》作「下」。「物」，《紀事》及《全唐詩》作「世」。「去」，《紀事》及《全唐詩》作「止」，《全唐詩》一作「去」。「丞」，《全唐詩》一作「卿」。

析義

陳沆云：「刺武后廣開告密之路，市井皆得召見，不次擢用也。崔詧、李景諶以誣裴炎而得相，索元禮、來俊臣以告密而至九卿。乃至獬豸但能觸邪，有不識字之御史；青紫片言可拾，有不蹭時之仕宦。傾險蠭生，名器濫竊。垂拱二年，子昂上疏諫云：『邇者大開詔獄，重設嚴刑，遂至奸人熒惑，乘險相誣；糾告疑似，冀圖爵賞。』即此詩旨。」與伯玉原詩似無關涉。

此章前四句敷陳，以下四句分承，以蜻蛉比穰侯，黃雀喻范雎（《史記》本傳作「范雎」），脈絡了然可見。然穰侯非賢，伯玉無哀之之理，果孰寓乎？此章蜻蛉黃雀是真比，穰侯范雎是譎

喻，承接不倫不類，特意為之，使人不易知其歸趣以免禍耳。此章實刺武曌也，蜻蛉比王皇后，黃雀比武氏。王皇后不與時政，與物本無患也。「飛飛未能去，黃雀來相干」，惜王皇后不能止於與蕭淑妃爭高宗之寵，而引來武氏，致招殺身殘形之禍。武曌陰刻，奪其位而慘殺之，黃雀之比非虛矣。事詳《新唐書·后妃列傳上·王皇后列傳》與〈則天武皇后列傳〉，及《通鑑·唐紀十五》高宗永徽五年。武后嘗為尼，故以布衣比緇衣；后與相皆輔天子者，只后在內、相在外耳。然則以丞相比后，亦非全不相涉也。

其二十二

微霜知歲晏，斧柯始青青。
況乃金天夕，浩露霑群英。
登山望宇宙，白日已西暝。
雲海方蕩潏，孤鱗安得寧。

校記

「夕」，《紀事》作「久」，誤。「霑」，《陳集》及《全唐詩》作「沾」。「暝」，《紀事》作「溟」。

析義

此借天時喻世事。「微霜知歲晏」，謂來日無多，而唐室枯城之蘗，方始青青，猶未成斧柯以資削伐。霜露皆西方肅殺之氣所凝，「浩露霑群英」，以花擬人，喻群賢為時所傷也。《禮·

月令》於季秋之月云：「霜始降。」又云：「寒氣總至，民力不堪。」乃斯時矣。「白日已西暝」，復明歲晚，有日昃之離、明而受傷、初登於天、後入於地之慨也。雲海蕩潏，而白日已暝，則羣小猖獗，天下不安矣。孤鱗不寧，鱗蟲之精者曰龍，此嗟中宗乎？中宗被廢，居於均州，又遷房州。聖歷元年，復立為皇太子，仍居房州。武氏盜國後，久之，欲以其姪武三思為太子。狄仁傑初諫，武氏怒不從。後復與王方慶苦諫，乃感悟迎歸。伯玉謂孤鱗不寧，殆中宗居房陵時也。

其二十三

翡翠巢南海，雄雌珠樹林。
何知美人意，嬌愛比黃金。
殺身炎州裏，委羽玉堂陰。
旖旎光首飾，葳蕤爛錦衾。
豈不在遐遠，虞羅忽見尋。
多材信為累，嗟息此珍禽。

校記

「嬌」，《紀事》及《全唐詩》作「驕」。「玉」，《陳集》作「王」，誤。「信」，《陳集》作「固」。「嗟」，《紀事》及《全唐詩》作「歎」。「此」，《紀事》作「比」，誤。

析義

此章深意，即在多材為累也。美人愛翡翠如黃金，喻君之愛

才。今翡翠殞命，非必指賢能之見殺，士亦有鞠躬盡瘁，委質勞形而終，則與翡翠之遇何異也？身在遐遠而羅網見尋，則無所逃於天地之間矣。「嗟息此珍禽」，嗟嘆太息此材也。

陳沆云：「子昂〈麈尾賦〉曰：『神好正直，道惡強梁。此仙都之靈獸，因何賦而罹殃。豈不以斯尾之有角，而殺身於此堂。』又云：『莫神於龍，受戮為醢；莫聖於麟，道窮於野。神不自智，聖不自知。況林棲而谷走，及山鹿與野麋。古人有言：天地之心，其間無巧；冥之則順，動之則夭。諒物情之不異，又何有於猜矯。』」誤引甚多，未暇列舉。

其二十四

> 挈瓶者誰子，姣服當青春。
> 三五明月滿，盈華不自珍。
> 高堂委金玉，微縷懸千鈞。
> 如何負公鼎，被戮笑時人。

校記

「瓶」，《紀事》作「缾」。「姣」，《全唐詩》一作「妖」。「盈華」，《全唐詩》作「盈盈」。「堂」，《紀事》作「坐」，誤。

析義

陳沆云：「歎相器非人，傾覆相尋也。武后置相不次，驟於予奪。二十年中，易相數十。崔詧、騫味道、李景諶、沈君諒、韋待價、傅游藝、史務滋、武什方、楊再思、宗楚客之流，或市

井無賴，不次擢用。皆旋踵削黜，隨以誅戮。故詩悼其智小謀大，曾無挈瓶守器之能；力小任重，徒有微縷千鈞之勢。月盈則虧，莫之能持；金玉滿堂，莫之能守。負鼎折足，遞相傾奪，徒詒世笑而已。《説文》云：『斂，彊取也。』引《書》曰：『斂攘矯虔。』」

案此章實述和逢堯事，非徒歎相器非人也。逢堯善奉使，睿宗朝官至戶部侍郎。《新唐書·和逢堯列傳》云：「和逢堯，岐州岐山人。武后時負鼎詣闕下，上書自言願助天子和飪百度。有司讓曰：『昔桀不道，伊尹負鼎於湯。今天子聖明，百司以和，尚何所調？』逢堯不能答，流莊州。」「當青春」，謂其年輕時也。「姣服」，謂其故為異裝，冀人奇之也。逢堯之為，伯玉必嘗親見之。於時武氏金玉滿堂，莫之能守，千鈞懸縷，其墜也必。陰魄驕盈，妄竊神器，雖有賢哲，難救其亡。而逢堯竟以挈瓶小智，效阿衡之負鼎。君非天乙，爾亦伊何？其遭流放而見笑於時人也宜矣。「斂」也者，謂斂去其所負之鼎也。「斂」，今假借作「奪」。負鼎是用伊尹干湯事，非如秋舫作《易·鼎》九四之折足覆餗解。伊尹説成湯語，詳見《呂氏春秋·孝行覽·本味》。

其二十五

玄蟬號白露，兹歲已蹉跎。
羣物從大化，孤英將奈何。
瑤臺有青鳥，遠食玉山禾。
崑崙見玄鳳，豈復虞雲羅。

「玄」,《紀事》作「寒」。「跎」,《紀事》作「跑」。「虞」,《陳集》作「嘆」。「虞雲羅」,《紀事》作「羅雲龍」,誤。

此章言日暮時窮,羣物從大化而衰沒,已將不免,遂欲退隱以遠害也。「孤英將奈何」與末章「孤鳳其如何」幾於同辭,然其旨迥別,「孤英」唯與第十七章之「孤人」同喻耳。

首句「玄蟬號白露」,本是夏曆七月,即如《禮‧月令》孟秋之月「白露降,寒蟬鳴」也。而云「茲歲已蹉跎」者,蓋作於武氏天授元年歟?武氏於永昌元年(翌年改元天授)十一月,始用周正,以夏曆之十一月為歲首。至久視元年,復用夏曆,以正月為歲首。用周正則夏之七月已是周之暮秋,云歲已蹉跎近是。而「歲」上加「茲」字,明是初用周正時。又孤英奈何、玄鳳豈虞雲羅,頗用謝玄暉〈暫使下都夜發新林至京邑贈西府同僚〉之「時菊委嚴霜」及「寄言躡羅者,寥廓已高翔」詩意。

其二十六

荒哉穆天子,好與白雲期。
宮女多怨曠,層城閉蛾眉。
日耽瑤池樂,豈傷桃李時。
青苔空萎絕,白髮生羅帷。

「好」,《紀事》作「始」,誤。「蛾」,《紀事》作「峨」,誤。「耽」,《紀事》作「晚」,誤。「池」,《陳集》及《紀事》作「臺」,《陳集》一作「池」。「苔」,《陳集》作「荅」,誤。「帷」,《陳集》作「惟」,誤。

析義

此章諷高宗迷戀武后,荒於政事也。穆天子喻高宗,西王母比武后。伯玉諷高武事,每有不倫之比。層城,太帝所居,以喻宮中。「閉蛾眉」,乃宮女怨曠所由也。末數句言宮女鬱鬱終老,宮女當暗指朝廷大臣。

陳沆云:「此追歎高宗寵武昭儀廢皇后、淑妃之事也,故用穆王、王母、瑤池之事。駱賓王檄武后云:『入門見嫉,蛾眉不肯讓人;掩袖工讒,狐媚偏能惑主。』言後宮不得進見,故劍皆成覆水也。」直言廢皇后、淑妃事,恐非是。蓋王皇后、蕭淑妃廢而見殺,此則但言「白髮生羅帷」。駱賓王檄,「蛾眉」指武后;「層城閉蛾眉」則指宮女而言,即江淹「春宮閟此青苔色」之意也。

其二十七

朝發宜都渚,浩然思故鄉。
故鄉不可見,路隔巫山陽。
巫山綵雲沒,高丘正微茫。

佇立望已久，涕落霑衣裳。

豈茲越鄉感，憶昔楚襄王。

朝雲無處所，荊國亦淪亡。

「路隔」，《紀事》作「但見」。「綵」，《紀事》作「彩」。「落」，
《紀事》作「淚」，《全唐詩》一作「淚」。「霑」，《全唐詩》作
「沾」。「茲」，《紀事》作「慈」，誤。

陳沆云：「此歎高宗、武后之事也。宋玉〈高唐賦〉序謂神女
嘗薦先王之枕席，後又云：『王復夢遇焉。』正猶武后本先帝才
人，而高宗復陰納宮中也。『豈茲越鄉感』，自明其詩中所指皆非
徒離鄉之思也。卒之哲婦傾城，褒姒滅周，荊國固淪亡矣，而朝
雲亦復安在哉？俛仰古今，猶如大夢。」

案詩中荊國淪亡乃指唐言。「故鄉」喻前朝，思唐也。阻隔
巫山高丘，謂大唐為高宗所敗也。佇立望久，涕泣霑裳，則傷之
者至矣，亦屈子反顧流涕之意。「高丘」，隱高宗之謚；朝雲神
女，喻武后也。巫山為綵雲所沒，故高丘微茫，指高宗為武后所
惑也。風止雨霽則雲無處所，武氏其亦將如斯夫？

其二十八

昔日章華宴，荊王樂荒淫。
霓旌翠羽蓋，射兕雲夢林。
竭來高唐觀，悵望雲陽岑。
雄圖今何在，黃雀空哀吟。

校記

「唐」，《陳集》及《紀事》作「堂」，誤。「雲陽」，《紀事》作「陽雲」，誤。

析義

此章蓋諷高宗迷寵武后也。荊王指高宗；安陵君事，以男喻女。安陵纏之封也，猶武后之晉位。「黃雀」，以楚物明楚地。或嘆黃雀不知彈丸，故哀吟之，指高宗荒於政事。黃雀亦喻廬陵王，蓋中宗廢為廬陵王，房州安置，房州乃楚地也。「空哀吟」亦指中宗而言歟？

陳沆云：「此刺武后寵嬖二張〔易之、昌宗〕之事也。《戰國策》：『安陵君幸於楚王，江乙說使請為殉，以深自結於王。於是楚王游於雲夢，結駟千乘，旌旗蔽日。有狂兕依輪而至，王親引弓，一發而殪之，仰天而笑曰：「寡人萬歲千秋之後，誰與樂此矣？」安陵君泣數行，進曰：「臣入則編席，出則陪乘。大王萬歲千秋之後，臣願得以身試黃泉，蓐螻蟻，又何如得此樂而樂之？」』又莊辛說楚襄王，先引黃雀不知彈丸之禍，而繼之曰：

『夫黃雀其小者也。君王左州侯，右夏侯，輦從鄢陵君與壽陵君，與之馳騁乎雲夢之中，而不以天下國家為事。』云云，皆嬖幸專寵之事，以譬二張控鶴監之流。『雄圖今安在』，知武氏之不久長，唐室之不終絕也。」案詩中主言荊王之寵安陵君，凡四句之多，黃雀不過以明楚地耳，焉能以此謂指武后寵幸二張？荊王之寵安陵纏，乃一人寵一人，雖《戰國策・楚策四》莊辛有諫楚襄王嬖寵鄢陵君與壽陵君事，然不宜喻人而雜用兩典，自以高宗寵武后為合。「朅來高唐觀，悵望雲陽岑」，是伯玉謂己也，懷古之意明矣。「雄圖今何在」，直謂唐帝之雄圖亦明矣，焉可謂此知武氏之不久長？武氏雄圖，時方在握也。

其二十九

丁亥歲云暮，西山事甲兵。
贏糧匭卭道，荷戟驚羌城。
嚴冬嵐陰勁，窮岫泄雲生。
昏曀無晝夜，羽檄復相驚。
攀跼兢萬仞，崩危走九冥。
籍籍峯壑裏，哀哀冰雪行。
聖人御宇宙，聞道泰階平。
肉食謀何失，藜藿緬縱橫。

校記

「贏」，《陳集》作「贏」。「糧」，《陳集》作「粮」。「匭」，《紀事》作「市」，是「币」之誤。「驚」，《紀事》及《全唐詩》作

「爭」。「羌」，《陳集》、《紀事》及《全唐詩》俱作「羗」。古部族不宜俗寫，故正之。「嵐陰」，《紀事》及《全唐詩》作「陰風」。「泄」，《紀事》作「油」，《全唐詩》一作「油」。「暄」，《紀事》作「黷」，《全唐詩》一作「黷」。「攣」，《紀事》及《全唐詩》作「拳」。「兢」，《全唐詩》作「競」。「走」，《全唐詩》一作「遠」。「籍籍」，《全唐詩》一作「寂寂」。「泰」，《紀事》作「太」。「失」，《紀事》作「朱」，誤。「藜」，《陳集》作「蔾」。

析義

　　陳沆云：「本傳，垂拱四年，謀開蜀山，由雅州道擊生羌，子昂上書以七驗諫止之。大略為謂結怨無罪之西羌，襲不可幸之吐蕃，開險道以引寇兵，敝全蜀以事窮夷。人勞則盜賊必生，財匱而姦贓日飽，其患無窮。具詳本傳。」垂拱「四年」應作「三年」乃合。又子昂並無隨軍，故詩中所言，乃推想之辭也。泰階不平，則武氏非聖人，何以為君？肉食謀失，則輔之者非其人，何預人家國事耶？「聖人」二句慷慨，「肉食」二句沈雄。

其三十

　　　　竭來豪遊子，勢利禍之門。
　　　　如何蘭膏嘆，感激自生冤。
　　　　眾趨明所避，時棄道猶存。
　　　　雲淵既已失，羅網與誰論。
　　　　箕山有高節，湘水有清源。
　　　　唯應白鷗鳥，可為洗心言。

　　其三十,《紀事》及《全唐詩》作三十一。「嘆」,《紀事》
及《全唐詩》作「歎」,《陳集》一作「歇」。「冤」,《紀事》作
「怨」。「淵」,《紀事》作「泉」。唐高祖諱淵,臨文者或避「淵」
作「泉」。「為」,《全唐詩》一作「與」。

析義

　　此章戒權勢之易成禍也。多財為患害,其冤自招。人皆貴榮
祿,則明者當知避矣。雖為時棄,可以遵道養晦也。「雲淵」喻
鳥魚之基,《莊子‧庚桑楚》云:「故鳥獸不厭高,魚鱉不厭深;
夫全其形生之人,藏其身也,不厭深眇而已矣。」鳥出於雲,魚
出於淵,乃罹羅網。既入羅網,則無人可與論羅網,論亦晚矣。
箕山高節,湘水清源,高人懿行,非熱中勢利者可喻,唯白鷗可
洗心而言耳。湘水雖屈子湛身處,然此詩用清源,謂潺湲之瀨,
可釣而隱,何用湛身?用屈子事而化之,與揚子雲所云「遇不遇
命也,何必湛身哉」意合。

其三十一

　　可憐瑤臺樹,灼灼佳人姿。
　　碧華映朱實,攀折青春時。
　　豈不盛光寵,榮君白玉墀。
　　但恨紅芳歇,凋傷感所思。

其三十一，《紀事》及《全唐詩》作三十。「憐」，《紀事》作「惜」，《全唐詩》一作「惜」。「凋」，《陳集》作「彫」。

作者自嘆也。「瑤臺樹」，自言出眾。「碧華」、「朱實」，言其異才。「攀折青春時」，言及時而仕。「豈不盛光寵，榮君白玉墀」，謂武后奇其才，召見金鑾殿，拜麟臺正字時也。「但恨紅芳歇」，指武后篡唐為周，唐祚中斷。「凋傷感所思」，「凋傷」承「紅芳」，則所思是大唐矣。

其三十二

索居獨幾日，炎夏忽然衰。
陽彩皆陰翳，親友盡睽違。
登山望不見，涕泣久漣洏。
宿昔感顏色，若與白雲期。
馬上驕豪子，驅逐正蚩蚩。
蜀山與楚水，攜手在何時。

「獨」，《紀事》及《全唐詩》作「猶」，《全唐詩》一作「獨」。「友」，《紀事》作「支」，誤。「睽」，《陳集》、《紀事》及《全唐詩》俱作「暌」。「暌」乃「睽」之譌字。「昔」，《全唐詩》作「夢」，一作「昔」。「馬上」，《紀事》作「世中」，《全唐詩》一作

「世中」。「蚩蚩」,《紀事》作「嗤嗤」。

析義

　　陳沆云:「子昂舉進士在高宗末年,踰年而武后廢廬陵稱制,故云『索居猶幾日,炎夏忽然衰』也。『陽彩皆陰翳』,喻佞幸黨附之盈朝。『親友盡暌違』,喻宗室勳舊之殂謝。涕泣漣洏,宿夢顏色,故國故君之思也。驕豪驅逐,乘勢煽權之人也。『若與白雲期』,以故鄉寓帝鄉之感。蜀山楚水,攜手何時,以故交寓故君之思。」

　　案《莊子‧天地》云:「千歲厭世,棄而上僊。乘彼白雲,至于帝鄉。」又陶潛〈歸去來辭〉云:「富貴非吾願,帝鄉不可期。」則此處之「白雲期」,是期見被廢之中宗也,故云「宿昔感顏色」。此「白雲」自與《穆天子傳》之「白雲在天」不同。又「陽彩」喻唐,「陰翳」喻武氏及其黨,一陽一陰,亦伯玉慣用之法。伯玉蜀人,廬陵王在楚,故有蜀山楚水之語。

其三十三

金鼎合神丹,世人將見欺。
飛飛騎羊子,胡乃在峨眉。
變化固非類,芳菲能幾時。
疲痾苦淪世,憂悔日侵淄。
眷然顧幽褐,白雲空涕洟。

「神」，《陳集》作「還」，《全唐詩》一作「還」。「子」，《紀
事》作「了」，誤。「非」，《紀事》及《全唐詩》作「幽」，誤。《全
唐詩》一作「非」。「悔」，《紀事》及《全唐詩》作「痗」，《全唐
詩》一作「悔」。「雲」，《紀事》作「雪」，誤。

析義

陳沆云：「此與『觀龍變化』一章同旨。金丹神方，還顏卻
老，喻回天再造之功也。世人疑其相欺，即『酣酒笑丹經』之意
也。試思變化飛舉，苟不可信，則丹成羽化，遨遊名山者，獨何
人乎？目前朝槿蕣華之榮利，能幾何時？但恐神丹不至，沈疴日
深，河清難俟，使我憂痗耳。『幽褐』明恤緯之思，『白雲』即帝
鄉之旨。」

案此章必從其深意解之，不然「飛飛騎羊子，胡乃在峨眉」
未免淺稚也。蓋葛由之事，孰能證哉？神仙眾矣，而伯玉獨言騎
羊子，一則固取義於蜀人因之而得道，二則以「羊」諧「楊」，隋
之姓也。「騎楊」則指唐帝無疑也。伯玉以言唐室天之所命，非
淺人所知。背棄唐室，俱不得道者。以其非變化登仙之類，芳菲
之日，轉瞬而逝。疲病日深，沈淪於世。日遭憂悔侵蝕，雖欲作
有道被褐之人，重返帝鄉，亦晚矣。陳沆謂「『幽褐』明恤緯之
思」，案《左傳・昭公二十四年》云：「嫠不恤其緯，而憂宗周之
隕，為將及焉。」杜注云：「嫠，寡婦也。織者常苦緯少，寡婦
所宜憂。」詩中未見此意。

其三十四

朔風吹海樹，蕭條邊已秋。
亭上誰家子，哀哀明月樓。
自言幽燕客，結髮事遠遊。
赤丸殺公吏，白刃報私讎。
避讎至海上，被役此邊州。
故鄉三千里，遼水復悠悠。
每憤胡兵入，常為漢國羞。
何知七十戰，白首未封侯。

校記

「幽」，《紀事》作「陰」，誤。「燕」，《陳集》作「谷」，誤。
「刃」，《陳集》作「日」，誤。《全唐詩》一作「日」。「避讎」之
「讎」，《陳集》及《紀事》作「仇」。「千」，《陳集》作「十」，誤。
「水」，《陳集》作「東」，誤。「戰」，《紀事》作「載」，誤。

析義

此章言有功軍將不得正賞也。陳沆云：「本傳載子昂垂拱四
年上八事，其一曰：『臣聞勞臣不賞，不可勸功；死士不賞，不
可勸勇。今或勤勞死難，名爵不及；偷榮尸祿，寵秩妄加。非所
以示勸。願獎勵有功，表顯殉節。』云云，蓋其時功賞，多為諸
武嬖幸所冒，不盡上聞也。」

汪容甫〈弔黃祖文〉序云：「夫杯酒失意，白刃相讎，人情所

恆有。」操丸殺吏,喻其勇而善鬥,堪比宜僚,非輕薄少年惡子之謂。避讎海上,則項梁、彭越皆然,不足怪也。末用李廣事,以惜其忠國而功高不賞,非謂李廣為幽燕人,不可疑也。

其三十五

本為貴公子,平生實愛才。
感時思報國,拔劍起蒿萊。
西馳丁零塞,北上單于臺。
登山見千里,懷古心悠哉。
誰言未忘禍,磨滅成塵埃。

校記

「愛」,《紀事》作「憂」,誤。「零」,《紀事》作「令」。「忘」,《陳集》作「亡」。「滅」,《紀事》作「沒」。

析義

此章總述兩次從軍,「西馳丁零塞」指征僕固時,「北上單于臺」指征契丹時。詩中言禍,兼憂東突厥默啜之猖狂也。首六句自敍,後四句感懷。《左傳・僖公二十四年》載鄭臣富辰云:「民未忘禍,王又興之。」「忘」、「亡」互通,「未忘禍」本此,意謂朝廷未能以古為鑑,不自警惕,舊禍既忘,滅如塵埃,則新禍將興矣。見遠思深,伯玉非徒一儒者已也。

陳沆云:「自傷壯志不遂也。本傳言子昂家世豪富,尚氣決,輕財好施,篤朋友,故有『本為貴公子,平生實愛才』之

語。又言武攸宜討契丹，表子昂參謀。次漁陽，前軍敗，舉軍震恐。子昂請申軍令，擇將士，選麾下精兵前進，攸宜不納。數日，復進計，攸宜怒，徙署軍曹。又嘗上書，言曩時吐番不敢東侵者，由甘涼士馬強盛。今河南涼州空虛，惟甘州饒沃，為河西咽喉地，宜益兵營農。數年之收，可飽士百萬，何憂吐番哉？其後吐蕃〔原文如此〕果入寇，終天后之世，為邊患最甚云云，則子昂之邊略可知矣。」

其三十六

浩然坐何慕，吾蜀有峨眉。
念與楚狂子，悠悠白雲期。
時哉悲不會，涕泣久漣洏。
夢登綏山穴，南采巫山芝。
探元觀羣化，遺世從雲螭。
婉孌將永矣，感悟不見之。

校記

「悲」，《陳集》作「怨」。「綏」，《紀事》作「西」。「穴」，《紀事》作「冗」，誤。「巫山」之「山」，《紀事》作「江」，誤。「羣」，《紀事》作「造」。「孌」，《紀事》作「戀」。「將」，《全唐詩》作「時」。

析義

峨眉，神仙居處也，以喻帝居。「楚狂」喻楚王，中宗也，

房州楚地。「白雲期」，與君約也。如非有所寓，何至不見楚狂而為之悲泣漣洏乎？時不會，子昂雖仕宦，而中宗幽閉也。綏山桃、巫山芝，仙壽之物，食者得道，以喻欲隨唐室而食其祿也。「雲螭」，無角之龍，喻中宗也。遺世從之，去洛而赴房陵矣。「婉孌將永」，不欲離也。然是夢中所有，究非着實，感悟不見，徒增欷歔耳。夫思中宗而涕泣漣洏，而形諸夢寐，忠義見矣。杜公謂「終古立忠義，感遇有遺編」，是詩聖卓識。而潘德輿輩非之，以為是忠於武氏，小人不樂成人美，如是哉。

其三十七

朝入雲中郡，北望單于臺。
胡秦何密邇，沙朔氣雄哉。
籍籍天驕子，猖狂已復來。
塞垣無名將，亭堠空崔嵬。
咄嗟吾何歎，邊人塗草萊。

校記

「籍籍」，《紀事》及《全唐詩》作「藉藉」。「天」，《陳集》作「夭」，誤。「無」，《陳集》作「興」，誤。

析義

此詩當作於子昂東征契丹時也。萬歲通天元年九月，子昂隨武攸宜東征契丹，至次年七月凱旋，在軍中凡十月。當在其間奉命往雲中。幽州至雲中，數日可達。詩中「籍籍天驕子」喻匈

奴，非契丹，當指東突厥默啜。神功元年，默啜寇靈州、勝州，朝廷以契丹未平，厚賂之。默啜乃與武周合攻契丹。然中國必猶慮突厥寇邊，故幽州至雲州一線，實宜戒備。雲州在永淳元年為突厥所破。永昌元年，僧懷義北討突厥，不見虜，於單于臺刻石紀功而還。故子昂北望單于臺而憂突厥之患也。因胡秦之邇，乃見侵凌之易；因沙朔之雄，乃見胡兵之勢。「籍籍天驕子，猖狂已復來」，即謂突厥今復強盛，足為邊患。然「塞垣無名將」，故邊人受殃也。「塗草萊」，死傷枕籍於草萊之間也。

陳沆云：「則天時邊患，西吐番，北突厥，東契丹。前『西山事用〔甲〕兵』一章，謂吐番也；『蒼蒼丁零塞』一章，謂契丹也〔非是，已有説〕；此章『北望單于臺』，憂突厥也。武后殺程務挺、黑齒常之、泉獻誠諸名將，又用閻知微送武延秀使突厥，為其侮笑，益輕中國，生邊患也。」

其三十八

仲尼探元化，幽鴻順陽和。
大運自盈縮，春秋迭來過。
盲飆忽號怒，萬物相分劘。
溟海皆震蕩，孤鳳其如何。

校記

「迭」，《紀事》及《全唐詩》作「遞」，《全唐詩》一作「迭」。「盲」，《紀事》作「首」，誤。「分」，《紀事》及《全唐詩》作「紛」。

　　此章殿末，與首章同其祕奧，蓋有深意存焉。茲不嫌辭費，復逐句剖釋於後。

　　「仲尼探元化」，此仲尼是以至聖喻太宗也。堯舜是孔孟所稱，禹湯文武亦列聖羣賢所讚頌，然文獻僅具，其詳不可得而聞。若備諸史籍，彌足徵者，則太宗是第一明君。伯玉仲尼之喻，殊不虛也。「探元化」者，謂太宗初選武氏入宮也。《易·繫辭下傳》云：「天地絪縕，萬物化醇。男女搆精，萬物化生。」武氏入侍太宗雖十有二年，未嘗有所出，然名分亦合矣。句涉荒唐，非真謂孔子窮探天地造化之機也。清潘德輿《養一齋詩話》厚誣伯玉，陳廷經嘗斥之以「不學不仁」，允矣。潘氏謂〈感遇〉三十八首「皆歸於黃老，其志廓而無稽，其意晦而不明，荒唐隱晦，專為避禍起見」。歸於黃老，則猶屈子之賦〈遠遊〉也。意晦不明，荒唐隱晦，正是伯玉佳處，以此及首章為最，豈皮相目論如潘氏者所得而詳哉？

　　「幽鴻順陽和」，表徵是雁隨陽自北而南；然仲秋天氣初肅而雁來，至仲春陽和布氣而雁歸北漠，則於陽氣為逆而非順，故此句非顯義可知矣。此「幽鴻」實以喻高宗也。高宗昏暗不明，故謂幽，他章時以「幽」字混之，勿惑也。又《周書》謚法以亂常為幽。《說文》云：「鳳，神鳥也。天老曰：『鳳之象也，鴻前麐後，……』」高宗雖太宗所生，然非真有德，故惟稱鴻焉，蓋非鳳之比也，與末句之稱鳳者同詩而異稱。此伯玉之特筆，其意可尋矣。「順陽和」，是承順太宗探化之事而陽和布氣，使武氏有數

子女也。《穀梁傳‧莊公三年》:「獨陰不生,獨陽不生,獨天不生。」有以也。《世說新語‧方正》孔羣謂匡術「德非孔子,厄同匡人。雖陽和布氣,鷹化為鳩,至於識者,猶憎其眼」,豈武氏少時眼色媚人,而伯玉曲用孔羣意耶?斯則無攷矣。《禮‧曲禮上》:「夫唯禽獸無禮,故父子聚麀。」高武之事,國之牆茨,君子所不忍言,故以至隱僻之辭出之,非徒以遠害已也。

「大運自盈縮」,謂李唐、武周之運也。武嬰國周,毀典亂常,肆無忌憚,是彼自以為盈耳,然盈不可久也。高宗雖廢后立后,貶絕老臣,使唐祚幾斬,是高宗極昏不明而自縮其國運也。然縮者亦必將有所伸,豈終斷之謂乎?「自」字妙,「盈縮」亦別有量裁,非徒沿用前人語辭也。

「春秋迭來過」,喻四序非我,伯玉不樂其生之意也。《漢書‧禮樂志》引〈日出入〉:「日出入安窮?時世不與人同。故春非我春,夏非我夏,秋非我秋,冬非我冬。」《詩‧小雅‧苕之華》:「知我如此,不如無生。」《王風‧兔爰》序云:「桓王失信,諸侯背叛,構怨連禍,王師傷敗,君子不樂其生焉。」《漢書‧王莽傳》贊:「滔天虐民,窮凶極惡。毒流諸夏,亂延蠻貉,猶未足逞其欲焉。是以四海之內,囂然喪其樂生之心。」伯玉發為聲詩,情其猶是矣。「來」與「過」實經鑪錘,非輕下者,所謂「看似尋常最奇崛,成如容易卻艱辛」者也。

「盲颮忽號怒」,謂武氏既稱制,不意六年後又忽盜國,濫刑殘殺也。《莊子‧齊物論》:「夫大塊噫氣,其名為風。是唯無作,

作則萬竅怒呺。」首章以地喻武氏，此章又復有承焉。「幽鴻」順陽，亦與首章之「幽陽」同辭同旨。以盲颲喻武氏之所為，蓋深惡之，非盲風及颱風，是一物，非二物，「盲」字借字而用耳，非〈月令〉盲風之解也。

「萬物相分劘」，於是乎唐之宗室芟夷殆盡，而百官萬民相與乎塗炭中也。《通鑑・唐紀二十》：「殺南安王潁等宗室十二人，又鞭殺故太子賢二子，唐之宗室於是殆盡矣。」〈二十一〉：「太后自垂拱以來，任用酷吏，先誅唐宗室貴戚數百人，次及大臣數百家。其刺史、郎將以下，不可勝數。」又盛開告密之門，讒說蜂起，人皆重足屏息。用周興、來俊臣，羅織人罪，姜斐貝錦，殘人以快，可堪細道哉？「劘」與「磨」皆俗體，《說文》作「礳」。

「溟海皆震蕩」，上文萬物分別而折磨，是人物遭咎殃；此處四溟並皆震蕩，則八表同昏矣。「震」，起也，溟海震蕩，非徒風使之然，地動故也。《國語・周語上》：「幽王二〔《四部叢刊》本原文作「三」。此據黃丕烈《〈國語〉札記》改〕年，西周三川皆震。伯陽父曰：『周將亡矣。…… 陽伏而不能出，陰迫〔《四部叢刊》本原文作「遁」。此據《札記》改〕而不能烝，於是有地震。……山崩川竭，亡之徵也。』」「震蕩」雖常見，然「震」字實入神，潛用「周將亡矣」句，委曲導達武周之將亡。伯玉之用心，亦良苦矣。

「孤鳳其如何」，「鳳」承「仲尼」，首尾相銜。謂之孤者，一人之稱，獨有之謂。太宗是湯武以後第一明主，卓絕特立，越類

離倫。此字是譽，非只尋常索居無侶之意也。太宗遐陟而神昭在天，豈肯已已乎？此呼天闇而叩昭陵之語，視王仲宣〈七哀詩〉之「悟彼下泉人，喟然傷心肝」為尤悲慟，特不顯言耳。伯玉以此句殿其全作，情殊惻然，必不可忽也。

又「如何」者，奈何也。太宗崩殂已久，今其所親選之才人如斯，其如何乎？非其始料所及矣。武氏入宮，以太宗之明，亦不能知其後果之不堪如此，今其奈何哉？痛之切也。

〈感遇〉諸作，有同專書，發端與結尾二章，真精藏焉。實寓高武事，以中葟言醜，故特以至隱之語敍之。至其間第八與第十七兩章，則孔老對舉，雖仍存比興，然已是顯語，不得復以仲尼比太宗。否則穿鑿紕繆，且入魔道矣。至伯玉諸作或顯語隱語雜用，或同辭異義迭見者，特用是迷離其言，掩抑其旨，使時人莫測，免蹈楊子幼「田彼南山」之禍耳。凡同題各篇，略同阮步兵〈詠懷〉，而奧秘過之，慎不害也。至首末二篇，則同陶公〈述酒〉，讀之有不意緒茫然者耶？若必索解人，且有待於後世揚子雲也歟？

原載《中國文化研究所學報》新第一期（總第三十二期）。香港：香港中文大學中國文化研究所，1992。

近體詩「孤平」雜說　*1998*

「孤平」的起源

寫近體詩的人一定會接觸到「孤平」這一術語。「孤平」是詩家大忌，原因是「犯孤平」的句子與律體不諧協。「孤平」一詞的起源，博學如王力者也說不出來。王力在《漢語詩律學》一書中，只說出甚麼是「孤平」。他說：「五言的『平平仄仄平』不得改為『仄平仄仄平』；七言的『仄仄平平仄仄平』不得改為『仄仄仄平仄仄平』。如果近體詩違犯了這一個規律，就叫做『犯孤平』。因為韻腳的平聲字是固定的，除此之外，句中就單剩一個平聲了。孤平是詩家的大忌。」[1] 又說：「我們曾在一部《全唐詩》裏尋覓犯孤平的詩句，結果只找到了兩個例子：『醉多適不愁。』(高適〈淇上送韋司倉〉)『百歲老翁不種田。』(李頎〈野老曝背〉) 即使我們有所遺漏，但是，犯孤平的句子少到幾乎找不着的程度，已經足以證明它是詩人們極力避忌的一種形式。」[2] 可見「孤平」確是詩家大忌。但王力對「孤平」所下的定義還有商榷的餘地，這點我們稍後再分析。現在先談「孤平」一詞的出處。

「孤平」一詞，在現存載籍中，最早似乎見於清乾隆年間李汝襄的《廣聲調譜》(以下或簡稱「李譜」)。該書卷上〈五言律詩〉

一章臚列五律諸式，有「孤平式」，先引杜甫〈翫月呈漢中王〉詩，以第一句「夜深露氣清」為孤平所在；繼引李白〈南陽送客〉詩，以第二句「寸心貴不忘」為孤平所在；又引戴叔倫〈送友人東歸〉詩，以第二句「出關送故人」為孤平所在，三句的形式都是「仄平仄仄平」。李氏並附以解說云：「孤平為近體之大忌，以其不叶也。但五律近古，與七律不同，故唐詩全帙中，不無一二用者，然必借拗體以配之。此在古人故作放筆，非無心也。若不察而誤用，失之遠矣。」[3]

《廣聲調譜》的「孤平」究竟是自鑄偉辭，還是沿用現成術語，現已不得而知。不過，現存乾隆年間或更早期討論詩律的書都未嘗提及「孤平」一詞，而李譜又為詩式多立名目，如「平起入韻正式」、「平起不入韻正式」、「平起入韻通融式」、「平起不入韻通融式」、「雙換詩眼式」、「單換詩眼式」等，亦為同類書籍所無，故「孤平」一詞，確有可能是李汝襄自鑄，至少也是派內師承而來的。

乾隆年間翟翬的《聲調譜拾遺》也提及「仄平仄仄平」形式，而且和李譜一樣依次引了杜甫、李白和戴叔倫三首詩為例。[4] 這雷同究竟是其中一人抄襲對方的資料還是同派師承的結果，目前還不得而知。但翟翬在「夜深露氣清」句下只注：「拗句。」而在〈送友人東歸〉詩後則說：「按此等句法，唐人間有用之者，亦只在起調。他處未嘗著也。」[5] 全書並無「孤平」一詞。由此可以看得出「孤平」一詞當時確在草創時期。

李譜談「孤平」，只針對五律而言，並無提及七律。不過，在李汝襄之前，清初王士禎〈律詩定體〉一文其實已經指出五律要避免「仄平仄仄平」的形式，而七律則要避免「仄仄仄平仄仄平」和「平仄仄平仄仄平」的形式。[6] 雖然王文沒有用「孤平」一詞來形容這些形式，但這顯然是五、七言的「孤平式」了。

李譜謂「孤平」與近體「不叶」，「不叶」即「不協調」。近古的詩句形式不限於「仄平仄仄平」，為甚麼只是這形式與近體不協調呢？是因過強而不叶，還是過弱而不叶呢？雖然李譜沒有說明，但我推想是後者的緣故。五言近體詩「平平仄仄平」形式押韻句如果一、三字都不用平聲，使第二字的平聲「孤掌難鳴」，整句便會聲啞無力。押韻句比不押韻句吃緊。押韻句既然聲啞無力，便與近體詩「前有浮聲，後須切響」的原則不協調。

以下討論「孤平」的形式。

「孤平」的形式

王力說他們在《全唐詩》只找到兩個「犯孤平」的例子。其實這形式在《全唐詩》中不只兩見。王力所舉兩例，全詩如下。李頎〈野老曝背〉七絕：

> 百歲老翁不種田，惟知曝背樂殘年。
> 有時捫虱獨搔首，目送歸鴻籬下眠。[7]

高適〈淇上送韋司倉往滑臺〉五律：

飲酒莫辭醉，醉多適不愁。

孰知非遠別，終念對窮秋。

滑臺門外見，淇水眼前流。

君去應回首，風波滿渡頭。[8]

兩詩全依近體詩格律。可以推想，「仄平仄仄平」和「仄仄仄平仄仄平」形式，在初、盛唐大抵還只是「平平仄仄平」和「仄仄平平仄仄平」的變式而已，雖然絕不常見（可能正因為聲啞無力），但本身並不犯格律，所以還未受詩人擯棄。

「五言長城」劉長卿有〈送友人西上〉五律：

羈心不自解，有別會霑衣。

春草連天積，五陵遠客歸。

十年經轉戰，幾處便芳菲。

想見函關路，行人去亦稀。[9]

「五陵遠客歸」是「仄平仄仄平」。《劉隨州詩集》卷二收這首詩也作「五陵遠客歸」。[10]不過，這裏「遠客」卻可能是「遷客」的訛寫。劉長卿詩中「遠客」和「遷客」皆見，而以「遷客」為多。用「遠客」有：

欲掃柴門迎遠客，青苔黃葉滿貧家。（〈酬李穆見寄〉七絕）[11]

用「遷客」有：

遷客投百越，窮陰淮海凝。（〈冬夜宿揚州開元寺烈公房送

李侍御之江東〉五古）¹²

遷客歸人醉晚寒，孤舟暫泊子陵灘。（〈使還七里瀨上逢
薛承規赴江西貶官〉七絕）¹³

何事還邀遷客醉，春風日夜待歸舟。（〈初聞貶謫續喜量
移登干越亭贈鄭校書〉七律）¹⁴

舊遊憐我長沙謫，載酒沙頭送遷客。（〈聽笛歌〉七古）¹⁵

所以，「五陵遠客歸」頗有可能原作「五陵遷客歸」。因此，究竟
劉文房曾否用過「仄平仄仄平」形式，還很難確定。

不過，孟浩然卻用過「仄平仄仄平」的句子。孟浩然有〈遊
精思觀回王白雲在後〉五律：

> 出谷未停午，到家日已曛。
> 回瞻下山路，但見牛羊羣。
> 樵子暗相失，草蟲寒不聞。
> 衡門猶未掩，佇立望夫君。¹⁶

「到家日已曛」便是「仄平仄仄平」。孟浩然有很多「古風式」的
五律，其中包括用韻句收三平、上聯連用五仄而下聯第三字不用
平聲補救、用韻句作「仄仄平仄平」拗句以及頷聯不對偶。可見
他是在嘗試不同的形式。後來的近體詩規則，其實就是初、盛唐
詩人經過嘗試、取捨之後才形成的。

如前所述，《廣聲調譜》列舉了三首「孤平式」的五言律詩，作者分別是杜甫、李白和戴叔倫。

杜甫〈翫月呈漢中王〉五律云：

> 夜深露氣清，江月滿孤城。
> 浮客轉危坐，歸舟應獨行。
> 關山同一照，烏鵲自多驚。
> 欲得淮王術，風吹暈已生。[17]

「夜深露氣清」便是「仄平仄仄平」。可見杜甫寫律詩也「犯孤平」。

李白〈南陽送客〉五律云：

> 斗酒勿為薄，寸心貴不忘。
> 坐惜故人去，偏令遊子傷。
> 離顏怨芳草，春思結垂楊。
> 揮手再三別，臨岐空斷腸。[18]

「寸心貴不忘」便是「仄平仄仄平」。這首詩第三句失粘，但仍算是一首很合規矩的律詩。可見李白寫律詩也「犯孤平」。

戴叔倫〈送友人東歸〉五律云：

> 萬里楊柳色，出關送故人。
> 輕煙拂流水，落日照行塵。
> 積夢江湖闊，憶家兄弟貧。
> 徘徊灞亭上，不語自傷春。[19]

「出關送故人」便是「仄平仄仄平」。《全唐詩》收這首詩，題下注云：「一作方干詩。」而「送」字下注云：「一作『逢』。」[20] 這首詩如果諱「送」為「逢」，並不害意。而且「逢」字平聲，正好救了上句「柳」字的仄拗。正因為第二句第三字有平聲異文，所以這首五律其實並不宜作為唐詩「孤平」的例證。

看上舉各例，可以推想「仄平仄仄平」在初、盛唐時並無特別禁忌，而是經過嘗試後才因與律體不叶而不用的。李汝襄說：「然必借拗體以配之。此在古人故作放筆，非無心也。」觀乎上舉各「孤平式」的近體詩都配以拗句、失粘句或特殊的平仄組合句，李說是有道理的。又李頎、高適、孟浩然、李、杜的「孤平」句都在詩中首聯，這是刻意還是巧合，便不得而知了。

清初王士禎作〈律詩定體〉一文，旨在為學作近體詩者指出一些規戒。這篇文章掛一漏萬，筆者已另有〈《律詩定體》評議〉專文討論。[21] 但〈律詩定體〉有一個特點，就是非常着重避免我們所謂的「犯孤平」。不過，整篇文章並無「孤平」或「犯孤平」等語。文中說：「五律凡雙句二、四應平、仄者，第一字必用平，斷不可雜以仄聲。以平平止有二字相連，不可令單也。」[22] 這幾句的意思是，「平平仄仄平」絕不可改為「仄平仄仄平」，因為「平平」只有二字相連，所以放在第一位的「平」是不能變「仄」的。如果第一個「平」變「仄」，第二個「平」便成了「單」的「平」了。為甚麼不可以呢？王漁洋並沒有解釋。

另外，王漁洋引七言律句「懷古仍登海嶽樓」，「仍」字下注：

「此字關係。」[23] 即提醒我們在「仍」字的位置不要用仄聲。「懷古仍登海嶽樓」的平仄組合是「平仄平平仄仄平」，如果在「仍」字位置用仄，這句便作「平仄仄平仄仄平」，「登」字便成為「單」平，王漁洋認為這是不可以的。另外，王漁洋引七言律句「玉帶山門訪舊遊」，在「山」字下注：「此字關係。」[24] 意思也是不可把「山」字改成仄聲而令「門」字成為「單」平。王漁洋又引律句「待旦金門漏未稀」，「金」字下注：「此字必平。凡平不可令單。」[25] 又引「劍佩森嚴綵仗飛」，「森」字下注：「此字關係。」[26] 又引「萬國風雲護紫微」，「風」字下注：「關係。」[27] 這都是提示後學，不要把「仄仄平平仄仄平」寫成「仄仄仄平仄仄平」。當然，用上引「懷古仍登海嶽樓」的例子，寫成「平仄仄平仄仄平」也不可以。所以王力在《漢語詩律學》中也說：「七言第一字用平聲是不中用的。」[28] 證諸唐朝近體詩作，如元稹〈遣悲懷〉其三的「潘岳悼亡猶費詞」，[29] 第一字用平聲，而第五字仍要用平聲，王漁洋和王力所說的不無道理。

王漁洋並沒提到「平平仄仄平」和「仄仄平平仄仄平」的律句如果「末第五字」用仄聲，只要「末第三字」用平，便可補救。《全唐詩》記載很多這樣的律句。連這樣重要的資料也遺漏，可見〈律詩定體〉一文是相當粗疏的。

「凡平不可令單」的觀點，李譜亦採取了。該譜卷上以王維〈山居秋暝〉為例論格律，有云：「如『空山新雨後』『空』字，本宜平，亦可用仄。『天氣晚來秋』『天』字，本宜仄，可換為平。『明月松間照』『明』字，本宜仄，可換為平。至『清泉石上流』

『清』字，則斷不可用仄。所謂『平不單行』者此也。」[30] 又云：
「總之五律不入韻者，平起之四句、八句，仄起之二句、六句，
第一字斷不宜仄，其餘第一字俱可通融。仄起入韻與不入韻者
同。」[31]

　　李譜又以鄭谷〈書村叟壁詩〉為例，有云：「凡遇『平平仄仄
平』之句，其第一字斷不宜仄。然亦有第一字用仄者，第三字必
用平，謂之『拗句』，如『草肥朝牧牛』，『草』字用仄，使『朝』
字亦用仄，則『肥』字為平字單行而不叶矣。此將『朝』字用平，
則『肥』字不得於上，猶得於下，仍不單行，故名『拗句』而可
用也。」[32] 這些觀點和王漁洋是一脈相承的。所不同者，只在於
王文沒有用「孤平」一詞，而李譜則用了；王漁洋只叫人不要用
「仄平仄仄平」形式，而李汝襄則指出「仄平平仄平」這避孤平的
形式可用。這點是〈律詩定體〉所不能及的。

　　王漁洋的甥婿趙執信作《聲調譜》，引羊士諤〈息舟荊溪入陽
羨南山遊善權寺呈李功曹〉五言古詩，有「細泉在路傍」句。趙
氏於「細」字後注云：「仄，在律詩則為失調。」[33] 又於徵引五言
律詩二首（杜牧〈句溪夏日送盧霈秀才歸王屋山將欲赴舉〉及李
商隱〈落花〉）後云：「律詩平平仄仄平，第二句〔或是指譜中所
引李商隱〈落花〉第二句：『小園花亂飛。』〕之正格。若仄平平
仄平，變而仍律者也〔於「也」字後注云：「即是拗句。」〕。仄平
仄仄平，則古詩句矣。」[34] 不過趙執信也沒有用「孤平」一詞。
看來，「孤平」一詞當首見於乾隆年間李汝襄的《廣聲調譜》。而
同在乾隆時，翟翬作《聲調譜拾遺》，數次提及「仄平仄仄平」形

式，但也沒有用「孤平」一詞。[35]

「孤平」這術語雖然簡潔，卻很容易引起誤解。從字面看，「孤平」只是「孤單的平聲」，凡是為仄聲所夾的單一平聲或在句子最前或最後的單一平聲，都是「孤單的平聲」。但據〈律詩定體〉及《廣聲調譜》，實際上只有「平平仄仄平」和「仄仄平平仄仄平」形式才有「犯孤平」的危險，其餘都沒這問題。而上述這兩個形式中，末字本就是「孤單的平聲」，但卻不被視作「犯孤平」。一定要「末第五字」由平變仄，而「末第三字」又不由仄變平來補救，才是「犯孤平」。以下看看《廣聲調譜》如何指稱其他含有「孤單的平聲」的律句。

1. 仄平仄仄仄

在不押韻的單句裏，平聲為仄聲所夾是絕無問題的，也不能因此而叫作「犯孤平」。比如說，「平平平仄仄」可以寫成「仄平平仄仄」；再推進一步，還可以寫成「仄平仄仄仄」。唐人於「平平平仄仄」形式若變第三字為仄，第一字每嚴守平聲。但王貞白試帖詩〈宮池產瑞蓮〉五律末聯：

> 願同指佞草，生向帝堯前。[36]
> 仄　平　仄　仄　仄

「願同指佞草」第一字便不守平聲。以下再舉例：

> 自矜彩色重，寧憶故池羣。（陳子昂〈詠主人壁上畫鶴寄
> 仄　平　仄　仄　仄
> 　　　　　　　　　　喬主簿崔著作〉）[37]

蜀琴久不弄，玉匣細塵生。(孟浩然〈贈道士參寥〉)[38]
仄 平 仄 仄 仄

露排四岸草，風約半池萍。(韓愈〈獨釣四首〉其三)[39]
仄 平 仄 仄 仄

縱饒不得力，猶勝別勞心。(杜荀鶴〈贈李蒙叟〉)[40]
仄 平 仄 仄 仄

可見「仄平仄仄仄」這形式在唐代是可以用的。雖然句中平聲為仄聲所夾，李譜並不視這種形式為「犯孤平」。

李譜稱「平平仄仄仄」為「三仄式」，並引王昌齡〈胡笳〉詩為例，以其首句「城南虜已合」為「三仄式」，解云：「凡用三仄句，大要第一字必用平，此其常也。然亦偶有第一字用仄者，如李白〈溫泉宮〉詩：『羽林十二將，羅列應星文。』孟浩然〈梅道士水亭〉詩：『隱居不可見，高論莫能酬。』此又三仄中之變格也，不宜輕用。」[41] 可見李譜並不視「仄平仄仄仄」為近體大忌的「孤平式」。

2.　仄仄平仄仄

「仄仄平平仄，平平仄仄平」一聯上句第四字可以由平變仄，成為拗句，只要下句第三字由仄變平作為「拗救」便成。初、盛唐詩人且間有「拗而不救」的例子：

臥病人事絕，嗟君萬里行。（宋之問〈送杜審言〉首聯）[42]
仄　仄　平　仄　仄　　　　　　仄

安得回白日，留歡盡綠樽。（沈佺期〈送陸侍御餘慶北使〉
平　仄　平　仄　仄　　　　　　仄
末聯）[43]

欲徇五斗祿，其如七不堪。（孟浩然〈京還贈張維〉次聯）[44]
仄　仄　仄　仄　仄　　　　　　仄

及至中唐，一些古風式的試帖律詩仍有這種但以常格為救的形式，例如崔立之〈春風扇微和〉五言排律的「靡靡纏偃草，泠泠不動塵」[45] 和王貞白〈宮池產瑞蓮〉五律的「雨露及萬物，嘉祥有瑞蓮」[46] 便是。至於出句拗對句救，亦舉數例：

流水如有意，暮禽相與還。（王維〈歸嵩山作〉）[47]
平　仄　平　仄　仄　　　　　　平

野火燒不盡，春風吹又生。（白居易〈賦得古原草送別〉）[48]
仄　仄　平　仄　仄　　　　　　平

向晚意不適，驅車登古原。（李商隱〈樂遊原〉五絕）[49]
仄　仄　仄　仄　仄　　　　　　平

由此可見，「仄仄平平仄」可以變成「仄仄平仄仄」、「平仄平仄仄」、「平仄仄仄仄」和「仄仄仄仄仄」。前兩式平聲為仄聲所夾，但李譜並不視這兩式為「犯孤平」。

李譜稱出句拗對句救的形式為「用救法式」，並舉唐五律五首為例，依次為：孟浩然〈裴司士見尋〉詩，以次聯「落日池上酌，清風松下來」屬此式；孟浩然〈送友東歸〉詩，以首聯「士有不得志，栖栖吳楚間」屬此式；杜甫〈送遠〉詩，以第三聯「草木歲月晚，關河霜雪清」屬此式；杜甫〈新月〉詩，以首聯「光細絃欲上，影斜輪未安」及第三聯「河漢不改色，關山空自寒」屬此式；孟浩然〈與諸子登峴山〉詩，以首聯「人事有代謝，往來成古今」屬此式。解云：「凡遇『仄仄平平仄』之句，將第四字或三、四字平換為仄，對句『平平仄仄平』之句，將第三字仄換為平，則能救轉來也。如『落日池上酌，清風松下來』，『上』字用仄，『松』字為救。『池』字用仄亦可，如『士有不得志』、『草木歲月晚』是也。『清』字用仄亦可，如『影斜輪未安』、『往來成古今』是也。」[50] 可見李譜並沒有視「落日池上酌」的「仄仄平仄仄」為「孤平式」。

李譜稱出句拗對句不救的形式為「用古句式」，並舉唐五律兩首為例，依次為：孟浩然〈尋天台山〉詩，以其首聯「吾愛太乙子，餐霞臥赤城」屬此式；釋齊己〈早梅〉詩，以其首聯「萬木凍欲折，孤根煖獨回」屬此式。解云：「『吾愛太乙子』為四仄句，『萬物凍欲折』為五仄句，即『人事有代謝』、『士有不得志』等句也。四仄、五仄，下不用救，故名古句。然此惟首句用之，三五七句俱不可用。亦必句法渾老，無能改移者，乃為合理，不得故為失粘也。且用五仄句，必有一二入聲字參乎其中，始為古節古音。若四仄句，則可不拘耳。」[51] 李譜謂「古句式」

三五七句俱不可用。然「欲徇五斗祿」是第三句，故李譜之說並不正確。又李譜只言四仄五仄，然「安得回白日」合共三仄，莫非「白」字應平而仄而對句不救則不屬「用古句式」？可見其說亦稍嫌粗疏。

3. 仄仄仄平仄

「仄仄平平仄」寫成「仄仄仄平仄」的例子也相當多，略舉如下：

鴻雁幾時到，江湖秋水多。（杜甫〈天末懷李白〉）[52]
平　仄　仄　平　仄　　平　平　平　仄　平

島嶼夏雲起，汀洲芳草深。（賈島〈憶吳處士〉）[53]
仄　仄　仄　平　仄　　平　平　平　仄　平

上國社方見，此鄉秋不歸。（李商隱〈越燕二首〉其一）[54]
仄　仄　仄　平　仄　　仄　平　平　仄　平

荒戍落黃葉，浩然離故關。（溫庭筠〈送人東遊〉）[55]
平　仄　仄　平　仄　　仄　平　平　仄　平

復值接輿醉，狂歌五柳前。（王維〈輞川閑居贈裴秀才
仄　仄　仄　平　仄　　平　平　仄　仄　平
　　　　　　　　　　　　　迪〉）[56]

此地一為別，孤蓬萬里征。（李白〈送友人〉）[57]
仄　仄　仄　平　仄　　平　平　仄　仄　平

拜手卷黃紙，迴身謝白雲。（劉長卿〈淮上送梁二恩命追
仄仄仄平仄　平平仄仄平　　　　　　　赴上都〉）[58]

忽起地仙興，飄然出舊山。（杜荀鶴〈送九華道士遊茅
仄仄仄平仄　平平仄仄平　　　　　　　山〉）[59]

上舉八例，第一、二例對句用非常「響亮」的「平平平仄平」形
式；第三、四例對句用刻意避「孤平」的「仄平平仄平」形式；
末四例對句用最正常的「平平仄仄平」形式。因為「仄仄仄平仄」
並不違反格律，所以對句可不作任何補救。可見「仄仄平平仄」
句第三字由平變仄，因而使第四字平聲為仄聲所夾，是沒問題
的。如果「仄仄仄平仄」沒問題，那麼像第一和第四例的「平仄
仄平仄」自然也沒問題了。

《廣聲調譜》稱「仄仄仄平仄，平平平仄平」為「雙換詩眼
式」，並舉唐五律六首為例。依次為杜甫〈詠竹〉詩，以首聯「綠
竹半含籜，新梢纔出牆」屬此式；李白〈秋思〉詩，以次聯「海
上碧雲斷，單于秋色來」屬此式；杜甫〈重過何氏〉詩，以第三
聯「雲薄翠微寺，天清皇子陂」屬此式；杜甫〈暮春題瀼西草屋〉
詩，以末聯「細雨荷鋤立，江猿吟翠屏」屬此式；杜甫〈送韋書
記〉詩，以首聯「夫子歘通貴，雲泥相望懸」及第三聯「書記赴
三捷，公車留二年」皆屬此式；杜甫〈巳上人茅齋〉詩，以次聯
「枕簟入林僻，茶瓜留客遲」及末聯「空忝許詢輩，難酬支遁詞」
皆屬此式。解云：「詩眼者何？五言第三字、七言第五字是也。
蓋每聯詩眼，無論平起仄起，俱用平仄兩字相遞而下，不比二四

用粘也。」又云：「上數詩名『雙換詩眼』者，謂出句詩眼本宜平而換仄，對句詩眼本宜仄而換平也。」[60]

《廣聲調譜》稱「仄仄仄平仄，仄平平仄平」為「雙換詩眼拗句式」，並舉唐五律三首為例。依次為高適〈送魏八〉詩，以次聯「為惜故人去，復憐嘶馬愁」屬此式；孟浩然〈早寒有懷〉詩，以首聯「木落雁南渡，北風江上寒」及第三聯「鄉淚客中盡，孤帆天際看」屬此式(案，第三聯當屬「雙換詩眼式」，李譜誤以「孤」為仄聲字，故有此誤上之誤)；韋莊〈章臺夜思〉詩，以首聯「清瑟怨遙夜，遶絃風雨哀」及第三聯「芳草已云暮，故人殊未來」屬此式。解云：「『為惜故人去，復憐嘶馬愁。』如『復』字用平，為『雙換詩眼』。此處用仄，則雙換帶拗句也。」[61]李譜承王士禎及趙執信之說，一三變換平仄亦稱拗，故以避孤平的「仄平平仄平」為拗句。

李譜稱「仄仄仄平仄，平平仄仄平」及「仄仄平平仄，平平平仄平」為「單換詩眼式」，並舉司空曙〈送鄭明府〉詩，以次聯「共對一樽酒，相看萬里人」屬此式。解云：「此出句單換，對句不換也。」[62]又舉盧綸〈送李端〉詩，以末聯「掩泣空相向，風塵何所期」屬此式。解云：「此對句單換，出句不換也。」[63]

李譜論以上數式，並沒有以「孤平」目「仄仄仄平仄」，也沒有稱「仄仄仄平仄」為「近體大忌」。

4. 平平仄平仄

「平平平仄仄」又可以寫為「平平仄平仄」或「仄平仄平仄」拗句（本文以律句犯二、四、六聲調為拗句）。這形式在唐代異常流行，省試詩亦常見，日常寫作更是多不勝數。《廣聲調譜》稱「平平仄平仄」為「用互換法式」，並引唐五律六首為例。依次為韋承慶〈凌朝浮江旅思〉詩，首句「天晴上初日」是「平平仄平仄」；張九齡〈望月懷遠〉詩，第三句「情人怨遙夜」是「平平仄平仄」；沈佺期〈隴頭水〉詩，第五句「西流入羌郡」是「平平仄平仄」；宗楚客〈清暉樓遇雪〉詩，第七句「今朝上林樹」是「平平仄平仄」；孟浩然〈過故人莊〉詩，首句「故人具雞黍」是「仄平仄平仄」，第五句「開軒面場圃」是「平平仄平仄」；陳子昂〈登九華觀〉詩，第三句「山川亂雲日」是「平平仄平仄」，第七句「還逢赤松子」是「平平仄平仄」。解云：「互換法，謂『平平平仄仄』之句換為『平平仄平仄』之句，三四字交互更換也。又名『補法』，謂第三字本宜平而用仄，第四字本宜仄而用平，以下平字補上仄字也。亦名『拗句』。大要互換句，第一字必用平，乃為合格。如『天晴上初日』『天』字、『情人怨遙夜』『情』字是也。然亦偶有用仄者，又為互換中之變格，如『故人具雞黍』是也，不宜輕用。」[64] 可見李譜並不視「仄平仄平仄」為「孤平式」。七言當亦如此類推。

5. 仄仄平仄平

用韻句「仄仄仄平平」，唐人也嘗試三、四平仄互調，寫成「仄

仄平仄平」或「平仄平仄平」拗句。如陳子昂〈征東至淇門答宋十一參軍之問〉五律次聯（不對偶）「西林改微月，征斾空自持」[65]下句和沈佺期〈送盧管記仙客北伐〉五言排律首聯「羽檄西北飛，交城日夜圍」[66]上句便是。孟浩然曾致力於這拗句形式，例如：

八月湖水平，涵虛混太清。（〈望洞庭湖贈張丞相〉首聯）[67]
仄　仄　平　仄　平

二月湖水清，家家春鳥鳴。（〈春中喜王九相尋〉首聯）[68]
仄　仄　平　仄　平

北闕休上書，南山歸敝廬。（〈歲暮歸南山〉首聯）[69]
仄　仄　平　仄　平

卜築因自然，檀溪不更穿。（〈冬至後過吳張二子檀溪別業〉首聯）[70]
仄　仄　平　仄　平

臥聞海潮至，起視江月斜。（〈宿永嘉江寄山陰崔少府國輔〉第三聯）[71]
仄　仄　平　仄　平

楚關望秦國，相去千里餘。（〈送盧少府使入秦〉首聯）[72]
平　仄　平　仄　平

崔立之〈春風扇微和〉試帖詩亦有「遠近芳氣新」和「煦嫗偏感人」拗句。[73]既然「平平平仄仄」可以變為「平平仄平仄」，那麼「仄仄仄平平」變為「仄仄平仄平」也是可以理解的。「仄仄平仄平」是拗句，「仄平仄仄平」不是拗句（雖然《聲調譜拾遺》於「夜深露氣清」無所指稱，唯有稱之為拗句），而是李譜所謂的「孤平

式」，不能混為一談。可能正因為「仄仄平仄平」拗句在形式上和「仄平仄仄平」相近，所以並不流行。而且近體詩用韻句較不用韻句在格律上的要求嚴格，既然「仄平仄仄平」漸漸成為詩家大忌，「仄仄平仄平」拗句自然也不能吸引一般詩人了。但無論如何，「仄仄平仄平」形式也有一平為仄聲所夾，可是，所謂的「犯孤平」並不指這種形式。

《廣聲調譜》稱首句「仄仄平仄平」為「仄起入韻三四換字式」，並舉唐五律兩首為例。依次為李白〈江夏別宋之悌〉詩，以其首句「楚水清若空」屬此式；孫逖〈送裴參軍入京〉詩，以其首句「日落川徑寒」屬此式。並解云：「三四換字式，惟首句用之，餘句皆不可用。如孟浩然〈臨洞庭〉詩：『八月湖水平，涵虛混太清。』又〈歸終南山〉詩：『北闕休上書，南山歸敝廬。』皆此體也。」[74] 文中「惟首句用之」非是，孟浩然「起視江月斜」及「相去千里餘」皆非首句。不過，李譜並不視「仄仄平仄平」為近體大忌的「孤平式」卻是明顯的。

6. 仄平仄仄仄平仄、仄平仄仄仄平平

七言句式只是在五言句式頭上多加兩個字，或「仄仄」，或「平平」；「仄仄」可寫成「平仄」，「平平」可寫成「仄平」。「平平仄仄平平仄」可寫成「仄平仄仄平平仄」甚或「仄平仄仄仄平仄」，如杜甫〈蜀相〉的「映階碧草自春色」[75] 便是。「平平仄仄仄平平」可寫成「仄平仄仄仄平平」，如杜甫〈詠懷古跡五首〉其五的「指揮若定失蕭曹」[76] 便是。上舉兩例雖有平聲為仄聲所夾，

但顯然都與「犯孤平」無涉。李譜舉「映階碧草自春色，隔葉黃鸝空好音」作為七律「雙換詩眼式」的唯一例證。[77] 因為於五律「雙換詩眼式」已有解說，所以這裏從略。至於「仄平仄仄仄平平」，李譜云：「七言第一字為閑字，與五言不同。無論平起仄起入韻不入韻，每句第一字俱可平仄兩用。」[78] 是以並不視「仄平仄仄仄平平」為特殊形式。

「孤平」的定義

李汝襄定「仄平仄仄平」為「孤平式」，在當時究竟有多大影響，現已不得而知。可以肯定的是，書成九十年後，董文渙在同治年間刊《聲調四譜圖說》（以下簡稱「董譜」），對「孤平」的理解和李汝襄卻並不相同。在董譜中，任何被仄聲所夾的單一平聲都稱為「孤平」，又稱為「夾平」。董譜卷五云：「律無孤平，古無孤仄，指七言而言。」[79] 單看這幾句，便知董氏認為七律不宜有孤平，七古則不宜有孤仄。這樣孤平孤仄對舉，乃李譜所無者，已可看出董氏確自有定義，只是未加說明而已。同書卷十一云：「拗聯者，本句拗，下句救，如『仄仄仄平仄，平平平仄平』聯，首句三字拗仄，首字不救，則下句三字必須拗平救之也。若下句三字既平，則首字亦可拗仄。蓋二三連平即不犯『夾平』，則首句首字又不必斤斤拗平以救之也。」[80] 意即謂：在「仄仄仄平仄，平平平仄平」聯中，上句第三字用了仄聲，第一字又不用平聲來「救」，則下句第三字便必須用平聲來「救」。下句第三字既然用了平聲，則下句第一字亦可用仄聲。因為下句第二和第三字都一連

用平，所以用「仄平平仄平」形式也不犯「夾平」。這個「夾平」和李汝襄的「孤平」意義全同。

但是，董譜的「夾平」是不是便等同李譜的「孤平」呢？並不是。因為董譜卷十一又云：「惟〔平平平仄仄，仄仄仄平平〕上句三字拗仄為『平平仄仄仄』句，乃正拗律，而非借古句者。首二連平，亦無『夾平』之病〔董氏或誤解王士禎〈律詩定體〉所言「平平止有二字相連，不可令單」之意，蓋王文但指押韻句而言〕。若再拗首字為『仄平仄仄仄』句，或又三四拗救為『仄平仄平仄』句，則拗極矣。而下句則斷斷用『平仄仄平平』，不可易也。總之，拗律之變，極之『夾平』而止，而絕不用中下三平之句〔董氏以「仄平平平仄」為「中三平」，以「仄仄平平平」為「下三平」，律體當避此二形式〕，此古律之分也。」[81] 如此說，則「仄平仄仄仄」便屬「夾平」形式。可能「仄平仄平仄」也屬「夾平」形式，但董譜並無明言。同書卷十二則云：「至於孤平、夾平諸句，律詩最忌，而拗體〔案：似是指古體〕則獨喜孤平而忌孤仄。夾平亦然。此又相反之一道也。」[82] 董譜並無給孤平下一定義。而在卷十一，董氏稱「仄平仄仄平」和「仄平仄仄仄」形式為「夾平」，並以此為「病」，大抵因為兩個形式都有被仄聲所夾的平聲。但董氏在同書「卷末」（實即卷十三）以「仄仄平仄，平平仄平」四言聯為「夾平夾仄」，[83] 則無貶義，其濫用術語有如此者。那麼，「孤平」會不會是指不為仄聲所夾的單一平聲呢？果如是，則董譜卷五的「律無孤平，……指七言而言」，孤平豈不是指拗句「平仄仄仄仄仄仄」和律詩從沒出現過的「仄仄仄仄仄仄

平」？看譜中他處所言，卻又沒有這説法。細審其意，似乎只是泛指七言律句無六仄一平者，而七言古句則無六平一仄者（此董氏臆見，事實自非如此）。但是，如果七律的「孤平」不限於首、尾字，則董譜的「孤平」和「夾平」便沒有分別。而董譜提及「夾平」，又不一定加以貶義。這當然反映出董氏這方面的理念相當混淆，但亦證實了乾隆年間的李汝襄就「孤平」所下的定義對同治年間的董文渙並沒有明確的影響。而董文渙對「孤平」和「夾平」產生的混淆理念，對後世似乎也沒有甚麼影響。王力可能並不察覺李譜的存在，但他在《漢語詩律學》中所舉的「孤平」形式，正是從王文和李譜而來的，與董譜並無關係。

現在我們討論王力對「孤平」所下的定義。王力認為，「仄平仄仄平」和「仄仄仄平仄仄平」韻腳的平聲字是固定的。除此之外，句中就單剩一個平聲，這便是「孤平」。這無疑是因為先有「孤平」一詞，才強為之解的。但是，「平仄仄平仄仄平」除了韻腳的固定平聲外，便剩下兩個平聲。於是王力補了一句：「七言第一字用平聲是不中用的。」那便變成東補西綴。而「仄仄仄平平」除了韻腳的固定平聲外，便剩下一個平聲，但這平聲卻不是「孤平」。如果要縝密一點解釋，我們可以説近體詩用韻句一平為仄聲所夾，而別無二平相連，便是「犯孤平」。但孟浩然愛用的「仄仄平仄平」除了韻腳的固定平聲外，便剩下一個平聲；這平聲為仄聲所夾，整句別無二平相連，算不算「犯孤平」呢？肯定不算，這只是「仄仄仄平平」變過來的拗句。所以筆者認為，「犯孤平」只是後人形容「仄平仄仄平」、「仄仄仄平仄仄平」或「平

仄仄平仄仄平」的一個符號，是很難有圓滿解釋的。不過，如果撇開觸犯二、四、六聲調的拗句不算，以「近體詩用韻句一平為仄聲所夾，而別無二平相連」為「犯孤平」，是可以接受的。

唐代近體詩避用「仄平仄仄平」、「仄仄仄平仄仄平」和「平仄仄平仄仄平」，相信是「末第四字」、即句中停頓前的平聲「乘承皆仄」，聲啞無力，氣格卑弱的緣故。所以詩家試用過後，漸漸得到共識，棄而不用。而後世深於近體詩格律的，自然樂於蕭規曹隨了。如果用韻句「末第五字」非仄不可，補救的方法是在「末第三字」（即「詩眼」）用平聲。「末第三字」剛好在句中停頓之後，是吸氣後着力的地方，用平聲可以把整句氣格提起。因此，「仄平平仄平」、「仄仄仄平平仄平」和「平仄仄平平仄平」形式也就為詩人所樂用。孟浩然愛用「仄仄平仄平」，把第四字的平聲移到第三字，剛好在句中停頓後，可能也是試圖取得提起整句氣格的效果。在「仄仄平平仄，平平仄仄平」聯，如果上句第四字拗用仄，下句第三字可以用平來救，可見用韻句句中停頓後第一字確是一個關鍵位置。初、盛唐詩人也愛把「仄仄仄平平」寫作「仄仄平平平」，第三字用平，使句子更響亮。但可能因為收三平過於響亮，陽剛之氣太重，比較適合古體詩，近體詩便漸漸避而不用了。看來過響和過啞的平仄形式，都不適合近體詩。「孤平式」便屬於後者。

單看字面，「孤平」的確容易引人誤解，如近人啟功《詩文聲律論稿》一方面說：「所謂『孤平』實指兩仄夾一平。」[84]一方面又一如王力，只以「仄平仄仄平」等的一類形式為「孤平」形式。

根據李譜，當然並不是凡兩仄夾一平都是「孤平」。不過，當我們明白到只有近體詩五言「平平仄仄平」寫成「仄平仄仄平」，或七言「仄仄平平仄仄平」寫成「仄仄仄平仄仄平」或「平仄仄平仄仄平」，才叫作「犯孤平」，「孤平」這術語又實在非常簡潔好用。所以，「犯孤平」只是清朝以來紀錄「仄平仄仄平」、「仄仄仄平仄仄平」或「平仄仄平仄仄平」的符號。只有這三個形式「末第四字」的「孤單的平聲」才叫「孤平」。清初王士禎〈律詩定體〉一文述古人之意，以這個形式為律體禁忌。乾隆年間李汝襄《廣聲調譜》一書則稱「仄平仄仄平」為「孤平式」。後世再就〈律詩定體〉所示，把「孤平式」引申到七言近體詩的「仄仄仄平仄仄平」和「平仄仄平仄仄平」。於是王力《漢語詩律學》便以「仄平仄仄平」、「仄仄仄平仄仄平」和「平仄仄平仄仄平」為「犯孤平」。撇開董譜的「孤平」不談，「孤平」便別無他解了。

注　釋

1. 《漢語詩律學》（上海：上海教育出版社，1962 年新一版），頁 85。

2. 同上注，頁 100。

3. 《廣聲調譜》（影印易簡堂刊本），卷上，頁十四上至十四下，《清詩話訪佚初編》（臺北：新文豐出版公司，1987 年），冊十，總頁 281–82。

4. 《聲調譜拾遺》（《清詩話》，臺北：藝文印書館影印丁氏刊本，1971 年），頁七下至八上。

5. 同上注。

6. 見注 22 至 27。

7. 《全唐詩》（臺灣：復興書局影印清康熙四十六年〔1707〕敕編本，1967 年再版），第二函第九冊，總頁 759。

8. 同上注，第三函第十冊，總頁 1206。

9. 同上注，第三函第一冊，總頁 828。「便」字下注：「一作『更』。」義較勝。

10. 《劉隨州詩集》（《四部叢刊初編縮本》，上海：上海商務印書館縮印明正德刊本），卷二，頁 23。

11. 《全唐詩》第三函第一冊，總頁 853。

12. 同上注，總頁 842。

13. 同上注，總頁 855。

14. 同上注，總頁 858–59。「遷」字下注：「一作『羇』。」義較遜。

15. 同上注，總頁 863。

16. 同上注，第三函第三冊，總頁 904。「到」字下注：「一作『至』。」「下山」下注：「一作『山下』。」「望」字下注：「一作『待』。」又，只有近體詩才會「犯孤平」，古體詩句縱有「仄平仄仄平」形式也不視作「犯孤平」。是以如李白〈讀諸葛武侯傳書懷贈長安崔少府叔封昆季〉五古的「臥龍得孔明」（《全唐詩》第三函第四冊，總頁 951）並不在討論之列。王力《漢語詩律學》1979 年「增訂本」附注〈十〉云：「杜甫〈寄贈王十將軍承俊〉：『將軍膽氣雄，臂懸兩角弓。纏結青驄馬，出入錦城中。時危未授鉞，勢屈難為功。賓客滿堂上，何人高義同。』這裏『臂懸兩角弓』是個孤平的句子，但是首聯、頷聯都失對，第三句、第五句都失粘，『難為功』連用三個平聲，顯然是一首古風式的律詩（拗體律詩，不是律詩的正格）。《錢箋杜詩》引李（因篤？）〔案：眉批引，當是後人讀錢箋時所為〕曰：『「臂」字宜平而仄，應於第三字還之，此未還，且無粘聯，拗體也。集中只此一首〔案：非是，見注 17〕，人藉口不得。』」（頁 955）李氏語見《錢牧齋箋注杜詩》眉批本〔臺北：臺灣中華書局，1967 年〕，卷十一，頁七上）其實杜甫這首詩已經不能算拗體，只能算是五言八句古詩而已。錢謙益把這首詩歸入近體，殊不應爾。

17. 《廣聲調譜》，卷上，頁十四上，《清詩話訪佚初編》，冊十（以下簡稱《初編(10)》），總頁 281。「孤」，《全唐詩》第四函第三冊、總頁 1335 作「江」；翟翬《聲調譜拾遺》頁七下亦作「江」。

18. 《廣聲調譜》，卷上，頁十四下，《初編（10）》，總頁282。亦見《全唐詩》第三函第五冊，總頁983。

19. 《廣聲調譜》，卷上，頁十四下，《初編（10）》，總頁282。亦見《全唐詩》第五函第一冊，總頁1639。

20. 《全唐詩》第五函第一冊，總頁1639。

21. 〈《律詩定體》評議〉，《香港中文大學中國文化研究所學報》第二十二卷（香港：香港中文大學中國文化研究所，1991年），頁233–48。

22. 〈律詩定體〉，頁五下，《聲調三譜》（清光緒八年〔1882〕《天壤閣叢書》刊本），卷一。

23. 同上注，頁六下。

24. 同上注。

25. 同上注，頁七上。

26. 同上注。

27. 同上注，頁七下。

28. 《漢語詩律學》，頁97。

29. 《全唐詩》第六函第八冊，總頁2383。唐人近體詩不是沒有「平仄仄平仄仄平」形式，如杜牧〈寄遠〉七絕的「清夜一聲白雪微」（《全唐詩》第八函第七冊，總頁3157）和許渾〈泊蒜山津聞東林寺光儀上人物故〉七律的「寒殿一燈夜更高」（《全唐詩》第八函第八冊，總頁3220）便是。但〈律詩定體〉亦視之為當避的形式，《漢語詩律學》則視之為「犯孤平」形式。

30. 《廣聲調譜》，卷上，頁二下，《初編（10）》，總頁258。

31. 同上注，頁三上，《初編（10）》，總頁259。

32. 同上注，頁四上，《初編（10）》，總頁261。

33. 《聲調譜》（《清詩話》本），頁二下。

34. 同上注，頁四下。

35. 《聲調譜拾遺》，頁八上。翟翬評李白「寸心貴不忘」句，只說道：「趙譜〔趙執信《聲調譜》〕云下句第二字平，第一字及第三字用仄為落調。觀此，似不可信。」又說：「按此等句法，唐人間有用之者，亦只在起調，他處未嘗着也。」全書並無「孤平」一詞。

36. 《文苑英華》卷一百八十八載王貞白〈宮池產瑞蓮〉（題下注：「帖經日試。」）：「雨露及萬物，嘉祥有瑞蓮。香飄雞樹近，榮占鳳池先。聖日臨雙麗，恩波照並妍。願同指佞草，生向帝堯前。」（臺灣：華文書局影印明隆慶刻本，1965 年初版，總頁 1158）這首詩四韻，與當時省試常用的六韻排律不一樣。《唐才子傳》卷十：「貞白字有道，信州永豐人也。乾寧二年登第。時榜下，物議紛紛，詔翰林學士陸扆於內殿復試。中選，授校書郎。」（臺灣：世界書局影印本，1964 年再版，頁 172）這首詩似是重試時的作品。詩中首句連用五仄，次句第三字不用平聲拗救。本文稍後會討論這形式。《文苑英華》卷一百八十二載李紳省試詩〈上黨奏慶雲見〉五言六韻排律，第九句：「表祥近自遠。」注：「《類詩》作『來自遠』。」（總頁 1123）亦通，姑且不作「仄平仄仄仄」論。

37. 《全唐詩》第二函第三冊，總頁 513。

38. 同上注，第三函第三冊，總頁 898。

39. 同上注，第五函第十冊，總頁 2034。

40. 同上注，第十函第八冊，總頁 4137。

41. 《廣聲調譜》，卷上，頁六下至七下，《初編（10）》，總頁 266–68。

42. 《全唐詩》第一函第十冊，總頁 382。

43. 同上注，第二函第五冊，總頁 580。

44. 同上注，第三函第三冊，總頁 899。詩題「張」字下注：「一作『王』。」

45. 《文苑英華》卷一百八十三載崔立之〈春風扇微和〉：「時令忽已變，年光俄又春。高低惠風入，遠近芳氣新。靡靡纏偃草，泠泠不動塵。溫和乍扇物，煦嫗偏感人。去出桂林漫，來過蕙圃頻。晨輝正澹蕩，披拂長相親。」（總頁 1128）這是一首拗律，不得以常體視之。詩中「遠近芳氣新」和「煦嫗偏感人」是「仄仄平仄平」形式。本文稍後會討論這形式。

46. 見注 36。

47. 《全唐詩》第二函第八冊，總頁 702。

48. 同上注，第七函第三冊，總頁 2572。

49. 同上注，第八函第九冊，總頁 3237。

50. 《廣聲調譜》，卷上，頁十上至十一上，《初編（10）》，總頁 273–75。

51. 同上注，頁十一上至十二上，《初編（10）》，總頁 275–77。

52. 《全唐詩》第四函第三冊，總頁 1315。

53. 同上注，第九函第四冊，總頁 3473。

54. 同上注，第八函第九冊，總頁 3242。

55. 同上注，第九函第五冊，總頁 3527。

56. 同上注，第二函第八冊，總頁 697。

57. 同上注，第三函第五冊，總頁 990。

58. 同上注，第三函第一冊，總頁 825。

59. 同上注，第十函第八冊，總頁 4133。「地仙」下注：「一作『他山』。」非是。

60. 《廣聲調譜》，卷上，頁四上至五下，《初編（10）》，總頁 261–64。

61. 同上注，頁五下至六上，《初編（10）》，總頁 264–65。

62. 同上注，頁六上至六下，《初編（10）》，總頁 265–66。

63. 同上注，頁六下，《初編（10）》，總頁 266。「掩泣」聯《全唐詩》第五函第
二冊作「掩淚空相向，風塵何處期」（總頁 1691），文異而平仄不異。類此
者不害解説，故不復注出。

64. 《廣聲調譜》，卷上，頁八上至九下，《初編（10）》，總頁 269–72。

65. 《全唐詩》第二函第三冊，總頁 510。

66. 同上注，第二函第五冊，總頁 586。

67. 同上注，第三函第三冊，總頁 898。

68. 同上注，總頁 906。

69. 同上注。

70. 同上注，總頁 911。

71. 同上注，總頁 899。

72. 同上注，總頁 901。

73. 同注 45。

74. 《廣聲調譜》，卷上，頁九下至十上，《初編（10）》，總頁 272–73。

75. 《全唐詩》第四函第三冊，總頁 1319。

76. 同上注，第四函第四冊，總頁 1357。

77. 《廣聲調譜》，卷上，頁二十一下，《初編（10）》，總頁 296。

78. 同上注，頁二十上，《初編（10）》，總頁 293。

79. 《聲調四譜圖説》（臺北：廣文書局影印清同治三年〔1864〕董氏刊本，1974 年），卷五，頁二十一上，總頁 239。

80. 同上注，卷十一，頁十七上，總頁 433。

81. 同上注，頁十七上至十七下，總頁 433–34。

82. 同上注，卷十二，頁十六上，總頁 473。

83. 同上注，卷末，頁十一上，總頁 499。

84. 《詩文聲律論稿》（香港：中華書局香港分局，1978 年），頁 86。

原載《中國文化研究所學報》新第七期（總第三十八期）。香港：香港中文大學中國文化研究所，1998。

「一三五不論，二四六分明」雜說
—— 兼論近體詩拗句　*2001*

引　言

　　明代釋真空著《篇韻貫珠集》，於第八節「類聚雜法歌訣」內臚列七言及五言詩平仄式共六種。其一是「平起七言八句格式」，「格」即「律」：

　　　　平平仄仄仄平平，仄仄平平仄仄平。
　　　　仄仄平平平仄仄，平平仄仄仄平平。
　　　　平平仄仄平平仄，仄仄平平仄仄平。
　　　　仄仄平平平仄仄，平平仄仄仄平平。

其二是「仄起七言八句式」，「格」字不言而喻：

　　　　仄仄平平仄仄平，平平仄仄仄平平。
　　　　平平仄仄平平仄，仄仄平平仄仄平。
　　　　仄仄平平平仄仄，平平仄仄仄平平。
　　　　平平仄仄平平仄，仄仄平平仄仄平。

其三是「平起七言八句反戾式」，押仄韻：

平平仄仄平平仄，仄仄平平平仄仄。
仄仄平平仄仄平，平平仄仄平平仄。
平平仄仄仄平平，仄仄平平平仄仄。
仄仄平平仄仄平，平平仄仄平平仄。

其四是「仄韵〔當是「起」〕七言八句反戾式」：

仄仄平平平仄仄，平平仄仄平平仄。
平平仄仄仄平平，仄仄平平平仄仄。
仄仄平平仄仄平，平平仄仄平平仄。
平平仄仄仄平平，仄仄平平平仄仄。

其五是「平起五言八句格式」：

平平仄仄平，仄仄仄平平。
仄仄平平仄，平平仄仄平。
平平平仄仄，仄仄仄平平。
仄仄平平仄，平平仄仄平。

其六是「仄起五言八句式」：

仄仄仄平平，平平仄仄平。
平平平仄仄，仄仄仄平平。
仄仄平平仄，平平仄仄平。
平平平仄仄，仄仄仄平平。

繼而附歌訣云：

平對仄，仄對平，反切要分明。有無虛與實，死活重
兼輕。上去入音為仄韵，東西南字是平聲。

繼又另起一行以同韻部為以下兩句：

一三五不論，二四六分明。[1]

釋真空另起一行標示此二句，其中一個原因或在於「明」韻腳重
出；另一原因可能是行文問題，因三五七言詩不宜以五言收。但
主因無疑是要揭示這兩句的重要性。《四庫提要》云：「真空號
清泉，萬曆中京師慈仁寺僧也。」[2] 然而《篇韻貫珠集》載有弘
治戊午（1498）太僕寺丞劉聰序文，故釋真空當不是萬曆年間僧
人。釋真空身在京師，可能佔了地利，是以「一三五不論」兩句
口訣流傳甚為廣遠。這個口訣屢為清代詩學家所詬病，然而亦有
清代詩學家為其迴護，是以其重要性確是毋庸置疑的。

究竟「一三五不論，二四六分明」應作如何解釋呢？有見於
三五七言歌訣所討論的是近體詩的平仄，可推斷此二句的意思
是：七言近體詩一三五位置不必拘論平仄，二四六位置平仄定
要分明。換言之，一三五可平可仄，二四六卻並非可平可仄；
一三五平仄可以變易，二四六平仄不可變易。

至於五言近體詩，便應當是「一三不論，二四分明」了。

《篇韻貫珠集》所舉仄韻詩兩式，乃唐朝科舉所無。唐朝試
帖詩雖偶有仄韻，但並無特定粘對，故該兩式難以視為常式，是

以本文略去不論。以下專論近體平韻詩格律，從而見「一三五不論，二四六分明」二語的適切性。

諸家評論

明末清初，王夫之（1619–1692）《薑齋詩話》卷下云：

〈樂記〉云：「凡音之起，從人心生也。」固當以穆耳協心為音律之準。「一三五不論，二四六分明」之說，不可恃為典要。「昔聞洞庭水」，「聞」、「庭」二字俱平，正爾振起。若「今上岳陽樓」，易第三字為平聲，云「今上巴陵樓」，則語蹇而戾於聽矣。「八月湖水平」，「月」、「水」二字皆仄，自可。若「涵虛混太清」易作「混虛涵太清」，為泥磬土鼓而已。又如「太清上初日」，音律自可；若云「太清初上日」以求合於粘，則情文索然，不復能成佳句。又如楊用修警句云：「誰起東山謝安石，為君談笑淨烽煙。」若謂「安」字失粘，更云「誰起東山謝太傅」，拖沓便不成響。足見凡言法者，皆非法也。釋氏有言：「法尚應捨，何況非法？」藝文家知此，思過半矣。[3]

王夫之論詩格律，並不能說出具體道理，有清一代論詩格諸家似乎都較他當行。不過他的論說重點則很明顯，那就是：一三五不一定不論，二四六也不必分明。「昔聞洞庭水」是二四（於七言則是四六）皆平而失粘，「八月湖水平」則是二四皆仄，故二四六亦不必分明。至於「涵虛混太清」，設若一三平仄互調，則聲情

不振；「太清上初日」，設若三四互調而使二四回復一平一仄，則索然無味。故一三五亦非不論。至於「誰起東山謝安石」，如「安」字改為仄聲以求四六不俱平，則不成響。不過，王夫之欲證二四六不必分明，所舉兩例其實是既定的特殊形式，並非隨意不分明。王氏自「涵虛」以下所討論的更是行文優劣的問題，不能與格式混為一談。從律句形式上言，「仄平平仄平」、「仄平平仄仄」和「平仄平平仄仄仄」又有何不可呢？豈能謂凡此等都不成響？可見王夫之的理論相當薄弱。

清初，山東新城王士禎（1634–1711）亦極反對「一三五不論」這個口訣。王氏口授、何世璂（1666–1729）筆述的《然鐙記聞》卷一云：

> 律句只要辨一三五。俗云「一三五不論」，怪誕之極，決其終身必無通理。[4]

清翁方綱（1733–1818）《小石帆亭著錄》卷二附錄〈漁洋詩問〉十三條，第一條引般陽張篤慶歷友云：

> 七言古大約以第五字為關捩，猶五言古大約以第三字為關捩。彼俗所云「一三五不論」，不唯不可以言近體，而亦不可以言古體也。[5]

針砭「一三五不論」之說都不遺餘力。

「一三五不論」看來確是言過其實，但歌訣往往如是。其實筆記式的著錄也有這個毛病，像《然鐙記聞》的「律句只要辨

一三五」便是。如果律句只要辨一三五，那麼二四六要不要分明呢？如果說不要，那當然與近體詩實際規律完全不符；如果說要，而第七字的平仄又無法移易，那就等於說七言律句自第一字至第七字平仄都要論，都要分明。如果律句只要辨一三五的話，則變換格式中每一個字的平仄，便都是違背格式，都是「拗」。清代談「拗」，恐怕就是以反「一三五不論」作為基礎的。所以談「一三五不論」，不能不兼談拗句。

王士禎雖然反對「一三五不論」的說法，但在〈律詩定體〉（以下或簡稱「王文」）中「七言平起不入韻」一條卻說：「凡七言第一字俱無論。」[6] 如果「不論」、「無論」表示可平可仄的話，那麼王漁洋無疑是認為七言律句第一字是不論的。這樣說，縱使他認為「一三五不論」之說是怪誕之極，但「一不論」他卻是認同的。

王士禎〈律詩定體〉

王漁洋是清代詩格的創始者，趙執信等《聲調譜》系列的作者都奉其說為圭臬。所以他在〈律詩定體〉中的論點，是值得注意的。王文分八條論詩，[7] 第一條「五言仄起不入韻」引例詩一首，首聯「粉署依丹禁，城虛爽氣多」後注云：「如單句『依』字拗用仄，則雙句『爽』字必拗用平。」此立論固然極誤，觀乎唐詩，「仄仄仄平仄」並不必繼以「平平平仄平」，繼以「平平仄仄平」亦可。但王漁洋於五言第三字平仄變換稱「拗」，以五言第三字等同七言第五字視之，可見他不認為「五」可以「不論」。

例詩第三句「好風天上至」後注云:「如『上』字拗用平,則第三字必用仄救之。」此即謂「平平平仄仄」可易作「平平仄平仄」(或「仄平仄平仄」,因例句「好」字仄聲,故云)。故知王漁洋以七言第六字(即五言第四字)平仄變換為拗,而上文已言漁洋以七言第五字(即五言第三字)平仄變換為拗,故「平平仄平仄」是第四字拗,同時拗第三字為救。這裏一再證明漁洋不認為「五」的平仄可以「不論」。

王文在「五言仄起不入韻」條例詩後總注云:

五律凡雙句二、四應平仄者,第一字必用平,斷不可雜以仄聲。以平平止有二字相連,不可令單也。其二、四應仄、平者,第一字平仄皆可用,以仄仄仄三字相連,換以平字無妨也。大約仄可換平,平斷不可換仄。第三字同此。若單句第一字可勿論。

總注之意即「平平仄仄平」不可易為「仄平仄仄平」(「仄平仄仄平」即乾隆間李汝襄《廣聲調譜》所謂「孤平式」,李氏並形容此式為「近體之大忌」,具見後),此處則第一字(於七言則是第三字)必論。至於「仄仄仄平平」,則第一字(於七言則是第三字)可「不論」。至於謂五言雙句第一字和第三字「仄可換平,平斷不可換仄」,也顯示了甚至五言第三字,即七言的第五字有時也可以不論。至於謂「單句第一字可勿論」,則是完全認同五律不押韻句第一字,即七律不押韻句的第三字是絕對「不論」的。

不過,王漁洋卻認為「仄仄仄平平」的第三字不宜變平。書

中第二條「五言仄起入韻」例詩第一句「夏過日初長」後注云：「第三字用仄聲，餘與不入韻者同。」此即表示「仄仄平平平」不可用。此處「三」，即七言之「五」，便不能不論。清代詩格亦大率以「仄仄平平平」為律詩不宜用的古句。

王文第五條「七言平起不入韻」第一句「振衣直上江天閣」於「直」字後注云：「此字可平，凡仄可使單。」此即謂七言「平平仄仄平平仄」第三字仄可變平，可「不論」。第二句「懷古仍登海嶽樓」於「仍」字後注云：「此字關係。」此即謂七言「仄仄平平仄仄平」第三字平不可變仄（其實「三」變仄的條件是「五」變平，王氏並無言及），不可「不論」。第六句「玉帶山門訪舊遊」於「山」字後注云：「此字關係。」其意同前。第七句「我醉吟詩最高頂」於「高」字後注云：

> 二字本宜平、仄，而「最高」二字係仄、平。此謂單句第六字拗用平，則第五字必用仄以救之。與五言三、四一例。

此即謂「仄仄平平平仄仄」第六字如果由仄變平，第五字必由平變仄以作出配合。換言之，在這格式裏，「六」要分明，「五」也不可不論。當然也可以說，「六」是有條件地「不論」，既可保留仄聲，也可在「五」配合之下變成平聲。王文並無言及如果「六」不拗時，「五」可不可以「不論」而用仄。

此例詩後有總注云：

凡七言第一字俱無論。第三字與五言第一字同例。凡雙
句第三字應仄聲者，可拗平聲；應平聲者，不可拗仄聲。

上文已言及總注第一句。至於「凡雙句」云者，即謂「平平仄仄
仄平平」可作「平平平仄仄平平」，「仄仄平平仄仄平」不可作
「仄仄仄平仄仄平」。總注最矚目之處，是在七言第三字凡變動平
仄，都稱為「拗」。這裏據《天壤閣叢書》本。至於《清詩話》本
於此總注「拗」俱作「換」。[8]兩字俱有義。王文別處「拗」字後面
都有「用」字，如「拗用平」便是；但同期趙執信《聲調譜・前
譜》五言律詩例詩第一首已有「拗平」之語（見後）。是以王文在
此總注中因行文方便而不於「拗」字後置「用」字，亦説得通。
至於七言第一字平仄變動稱不稱「拗」，王文並無明言，既然是
「俱無論」，大抵是不稱「拗」吧。但如果第三字可平可仄的地方
也稱「拗」，便是濫用拗義。如此論詩，則未免流於偏頗了。

「拗」的概念，並不始於王士禎。南宋胡仔（「仔」音「茲」）
《苕溪漁隱叢話・前集》卷四十七云：

《禁臠》云：「魯直〔黃庭堅〕換字對句法，如『只今滿
坐且尊酒，後夜此堂空月明』、『清談落筆一萬字，白眼
舉觴三百盃』、『田中誰問不納屨，坐上適來何處蠅』、
『鞉轄門巷火新改，桑柘田園春向分』、『忽乘舟去值花
雨，寄得書來應麥秋』。其法於當下平字處以仄字易
之，欲其氣挺然不羣，前此未有人作此體，獨魯直變
之。」苕溪漁隱曰：「此體本出於老杜，如『寵光蕙葉

與多碧，點注桃花舒小紅』、『一雙白魚不受釣，三寸黃柑猶自青』、『外江三峽且相接，斗酒新詩終日疎』、『負鹽出井此溪女，打鼓發釘何郡郎』、『沙上草閣柳新暗，城邊野池蓮欲紅』。似此體甚多，聊舉此數聯，非獨魯直變之也。余嘗效此體作一聯云：『天連風色共高運，秋與物華俱老成。』今俗謂之拗句者是也。」[9]

這裏提及七言律句兩種所謂「拗句」的平仄組合，第一種是「平平仄仄仄平仄，仄仄平平平仄平」，第二種是「平平仄仄仄仄仄，仄仄平平平仄平」。兩種「拗句」的性質其實甚不相同，前者上句第五字由平變仄，而觀乎唐詩，下句第五字不必由仄變平；後者第六字由平變仄，而觀乎唐詩，下句第五字不由仄變平卻是少見的例外。唐人尚且於兩種形式有不同的處理方法，宋人又焉能兩體都稱「拗句」呢？其實兩者的分別，正是前者出句的「五」可平可仄，即「不論」，而後者出句的「六」如變仄，對句的「五」必變平，鮮有例外。所以「五」不論，有時是說得通的。《禁臠》（《天廚禁臠》今本無此條）不分「五」、「六」，但云其法是於當下平字處以仄字易之，欲其氣挺然不羣。其實這種組合，正是因上句平聲字太少，所以在下句多用一個平聲以振其氣。「挺然不羣」的應該是整聯，不是上句。《禁臠》所言，未免似是而非。

南宋末范晞文《對牀夜語》卷二亦以五言第三字變動聲調為「拗」，有云：

五言律詩，固要貼妥，然貼妥太過，必流於衰。苟時

能出奇，於第三字中下一拗字，則貼妥中隱然有峻直之風。老杜有全篇如此者，試舉其一云：「帶甲滿天地，胡為君遠行。親朋盡一哭，鞍馬去孤城。草木歲月晚，關河霜雪清。別離已昨日，因見古人情。」散句如「乾坤萬里眼，時序百年心」、「梅花萬里外，雪片一冬深」、「一逕野花落，孤村春水生」、「蟲書玉佩蘚，燕舞翠帷塵」、「村春雨外急，鄰火夜深明」、「山縣早休市，江橋春聚船」、「老馬夜知道，蒼鷹飢著人」，用實字而拗也。「行色遞隱見，人烟時有無」、「蟬聲集古寺，鳥影度寒塘」、「簷雨亂淋慢，山雲低度牆」、「飛星過水白，落月動沙虛」，用虛字而拗也。其他變態不一，卻在臨時斡旋之何如耳。苟執以為例，則盡成死法矣。[10]

從上可見，「拗句」、「拗字」二詞，最晚於南宋已見，王漁洋等人但廣其說而已。不過，動輒稱「拗」，以至拗體紛陳，則清代詩論家恐怕是濫用拗義了。

關於拗句，值得順帶一提的是王文第一條「五言仄起不入韻」所引例詩末句後云：「注：乃單拗雙拗之法。」意即以「平平仄平仄」為單拗，以「仄仄仄平仄，平平平仄平」為雙拗。不過這條注文未必是王氏之言，原因有二。其一是王文各注都不以「注」字發端，單拗雙拗注文則以「注」字發端，體例不符。其二是王氏除用「拗」、「救」二字外，都不用詩法術語。觀乎王夫之《薑齋詩話》論「一三五不論」時並無用及詩法術語，而王文他處亦無用及「單拗」、「雙拗」等語，且文中暢論避孤平詩法而

亦無「孤平」等術語，故疑明末清初詩評家尚未競創術語，而「單拗」、「雙拗」二詞乃後人所加。

至於第七條「七言仄起入韻」例詩也有三個小注，全是言及「仄仄平平仄仄平」不可作「仄仄仄平仄仄平」者，故不贅述。

總結〈律詩定體〉論近體詩格式，可得王士禎於律句「一三五」論與不論的準則如下：

字　位	格　　式	論與不論	備　注
第一字		俱不論	凡七言第一字俱無論。
第三字	平　平　仄　仄　平　平　仄	不　論	五律單句第一字可勿論。七律此式第三字可平。
	仄　仄　平　平　仄　仄　平	論	此式第三字必用平，斷不可代以仄聲。七律雙句第三字應平聲者，不可拗仄聲。
	仄　仄　平　平　仄　仄　仄	不　論	五律單句第一字可勿論。
	平　平　仄　仄　仄　平　平	不　論	五律雙句二、四應仄、平者，第一字平仄皆可用。七律雙句第三字應仄聲者，可拗平聲。
第五字	平　平　仄　仄　平　平　仄	論	此式如第五字拗用仄，下句第五字必拗用平。
	仄　仄　平　平　仄　仄　平	不　論	五律雙句二、四應仄、平者，第一字平仄皆可用；大約仄可換平，平不可換仄，第三字同此。
	仄　仄　平　平　平　仄　仄	？	
	平　平　仄　仄　仄　平　平	論	此式五言第三字須用仄聲。
第六字	仄　仄　平　平　平　仄　仄		此式如第六字拗用平，第五字必用仄救之。

正如前文所言，王漁洋等人的拗句觀恐怕是反「一三五不論」而成的，所以動輒稱拗。但探討過〈律詩定體〉的內容後，

我們便知道「拗」和「不論」有時是相提並論的。例如王文一方面謂上句如用「仄仄仄平仄」，下句第三字必拗用平，另一方面又謂「平平仄仄平」第三字仄可換平。雖「拗」而「可換」，於此可見梗概。王文分拗為必救的拗和無須救的拗，客觀地看，無須救的拗便不是拗，也正是可以「不論」。

王士禎的詩格理論對有清一代影響甚大，其甥婿山東益都趙執信（1662–1747）祖其說，作《聲調譜》，當然也反對「一三五不論」之說。其後以「聲調譜」為書名一部分的詩格著作不少，有些且已散佚。流傳至今的有四種論近體詩格律甚詳：翟翬《聲調譜拾遺》、李汝襄《廣聲調譜》、吳紹澯《聲調譜說》和董文渙《聲調四譜圖說》。其中《聲調譜說》和《聲調四譜圖說》都論及「一三五不論」之說，尤其可資參考。本文現依次取《聲調譜》、《聲調譜說》及《聲調四譜圖說》，論其正拗之說，從而得知各書對近體詩句一三五、二四六要求的寬嚴，並證以唐朝省試及應制詩作，總為一得之見，對近體詩格律研究或有小助。

趙執信《聲調譜》

趙執信是王士禎的甥婿，據趙氏門人仲是保於乾隆三年（1738）為《聲調譜》（以下或簡稱「趙譜」）所寫的序文，趙氏獨宗明末馮定遠，並有得於王漁洋。案馮氏有《古今樂府論》，已佚。趙譜分〈前譜〉、〈後譜〉和〈續譜〉，前後兩譜都論及律詩格式，以下詳加討論。[11]

《聲調譜‧前譜》有五言律詩例詩二首，例詩二李商隱〈落花〉後總注第二條云：

律詩平平仄仄平，第二句之正格。若仄平平仄平，變而仍律者也〔句後注云：「即是拗句。」〕。仄平仄仄平則古詩句矣。此格人多不知者，由「一三五不論」二語誤之也。[12]

趙氏認為時人多不知「仄平仄仄平」不是律句，正由「一三五不論」二語所誤。「仄平仄仄平」不容於律詩，王漁洋已屢次提及。但趙氏又認為「仄平平仄平」是變而仍律的「拗句」。換言之，這有似〈律詩定體〉所提及的「仄仄平平仄平仄」，如第六字平，第五字必仄，雖「論」，卻並非不能變化。不過，趙氏以「平平仄仄平」的第一字不能不論，基本上與王氏之說是一致的。又觀乎趙氏因「平平仄仄平」的「一三」（即七言「仄仄平平仄仄平」的「三五」）變換平仄而稱拗句，大抵也是反「一三五不論」而來的。趙氏其實是把律句正格以外的形式再分為二：律句可以用的拗句和律句不宜用的古詩句。「仄平平仄平」屬前者，「仄平仄仄平」屬後者。此立論無疑較〈律詩定體〉更為清晰。

《聲調譜‧前譜》總注第三條云：

七言不過於五言上加平平、仄仄耳，拗處總在第五第六字上。七言之五、六字即五言之三、四字，可以類推。

可以確定，趙執信以七言第一字為「不論」，用平用仄都不為拗，

這點與王漁洋並無二致。所以欲知趙氏對「一三五」以及對「拗」的看法，主要看五言律詩諸例，便可類推到七言。

〈前譜〉和〈後譜〉都有五律例詩，〈前譜〉二首，〈後譜〉六首，每首都有拗句。現錄述有拗句之聯如下，並注平仄以便解說。

〈前譜〉例詩一：杜牧〈句溪夏日送盧霈秀才歸王屋山將欲赴舉〉

第一聯：野店正分泊，繭蠶初引絲。
　　　　仄仄仄平仄　仄平平仄平

「正」字後注云：「宜平而仄。」「初」字後注云：「宜仄而平。第一字仄第三字必平。」對句後注云：「第三字救上句，亦可不救。二句律句中拗。」可見趙氏雖然稱「仄仄仄平仄」與「仄平平仄平」為「拗」，但亦認為「仄仄仄平仄」可以「不救」，較諸〈律詩定體〉所云下句第三字「必拗用平」為近實。換言之，雖然趙氏以「仄仄仄平仄」為拗句，但其「三」（於七律則為「五」）其實是「不論」的。

第二聯：行人碧溪渡，繫馬綠楊枝。
　　　　平平仄平仄　仄仄仄平平

「碧」字後注云：「宜平而仄。」「溪」字後注云：「宜仄而平。」出句後注云：「拗句。第四字拗平，第三字斷斷用仄，今人不論者非。」此論與王漁洋一致。

第三聯：苒苒跡始去，悠悠心所期。
仄仄仄仄仄　　平平平仄平

出句後注云：「五字俱仄。中有入聲字妙。」「心」字後注云：「此字必平，救上句。」既曰救，則是以五仄句為拗句。對句後注云：「此必不可不救，因上句第三第四字皆當平而反仄，必以此第三字平聲救之，否則落調矣。上句仄仄平仄仄亦同。」趙氏斤斤於上句「三四」皆仄，使下句第三字必平。然前注已言「仄仄仄平仄」的第三字可以不救，是以此處必救的是第四字，與第三字無關。趙氏蓋欲強調「一三五」非不論，故「三四」並言。然趙氏又謂「仄仄平仄仄」亦同，便可證必救者只是第四字。

第四聯：秋山念君別，惆悵桂花時。
平平仄平仄　　平仄仄平平

出句後注云：「拗，同第三句。」此是以「平平仄平仄」為拗句，雙數字自不能不分明。

例詩二：李商隱〈落花〉

第一聯：高閣客竟去，小園花亂飛。
平仄仄仄仄　　仄平平仄平

出句後注云：「拗句起。」「花」字後注云：「此字拗救。」對句後注云：「此二句同前第五第六句。」關鍵又在「竟」字處不能不分明，故以「花」字救其拗。

第三聯：腸斷未忍掃，眼穿仍欲歸。
平仄仄仄仄　仄平平仄平

出句後注云：「同起句。」「眼」字後注云：「此字仄妙。」對句
後注云：「同次句。」此又以下句第三字之「拗」救上句第四字之
「拗」。

第四聯：芳心向春盡，所得是沾衣。
平平仄平仄　仄仄仄平平

出句後注云：「同前第三句第七句。」此又出句「四」拗平，故
「三」要「拗仄」救之。

上文已引述〈前譜〉總注第二條和第三條。〈前譜〉總注共六
條，現順帶引述其餘各條，以見趙譜對律句單、雙位置的看法。

第一條云：

「平平仄仄仄」，下句「仄仄仄平平」，律詩常用。若「仄
平仄仄仄」則為落調矣。蓋下有三仄，上必二平也。

案「仄平仄仄仄」唐詩中確不常見，但中、晚唐都有此式，故趙
譜謂此式是落調則恐未必。趙氏舉「平平仄仄仄」為例，卻未用
「拗句」之名。依此，如果「平平平仄仄」句首二字維持「平平」，
第三字用仄可能並不算「拗」，是以「平平仄仄仄」亦非拗句。但
是，前引第三條卻已明言五言拗處總在第三、四字，則「平平仄
仄仄」是拗非拗，頗為費解。至於「仄平仄仄仄」，趙氏則認為忍
無可忍，貶之為「落調」，可能就是第二條所言的「古詩句」了。

觀趙氏之意，此五言句若第三字仄，第一字必平，一三不能不同時照顧。

第四條云：

起句第二字仄、第四字平者，如「仄仄平平仄」或「平仄平平仄」或「平仄仄平平」俱可。若「平仄平仄仄」則古詩句矣。

案「平仄平仄仄」二、四俱仄，謂是古詩句固宜。雖然如此，這個形式在唐律詩中卻頗常見，如沈佺期〈送陸侍御餘慶北使〉之「安得回白日，留歡盡綠樽」，[13] 又如王維〈歸嵩山作〉之「流水如有意，暮禽相與還」，[14] 又如杜甫〈獨坐〉之「江斂洲渚出，天虛風物清」，[15] 出句都是「平仄平仄仄」，沈詩甚至不於對句作拗救。趙譜第二條謂「仄平仄仄平」是古詩句，如古詩句指的是律詩不宜用之句，但「平仄平仄仄」如果有救，卻是如此常見，則這古詩句便應屬於拗聯的上句，又非律詩不宜用了。觀〈前譜〉於李商隱〈落花〉之「高閣客竟去」後注云：「拗句起。」此「平仄仄仄仄」二、四皆仄，趙氏但謂之拗句，而「平仄平仄仄」亦二、四皆仄，趙氏則謂之古句，然則兩者有何具體分別？如兩者無別，則第二條謂「仄平平仄平」是拗句，謂「仄平仄仄平」是古詩句，為何又有分別？趙氏所言，不免予人粗疏混亂之感。不過，撇開拗句與古句的混淆不談，趙氏此條正說明雙數字不得不分明。

第五條云：

起句「仄仄仄平仄」或「平仄仄平仄」，唐人亦有此調，但下句必須用三平或四平〔句後注云：「如『仄平平仄平』、『平平平仄平』是也。」〕。

所謂必須用三平或四平自屬無稽，蓋趙氏於例詩中亦已明言此等句「亦可不救」。此條似確言「仄仄平平仄」之「三」非論不可，但縱觀唐人詩作，這「三」實際上確是不論的。

第六條云：

上句第三字平，下句第三字可仄。若上句第三字仄，下句第三字斷宜平。此在首聯唐人亦有不拘者。若二聯則必不容不嚴矣。

此亦無甚意義，蓋作詩並非如此，「平平仄仄仄，仄仄仄平平」以及「仄仄仄平仄，平平仄仄平」都是常見形式，四句的第三字俱仄。而杜甫〈春宿左省〉之「星臨萬戶動，月傍九霄多」[16]以及李白〈送友人〉之「此地一為別，孤蓬萬里征」[17]正是詩中第二聯。此條旨在強調五律句第三字並非不論，然實際上確非如此。

《聲調譜·後譜》有五律例詩六首，可作進一步印證：

例詩一：杜甫〈月夜〉

第二聯：遙憐小兒女，未解憶長安。
　　　　平　平　仄　平　仄　　仄　仄　仄　平　平

出句後注云：「拗句。」

第四聯：何時倚虛幌，雙照淚痕乾。
平平仄平仄　平仄仄平平

出句後注云：「拗句。」

例詩二：杜甫〈春宿左省〉

第一聯：花隱掖垣暮，啾啾棲鳥過。
平仄仄平仄　平平平仄平

「掖」字後注云：「拗字。」「垣」字後注云：「平。」「棲」字後
注云：「平。」

第四聯：明朝有封事，數問夜如何。
平平仄平仄　仄仄仄平平

出句後注云：「拗句。」

例詩三：杜甫〈送遠〉

第一聯：帶甲滿天地，胡為君遠行。
仄仄仄平仄　平平平仄平

出句後注云：「拗句。」「君」字後注云：「平。」

第二聯：親朋盡一哭，鞍馬去孤城。
平平仄仄仄　平仄仄平平

「盡」字後注云：「可仄。」對句後注云：「四句與前首起四句同
調。」

第三聯：草木歲月晚，關河霜雪清。
仄仄仄仄仄　平平平仄平

出句後注云：「五仄字。『木』、『月』二字入聲妙，五仄無一入聲字在內，依然無調也。」「霜」字後注云：「此字必平。」

第四聯：別離已昨日，因見古人情。
仄平仄仄仄　平仄仄平平

出句後注云：「拗句，中唐後無〔案：謂中唐後無「仄平仄仄仄」句非是〕。」

例詩四：王維〈登裴〔廸〕秀才小臺〉

第二聯：落日鳥邊下，秋原人外閑。
仄仄仄平仄　平平平仄平

第三聯：遙知遠林際，不見此簷間。
平平仄平仄　仄仄仄平平

出句後注云：「『落日』下三句皆拗。」

例詩五：孟浩然〈與諸子登峴山〉

第一聯：人事有代謝，往來成古今。
平仄仄仄仄　仄平平仄平

出句後注云：「四仄。」「成」字後注云：「平。」

例詩六：孟浩然〈廣陵逢薛八〉

第一聯：士有不得志，棲棲吳楚間。
　　　　仄仄仄仄仄　平平平仄平

出句後注云：「五仄。」「吳」字後注云：「必平。」又總注云：「與〈前譜〉合看，盡之矣。」

　　從以上例句可看出，趙氏並不以「平平仄仄仄」為拗句。在例詩三第二聯「親朋盡一哭」句，但云「盡」字可仄，在其他「平平仄仄仄」詩句後更無注解，如例詩二「星臨萬戶動」、例詩四「端居不出戶」便是。但於「別離已昨日」則標出「拗句」一名。〈前譜〉總注中，趙氏以「仄平仄仄仄」為「落調」，可知趙氏只以「仄平仄仄仄」此一「落調」之句為拗句。但「落調」的拗句與不落調的拗句有何分別，「落調」的拗句與「古詩句」又有何分別，趙氏並無明言。

　　《聲調譜‧後譜》有七言律詩例詩四首，內亦有拗句若干。七言的所謂拗句，有些是完全不合律句常理的，如例詩一杜甫〈望嶽〉第二聯云：「安得仙人九節杖，拄到玉女洗頭盆。」對句後注云：「拗句。」這種「仄仄仄仄仄平平」的拗句，既犯「二」位，又無所謂救，說它是古句更合。這種非律句正是唐人在「二四六分明」的原則下設計而成的，亦無庸在這裏深入探討了。四首例詩中，本文選錄兩例，以補上文所未備者。

例詩一：杜甫〈望嶽〉

第一聯：西岳崚嶒竦處尊，諸峯羅立如兒孫。
　　　　平 仄 平 平 仄 仄 平　　平 平 平 仄 平 平 平

對句後注云：「拗句。」由此推斷，五言「平仄平平平」當屬拗
句。再用王漁洋「其二四應仄平者，第一字平仄皆可」來推斷，
「仄仄平平平」也屬拗句。觀唐人作品，七言平韻古詩多收三
平，故律句甚少收三平。趙氏目三平腳為拗句，但並無明言算不
算「落調」或「古詩句」。

例詩四：杜甫〈小寒食舟中作〉

第四聯：雲白山青萬餘里，愁看直北是長安。
　　　　平 仄 平 平 仄 平 仄　　平 平 仄 仄 仄 平 平

「萬」字後注云：「此字可仄。第五字仄，上二字必平。若第三字
仄，則落調矣。五言亦然。」此即指「平平仄平仄」拗句如果作
「仄平仄平仄」便是落調，但落調又算不算拗句呢？然則孟浩然
〈過故人莊〉五律首句「故人具雞黍」[18] 是「仄平仄平仄」，算是
拗句還是落調呢？根據〈前譜〉五言律總注第一條以「仄平仄仄
仄」為落調，而〈後譜〉五言律例詩三又以「仄平仄仄仄」為拗
句，則「平平仄平仄」是不落調拗句，「仄平仄平仄」是落調拗
句，似乎不乖趙氏原意。這點，趙氏和王漁洋的觀點便很不同。
〈律詩定體〉於「好風天上至」後注云：「如『上』字拗用平，則
第三字必用仄救之。」並無要求「好」字之位置用平，所以等於

接受「仄平仄平仄」形式。這種臆度之見，清代詩格諸書常有，不足為怪。

其他不依詩譜亦無救之拗句，多見於七言古律、拗律，與本文無涉，故不贅述。

「平平平仄仄」、「仄仄仄平平」及「仄仄平平仄」三式，如第一字變換平仄，趙氏一概不注，故並不視為拗句。具見下：

〈前譜〉五言律詩例詩一：惆悵桂花時
　　　　　　　　　　　平仄仄平平

　　　　　　例詩二：迢遞送斜暉
　　　　　　　　　　平仄仄平平

〈後譜〉五言律詩例詩一：今夜鄜州月
　　　　　　　　　　　平仄平平仄

　　　　　　　香霧雲鬟濕
　　　　　　　平仄平平仄

　　　　　　　雙照淚痕乾
　　　　　　　平仄仄平平

　　　　　　例詩三：鞍馬去孤城
　　　　　　　　　　平仄仄平平

　　　　　　　因見古人情
　　　　　　　平仄仄平平

例詩六： 廣陵相遇罷
仄 平 平 仄 仄

彭蠡泛舟還
平 仄 仄 平 平

檣出江中樹
平 仄 平 平 仄

何處更追攀
平 仄 仄 平 平

至此，可得《聲調譜》於律句「一三五」論與不論的準則如下：

字　位	格　式	論與不論	備　注
第一字		俱不論	七言不過於五言上加平平、仄仄，拗處總在第五第六字上。
第三字	平平 仄 仄平平仄	不　論	案：「平仄平平仄」趙譜不注「拗句」。
	仄仄 平 平仄仄平	論	「仄平平仄平」是拗句，變而仍律；「仄平仄仄平」則是古詩句。五律此式第一字仄第三字必平。
	仄仄 平 平平仄仄	不　論	案：「仄平平仄仄」趙譜不注「拗句」。
	平平 仄 仄仄平平	不　論	案：「平仄仄平平」趙譜不注「拗句」。

（接上表）

字　位	格　　式	論與不論	備　注
第五字	平 平 仄 仄 平 平 仄	不　論	「仄仄仄平仄」是律句中拗，亦可不救。
	仄 仄 平 平 仄 仄 平	不　論	「平平平仄平」、「仄平平仄平」是拗句。
	仄 仄 平 平 平 仄 仄	不　論	「平平仄仄」，下句「仄仄仄平平」律詩常用；「仄平仄仄仄」則為落調。又：「仄平仄仄仄」是拗句。
	平 平 仄 仄 仄 平 平	？	七律「平平平仄平平平」是拗句。
第六字	平 平 仄 仄 平 平 仄		五律此式第四字當平而反仄，必以下句第三字平聲救之，否則落調。二四俱仄是拗句。
	仄 仄 平 平 平 仄 仄		五律此式第四字拗平，第三字斷斷用仄。「平平仄平仄」是拗句；「仄平仄平仄」是落調。

吳紹澯《聲調譜說》

　　乾嘉年間，安徽歙縣吳紹澯撰成《聲調譜說》(以下或簡稱「吳譜」)，亦嘗指摘「一三五不論」之說。吳譜分上下卷，附於《金薤集》末。《金薤集》是吳紹澯歷代詩鈔之名，其弁言云：「乾隆六十年〔1795〕，歲在旃蒙單閼〔乙卯〕，舊史氏歙吳紹澯蘇泉識。」[19]《聲調譜說・序》末云：「嘉慶二年丁巳〔1797〕二月蘇

泉吳紹澯書。」²⁰ 可知《聲調譜説》成書於乾嘉之間。其序又云：

「秋谷一譜舊有刊本，德州盧運使見曾為之重訂而益完善，又有宋臬使弼《彙説》，菏澤劉制軍藻《指南》，大都悉本秋谷。而譜中〔指《聲調譜》〕所列之詩，不必盡合人意，因復更為芟益；而于諸君子〔即宋弼、劉藻等人〕未盡宣露之旨，復增一二，附諸《金薤集》末。」²¹ 吳譜論律詩拗體，除鈔錄趙執信論説外，亦引宋、劉二氏之説。以下詳細討論。²²

吳譜卷上「五言律詩」一節題下注云：「以下專錄拗體。」共錄唐五律八首，除第一首孟浩然〈晚泊尋陽望廬山〉及第六首杜甫〈銅瓶〉為新增外，餘皆為趙譜所有，計為：其二孟浩然〈與諸子登峴山〉、其三王維〈登裴迪秀才小臺〉、其四杜甫〈春宿左省〉及其五杜甫〈送遠〉俱見《聲調譜・後譜》，其七李商隱〈落花〉及其八杜牧〈句溪夏日送盧霈秀才歸王屋山將欲赴舉〉俱見《聲調譜・前譜》。各詩注解亦主要抄錄趙氏原注而成。然例詩四及例詩八則主要用於推廣宋弼「單拗」、「雙拗」及「古句拗」之論，是其關鍵所在。

例詩四第七句「明朝有封事」，趙譜句後原注作「拗句」，吳譜則改為「單拗」，即以「平平仄平仄」為單拗句。例詩八尤為重點所在。首聯「野店正分泊，繭蠶初引絲」除引錄趙注外，更於第二句後增引宋弼説：「宋云拗在第三字，下句救上句曰『雙拗』。」即以「仄仄仄平仄，仄平平仄平」為「雙拗」形式。第三句「行人碧溪渡」句後注又增引宋弼説：「宋云此是單拗句，下句可不救。」即謂「平平仄平仄」為單拗句。第三聯「苒苒跡始去，

悠悠心所期」出句後注，趙譜原只作「五字俱仄」，吳譜則改為「五字俱仄，以古句入律」；而趙、吳於「心」字後則俱作「此字必平，救上句」，故吳譜是以「仄仄仄仄仄，平平平仄平」為用古句之拗句。吳氏增「以古句入律」五字，正是要配合古句拗的理論。例詩七首句「高閣客竟去」句後注，趙譜原作「拗句起」，而吳譜則改為：「四仄，古句起。」這是為例詩八後的總注鋪路的。

例詩八後總注共九條，第一條云：

宋云：「律詩之拗句，即古詩之正調。其單拗、雙拗、古句拗，並各救法，此首〔即例詩八〕備矣。」

吳氏更於此條後以小字注云：

愚按：一句拗曰單拗，上句拗下句亦拗以濟之曰雙拗。

總注第二至第八條全從趙譜抄來。第九條則用劉藻語：

劉云：「凡應制詩無用拗體者，在唐人已然。故學者作五言律，宜講第三字。此字不講，遂入拗體矣。」

此條以五律句第三字不依板式為拗句，亦即五律句第一字不依板式不算拗句（大抵「仄平仄仄平」屬例外）。至於謂唐人五言應制詩第三字必依板式，固然誤甚，下文將有說明。

「單拗」、「雙拗」之說，本亦與王士禎之意相合。王氏〈律詩定體〉之「五言仄起不入韻」條引例詩首聯云：「粉署依丹禁，城虛爽氣多。」對句後注云：「如單句『依』字拗用仄，則雙句『爽』字必拗用平。」第三句云：「好風天上至。」句後注云：

「如『上』字拗用平，則第三字必用仄救之。」第八句末則云：
「注：乃單拗雙拗之法。」案「單拗」、「雙拗」之詞，極有可能
是後人所加，非王氏自鑄，上文已論及。至於王氏謂「仄仄平平
仄」第三字變仄，則「平平仄仄平」第三字必用平，固然誤甚，
但此當亦雙拗說所本。

　　吳譜標榜單拗與雙拗之說，然後於雙拗中，又分出古句拗，
此與趙譜亦合，但分析時卻有概念上的問題。例詩四引宋弼語
尤其含糊。宋弼謂單拗句下句可不救，這「可」字便極有問題。
趙、吳二譜已明言「平平平仄仄」句中第四字拗平，第三字斷斷
用仄，如是乃句中自救，故稱為「單拗」是有道理的。既是「單
拗」，便與下句無關，下句亦無拗可救。但宋弼的「下句可不救」
便暗示「下句可救可不救」，那麼下句當如何去救已救的上句呢？
這無疑是概念混淆的結果。

　　至於宋弼謂「仄仄仄平仄」拗在第三字，下句第三字用平相
救，謂之「雙拗」，既然趙、吳二譜已明言「仄仄仄平仄」形式「亦
可不救」，那麼沒有下句拗救的「仄仄仄平仄」算是「單拗」還是
「雙拗」呢？其實定「仄仄仄平仄」為拗句已經有概念上的問題，
而趙、吳二譜又認同「仄仄仄平仄」可以不救，那麼「仄仄仄平
仄，平平平仄平」這種「雙拗」既是可有可無，又怎能與有拗必
救的單拗相提並論呢？至於「仄仄仄仄仄，平平平仄平」，趙、
吳二譜都認為此形式中對句第三字必平才可救出句，更明言「此
必不可不救」。如果此形式形容為「雙拗」，其實更貼切。但礙於
宋弼有「古句拗」之論，吳譜遂以上句二四俱仄的雙拗句為古句

拗。從吳譜推斷,「仄仄仄平仄,平平平仄平」是一個可以不存在的雙拗,「仄仄仄仄仄,平平平仄平」是必然的雙拗,但卻稱為「古句拗」。

拗句中再分古句,固然不始於吳譜。如果分析妥貼,自亦可接受。但吳譜提出了古與拗之分後,在分析詩句時又把概念混淆了。例詩一正顯示了這弱點:

掛席幾千里,名山都未逢。
仄仄仄平仄　平平平仄平

泊舟尋陽郡,始見香爐峯。
仄平平平仄　仄仄仄平平

嘗讀遠公傳,永懷塵外蹤。
平仄仄平仄　仄平平仄平

東林精舍近,日暮空聞鐘。
平平平仄仄　仄仄平平平

例詩一後總注共兩條,其一云:「通首皆古句,而平仄粘合,用筆如龍如象,不可方物。」其二云:「近人論律詩平仄,輒曰一三五不論。試看此篇拗處多在第一第三字,可知不論一三五者必乖於律也。」這兩條總注問題甚大,第一,所謂通首皆古句(實則第七句全依板式),即以首句「仄仄仄平仄」及第二句「平平平仄平」亦為古句,與二四同用平聲的「仄平平平仄」等而視之。然趙、吳二譜於〈送遠〉首句「帶甲滿天地」後都注云:「拗句。」而於〈句溪夏日〉首句「野店正分泊」之「正」字後都注

云：「宜平而仄。」而次句「繭蠶初引絲」之「初」字後都注云：「宜仄而平。」並無言及古句。今如據例詩一後總注，此等皆是古句了。那麼，吳譜既然視「仄仄仄仄仄，平平平仄平」為古句拗，為甚麼不視「仄仄仄平仄，平平平仄平」為古句拗呢？如果這也是古句拗，還有甚麼不是古句拗呢？如果全都是古句拗，則拗句即古句，又何必再分雙拗與古句拗呢？這些概念問題，吳譜並沒有弄清楚，只是掇拾前人牙慧，生吞活剝地放在一起而已。

例詩一後總注第二條同樣顯示了吳譜的混淆概念。吳譜於例詩八之後引劉藻云：「五言律宜講第三字，此字不講，遂入拗體矣。」但在例詩一後總注第二條竟謂「此篇拗處多在第一第三字」，則竟以五言第一字不依板式為拗，那麼作詩豈非動輒得拗？再者，五言第一字即七言第三字，此處的一三其實是七言的三五，而吳氏竟全不察覺，信口開河，其粗疏又可見矣。「一三五不論」正指一三五字不依平仄板式不為過，因不為過，故能通融。雖則一三五並非全可通融，但既已通融的，吳譜又俱謂之拗體，以證一三五不能不論，這無疑是強解原意了。

吳譜既認為一三五不能不論，但於例詩六〈銅瓶〉末聯「蛟龍半缺落，猶得折黃金」後則注云：「末二句諧。」「半缺落」明是三仄，以吳譜及劉藻所論，第三字不依板式是拗，焉能謂之「諧」呢？趙、吳二譜於〈春宿左省〉第三句「星臨萬戶動」之「萬」字後注云：「此字可仄，單句惟此可通。」此當是其「末二句諧」所本。然「平平平仄仄」第三字不依板式可諧，那麼第三字變換平仄便不一定是拗了。

吳譜卷上「七言律詩」一節共錄唐七律七首，主要仍是推衍宋弼的「單拗」、「雙拗」說，茲從略。

吳譜言論混亂，而終亦謂「不論一三五者必乖於律」，則所謂「論」一三五者，實已包涵「斟酌」之義；如果以「斟酌」為「論」，便失釋真空以「論」作「拘論」的原意。清世詩論家或不知此二語出處，因而斷章取義，終於曲解原意。吳譜所言，便是一個實例。

董文渙《聲調四譜圖說》

同治年間，山西洪洞董文渙刊行《聲調四譜圖說》（以下或簡稱「董譜」），亦談及「一三五不論」二句。董譜間亦曲解原意，卻不但不低貶二語，反而對「一三五不論」推崇備至。

董譜是清代最後一本《聲調譜》系統的詩格巨著，其自敍云：

> 繼見翟氏《拾遺》諸書，意必有補趙書之闕者，及反覆求之，實尠發明。[23]

董氏敍中提及《聲調譜拾遺》，於「諸書」處則無明指。

〈凡例〉第十九條云：

> 趙氏本有〈聲調前譜〉、〈後譜〉、〈續譜〉，凡三種。翟氏復有《聲調譜拾遺》，然實無所發明。趙譜雖多未盡，開山之功，究不可廢。是書期補所未備，非欲糾前人之

失也。因從其朔，命曰《聲調四譜圖說》，以明淵源有自，不敢昧厥師承云。[24]

由此可知董氏以其書為直接繼承趙譜之作。趙氏已有三譜，故董氏自命其書為第四譜。

董文渙學詩於王軒，王軒促成董譜，並為之敍。王氏亦論及「一三五不論」二語，敍云：

史稱沈宋研切聲律，號為「律詩」，而世不傳其說。俗有「一三五不論，二四六分明」之語，莫知自來。意即沈宋之遺。夫一三五則拗救是也，二四六則黏對是也。古語簡括，當時家喻戶曉，無煩別詮。中晚專工近體，其法寢失，獨近體歌括四語〔案：當是指平仄起式口訣〕，至今不廢，則利祿之途然也。韓孟崛起，力仿李杜拗體以矯當代圓熟之弊，宋元翕然宗之，拗體孤行而正體微。後人不復能通，輒以前二語為詬病，抑又誤矣。[25]

王氏此言，有兩點值得注意。第一，王氏並無詆諆「一三五不論」二語，並且回護甚力。王氏以二四六分明為粘對，這點是合理的；但以一三五為拗救，則不盡然。七言句拗救在五，三則與一可作平仄互換，以求勻稱，但到底不能說是拗救。而拗救亦非「不論」。王氏此說，無疑是對「一三五不論」的強解，有失原意。第二，王氏以二語為沈宋之遺，當時家喻戶曉，因無詮釋，故後人不復能通。這是一個大膽的假設。唐詩着力處是二四六，平仄不能稍易，這是無庸置疑的。唐詩於一三五處平仄較寬，這

也是無庸置疑的。所以「一三五不論」二語縱使不始傳於唐世，在詩作實踐上，確是始於唐世。至於以單數位置作拗救，這是另外一個層面，不應視為二語的本義。

王敔又云：

> 一三五字奇，不惟拗不論，即救亦可不論。二四六字偶，不惟黏對分明，即拗救尤分明。[26]

此數語與「一三五不論」二語同調，合乎原意。一三五不但可以「拗」（案：一是閑字，平仄變易不為拗；三之平仄變易亦多不為拗，此但概論之矣），既拗亦不必救。二四六則須粘對，如果平仄變易尤要拗救。有清以來，似乎以此數語最能解釋「一三五不論，二四六分明」。王軒雖然不能不步前賢後塵，以單數位置平仄變易為拗，但拗而不必救，便是「不論」的體現。

董文煥師承王軒，對「一三五不論」二語亦無非議。但董氏對二語的詮解，與王氏亦復不同。董譜把律詩出句末上去入三聲不連用之法，轉而解釋為一句之內、一聯之內，甚或隔句、隔聯三聲不連用，又以此論「一三五」二語。這就變成論技巧而不是論基本格律，和原義相去更遠。董譜卷十二「七言律詩一：四聲遞用」條總注云：

> 說曰：七言律詩之法，亦自五言來。其平仄黏對，人皆知之，更無待論。即單句末三聲互用之法，亦與五言同。但五言首句多不入韻，故單句有四。三聲之中，必

有一聲重用者。然亦必一五或三七或一七隔用，乃可重出，不得一三連用同聲，以避上尾之病。七言則首句十九入韻，句末用仄只有三句，配以三聲，適足無餘，而並首句則為四聲全備矣。故互用之法，尤視五言為嚴，必無一聲兩用者。其偶然不具而重用，則亦必三七隔用，斷無五句之末，與上下或同者。此尤不可不知，然亦僅耳。至中晚而後，乃漸不論矣。至於句中三聲互用之法，七言尤視五言為嚴。蓋五言字少，或三仄二平，或三平二仄，故不能必用三仄。七言則三平四仄，或三仄四平，無句不足三仄者，故其法獨密。如不審三聲而用之，設遇二六用仄之處，偶同一聲，則音節即不能諧和鏗鏘，八病由之而生矣。大抵句中三聲相間之法，不但每句，即每聯亦宜細論，隔聯亦然。一三五單字或可不論，二四五〔六〕雙字處，本聯本句、隔聯隔句，上下務宜相避，不可同宮同商，乃不致畸重畸輕，此為七律之極致。即五律亦然。世傳「一三五不論，二四六分明」之說，若用之三聲互用相避之法，實為指南金針，真千古不傳之秘也。老杜詩所謂「晚節漸於詩律細」，明指曰律，蓋不指他體而言也。又曰「重與細論文」，一再曰細，細之云者，即所謂豪髮無遺憾也。詩律至三聲互用，八病全卻，始可云無遺憾矣。固知此老非漫言者也。[27]

董氏同意一三五單字或可不論，這裏有兩義。其一是一三五單字用平用仄或可不論，這應該是合乎本義的。其二是如果一三五有

同是仄聲者（如「平平仄仄仄平平」之三五或「仄平仄仄仄平平」之一三五），則連用上、去或入也無妨。而二四六則縱使是隔聯用仄亦宜避免重用上去或入（如第二句是「仄仄平平仄仄平」，第四句是「平平仄仄仄平平」，則第二句的第二、六字和第四句的第四字都宜避免用同一仄聲）。這是董氏詩論的重點所在，因而扭曲「一三五不論，二四六分明」之說來自壯聲勢。董氏謂此說「若用之三聲互用相避之法，實為指南金針」，正好說明董氏亦自覺該二語本義與己說不盡相同，故用「若」。至於「千古不傳之奧秘」，則是自衒其說而已。總而言之，「二四六分明」由二四六必論平仄變為二四六須嚴分上去入，亦可謂失之遠矣。

董譜認為五言第一字亦有拗救之用，這點與前賢又不盡同。卷十一云：

> 拗聯者，本句拗，下句救，如「仄仄仄平仄，平平平仄平」聯，首句三字拗仄，首字不救，則下句三字必須拗平救之也。若下句三字既平，則首字亦可拗仄。蓋二三連平即不犯夾平，則首句首字又不必斤斤拗平以救之也。[28]

其意即謂：在「仄仄仄平仄，平平平仄平」聯中，上句第三字應平而仄，第一字又不用平聲來「救」，則下句第三字便必須用平聲來「救」。下句第三字既然用了平聲，則下句第一字亦可用仄聲。因為下句第二和第三字都一同用了平聲，所以「仄平平仄平」形式並不犯「夾平」。這裏有三點值得注意。第一，董譜以「仄仄仄平仄」為拗，而以「平仄仄平仄」為已救之拗，這是無意義的。

第二，董譜以「仄仄仄平仄」如不作「平仄仄平仄」，下句便必須用「平平平仄平」或「仄平平仄平」，這與王漁洋論調相合，但這種必然關係其實是不存在的。第三，董譜以「仄平仄仄平」為犯「夾平」，乾隆年間李汝襄《廣聲調譜》以「仄平仄仄平」為「孤平式」（說見後）。此處「夾平」等同李譜的「孤平」。但下面可以看到，董譜於別處用「夾平」，並不一定等同李譜的「孤平」；而董譜提及「孤平」，也並不一定等同李譜的「孤平」。董譜也有「夾仄」、「孤仄」等術語，下文會約略言及。

至於董譜以第一字有拗救之用，還可見於同卷：

> 惟〔平平平仄仄，仄仄仄平平〕上句三字拗仄為「平平仄仄仄」句，乃正拗律，而非借古句者。首二連平，亦無「夾平」之病。若再拗首字為「仄平仄仄仄」句，或又三四拗救為「仄平仄平仄」句，則拗極矣。而下句則斷斷用「平仄仄平平」，不可易也。總之，拗律之變，極之「夾平」而止，而絕不用中下三平之句〔董氏以「仄平平平仄」為「中三平」，以「仄仄平平平」為「下三平」〕，此古律之分也。[29]

其意是上句如用「仄平仄仄仄」或「仄平仄平仄」，下句一定要用「平仄仄平平」，所以下句第一字便有「拗救」之用。但這裏的「夾平」卻並不指「仄平仄仄平」的第二字，而是指「仄平仄仄仄」和「仄平仄平仄」的第二字，這樣便混淆了「夾平」的概念。如前文所言，「仄平仄仄平」是犯「夾平」，所以第三字要用平聲補

救，補救了之後，便沒有「夾平」的現象。但「仄平仄仄仄」和「仄平仄平仄」的「夾平」現象並不會因下句是「平仄仄平平」而消失。這分明是兩種不同的形式，董譜卻用同一術語表述。另外，董譜以「仄平平平仄」（中三平）和「仄仄平平平」（下三平）為古句。前者二四同用平聲，第三字又用平聲，無拗救餘地，絕對可稱為古句。後者收三平，初盛唐律詩頗常見，但唐世及後世七言古詩更常用此形式，故反成了古詩專利，所以董譜目之為古句，也不為過。從董譜角度看，「仄仄仄平平」的第三字，亦即「平平仄仄仄平平」的第五字，是非論不可了。

董譜除了用「夾平」外，還用了「夾仄」、「孤平」和「孤仄」等術語相配合。卷五云：

> 律無孤平，古無孤仄，指七言而言。[30]

卷十二云：

> 至於孤平、夾平諸句，律詩最忌，而拗體〔案：似是指古體〕則獨喜孤平而忌孤仄。夾平亦然。此又相反之一道也。[31]

卷末（即卷十三）論六言律詩云：

> 但四言正式二句，夾平夾仄〔即「仄仄平仄，平平仄平」〕，無分句首句末。若拗式二句，則又有加首加末之不同。……其句法之拗救，亦不外「一三五不論，二四六分明」兩語。[32]

從上引幾段文字看到，凡一平為仄聲所夾，或一仄為平聲所夾，便稱「夾平」、「夾仄」，有時含貶義，有時則絕無貶義。「孤平」、「孤仄」當異於「夾平」、「夾仄」，指的似是全句只有一平或一仄，與《廣聲調譜》「孤平式」的「孤平」絕不相同。可見清人論格律，各隨臆見而錫名，情況相當混亂。至於卷末所謂「一三五不論，二四六分明」，看來當與釋真空、王軒同調。

董氏有「夾平」的避忌，有五律第一字拗救之說，有「必救」之論，又以「仄仄平平平」為古句，但總的來說，他並不反對用「一三五不論，二四六分明」來為律詩格式作概括描述。「一三五不論」二語到了董譜，終於獲得支持。

驗　證

省試詩

清人論詩格律，因每多臆度之辭，當然不能遽信。如果要知唐人作近體詩的平仄宜忌，最好還是從唐詩中考得。而唐詩之中，尤以省試詩最有參考價值，因為考試的格律要求理應較日常酬酢攄情為嚴格。是以日常可用的格律，考試未必合用；考試合用的格律，日常一定可用。故只要分析唐朝科舉律詩的平仄形式，便不難對「一三五不論」之說作出較中肯的評騭。

律句的平仄形式繁多，如果每一個形式都有名稱，會較便於了解和記憶。為此，我們不妨借用乾隆年間李汝襄《廣聲調譜》

（以下簡稱「李譜」）為律句諸式的命名。如此詳細地為律句形式廣錫名號，李譜之前恐未曾有。李譜五言部分以全依板式、不易一字的近體為「正式」，計有「平起入韻正式」、「仄起入韻正式」、「平起不入韻正式」和「仄起不入韻正式」，又以有「仄平平仄仄」、「平仄仄平平」或「平仄平平仄」句而其餘為正式句的近體詩為「通融式」，計有「平起入韻通融式」、「仄起入韻通融式」、「平起不入韻通融式」和「仄起不入韻通融式」，並云：「通融式，亦正式也。」除此以外，李譜一概稱為「拗體」。以下表列李譜拗體諸式，並錄每式首例及詩後總注，以供參考。李譜每式俱有例詩，下表只錄首例詩的首例句。[33]

拗體名稱	首　例	平仄式	詩後總注
用拗句式	草肥朝牧牛	仄平平仄平	凡遇「平平仄仄平」之句，其第一字斷不宜仄。然亦有第一字用仄者，第三字必用平，謂之「拗句」。……
雙換詩眼式	綠竹半含籜，新梢纔出牆	仄仄仄平平，平平平仄平	「詩眼」者何？五言第三字、七言第五字是也。……
雙換詩眼拗句式	為惜故人去，復憐嘶馬愁	仄仄仄平仄，仄平平仄平	……如「復」字用平，為「雙換詩眼」。此用仄，則「雙換」中帶「拗句」也。
單換詩眼式（共兩小式）	共對一樽酒，相看萬里情	仄仄仄平仄，平平仄仄平	此出句「單換」，對句不換也。
	掩泣空相向，風塵何所期	仄仄平平仄，平平平仄平	此對句「單換」，出句不換也。
三仄式	城南虜已合	平平仄仄仄	……凡用「三仄」句，大要第一字必用平，此其常也。然亦偶有第一字用仄者，……此又「三仄」中之變格也，不宜輕用。
三仄三平對用式	蕭蕭古塞冷，漠漠秋雲低	平平仄仄仄，仄仄平平平	三平句則近於古矣。三仄句可以單用，若三平則多與三仄並用，而且通體中必有一二處拗體以配其氣。……

（接上表）

拗體名稱	首　例	平仄式	詩後總注
用互換法式	天晴上初日	平平仄平仄	「互換法」，謂「平平平仄仄」之句換為「平平仄平仄」之句，三四字交互更換也。又名「補法」。……亦名「拗句」。大要互換句，第一字必用平，乃為合格。……然亦偶有用仄者，又為互換中之變格，不宜輕用。
仄起入韻三四換字式	楚水清若空	仄仄平仄平	三四換字式，惟首句用之，餘句皆不可用〔案：此語非是〕。……
用救法式	落日池上酌，清風松下來	仄仄平平仄，平平平仄平	……凡遇「仄仄平平仄」之句，將第四字或三四字平換為仄，對句「平平仄仄平」之句，將第三字仄換為平，則能救轉來也。……
用古句式	吾愛太乙子，殘霞臥赤城	平仄仄仄仄，平平仄仄平	……四仄五仄，下不用救，故名「古句」。……
拗體雜用式			〔並無新式，故從略〕
孤平式	夜深露氣清	仄平仄仄平	「孤平」為近體之大忌，以其不叶也。……
失粘式	魚牀侵岸水，鳥路入山烟。還題平子賦，花樹滿春田	平平平仄仄，仄仄仄平平。平平平仄仄，平仄平平平	今不宜學。
以古行律式			「以古行律」，謂律詩體裁，古詩音節也〔並無新式，故從略〕。……

　　《文苑英華》卷一百八十至一百八十九載有唐朝省試詩並州府試詩，可供參考。清朝徐松《登科記考》只錄省試詩而略州府試詩，而所錄省試詩來源亦不止於《文苑英華》，搜集頗云周備。為免徵引過於累贅，現先只據《登科記考》，為有唐省試詩格律作一分析，[34]這方法會較為嚴謹。

唐朝省試詩流傳至今者甚少，《登科記考》亦只錄得一百二十五首。減去其中疑有誤字者一首，[35] 用仄韻者二首，實得一百二十二首。這一百二十二首律詩以排律為多，四韻律只佔少數。一百二十二首律詩中，有七十一首用句全屬李汝襄所謂的「正式」或「通融式」，其餘五十一首都有李譜所謂的「拗體」。現具錄該五十一首詩有「拗體」諸聯於後。

〔1〕還將聖明代，國寶在京都。
　　　平 平 仄 平 仄

(崔曙〈明堂火珠〉律詩〔四韻〕末聯)

〔2〕言因六夢接，慶叶九靈傳。
　　　平 平 仄 仄 仄

(殷寅〈玄元皇帝應見賀聖祚無疆〉八韻排律第六聯)

〔3〕錫宴雲天接，飛聲雷地喧。
　　　　　　　　平 平 平 仄 平

(李岑，同上題，第六聯)

〔4〕觴從百寮獻，形為萬方傳。
　　　平 平 仄 平 仄

慚無美周頌，徒上祝堯篇。
平 平 仄 平 仄

(趙鐸，同上題，第六聯及末聯)

〔5〕知音若相遇，終不滯南溟。
　　　平 平 仄 平 仄

(魏璀〈湘靈鼓瑟〉六韻排律末聯)

〔6〕 神女泛瑤瑟，古祠嚴野亭。
　　　平 仄 仄 平 仄　　仄 平 平 仄 平

（陳季，同上題，首聯）

〔7〕 曉見蒼龍駕，東郊春已迎。
　　　　　　　　平 平 平 仄 平

遙觀上林苑，今日遇遷鶯。
平 平 仄 平 仄

（皇甫冉〈東郊迎春〉六韻排律首聯及末聯）

〔8〕 蚓螻動旌旆，煙景入城闉。
　　　平 平 仄 平 仄

誰憐在陰者，得與蟄蟲伸。
平 平 仄 平 仄

（王緒〈迎春東郊〉六韻排律第四聯及末聯）

〔9〕 山苗蔭不得，生植荷陶鈞。
　　　平 平 仄 仄 仄

（員南溟〈禁中春松〉六韻排律末聯）

〔10〕 還知沐天眷，千載更蔥蘢。
　　　　平 平 仄 仄 仄

（常沂，同上題，末聯）

〔11〕 應憐聚螢者，瞻望獨無鄰。
　　　　平 平 仄 平 仄

（韓濬〈清明日賜百寮新火〉六韻排律末聯）

〔12〕 誰憐一寒士，猶望照東鄰。
　　　　平 仄 仄 平 仄

（王濯，同上題，末聯）

〔13〕乘流喜得路，逢聖幸存軀。
平 平 仄 仄 仄

還尋九江去，安肯曳泥途。
平 平 仄 平 仄

(丁澤〈龜負圖〉六韻排律第四聯及末聯)

〔14〕無言向春日，閑笑任年華。
平 平 仄 平 仄

(獨孤綬〈花發上林苑〉六韻排律第二聯)

〔15〕還同起封上，更似出橫汾。
平 平 仄 平 仄

(林藻〈青雲干呂〉六韻排律第四聯)

〔16〕恭惟漢武帝，餘烈尚氛氳。
平 平 仄 仄 仄

(令狐楚，同上題，末聯)

〔17〕輕烟度斜景，多露滴行塵。
平 平 仄 平 仄

(賈稜〈御溝新柳〉六韻排律第四聯)

〔18〕芳意能相贈，一枝先遠人。
仄 平 平 仄 平

(歐陽詹，同上題，末聯)

〔19〕　春仲令初吉，歡娛樂大中。
　　　　平　仄　仄　平　仄

　　　　如荷邱山重，思酬方寸功。
　　　　　　平　平　平　仄　平

　　　　從茲度天地，與國慶無窮。
　　　　平　平　仄　平　仄

　　　　　　　　（陸復禮〈中和節詔賜公卿尺〉六韻排律首聯、

　　　　　　　　　　　　　　　　第五聯及末聯）

〔20〕　共荷栽成德，將酬分寸功。
　　　　　　平　平　平　仄　平

　　　　　　　　　　（李觀，同上題，第四聯）

〔21〕　人何不取則，物亦賴其功。
　　　　平　平　仄　仄　仄

　　　　　　　　　　（裴度，同上題，第四聯）

〔22〕　霢靡含新彩，霏微籠遠芳。
　　　　　　平　平　平　仄　平

　　　　殊姿媚原野，佳色滿池塘。
　　　　平　平　仄　平　仄

　　　　　　　　（張復元〈風光草際浮〉六韻排律第二聯及第三聯）

〔23〕　誰知攬結處，含思向餘芳。
　　　　平　平　仄　仄　仄

　　　　　　　　　　（裴杞，同上題，末聯）

〔24〕　春風泛瑤草，九日遍神州。
　　　　平　平　仄　平　仄

　　　　　　　　　　（陳璀，同上題，首聯）

〔25〕恭聞掇芳客，為此尚淹留。
平平仄平仄

　　　　　　　　　　　　　　　（吳祕，同上題，末聯）

〔26〕秀發王孫草，春生君子風。
　　　　平平平仄平

　　　　　　　　　　　　　　　（陳祐，同上題，首聯）

〔27〕靜合煙霞色，遙將鸞鶴羣。
　　　　平平平仄平

　　　　　　（李季何〈立春日曉望三素雲〉六韻排律第五聯）

〔28〕晴曉仲春日，高心望素雲。
平仄仄平仄

　　　　　　　（陳師穆，同上題，首聯。案：立春不當在仲春，

　　　　　　　　如「仲」是「立」之訛，則亦是仄聲字）

〔29〕曲臺送春日，景物麗新晴。
仄平仄平仄

　　　　　　　　　　（李程〈春臺晴望〉六韻排律首聯）

〔30〕陶鈞二儀內，柯葉四時春。
平平仄平仄

　　　方持不易操，對此欲觀身。
　　　平平仄仄仄

　　　　　　　（李程〈竹箭有筠〉六韻排律第四聯及末聯）

〔31〕貞姿眾木異，秀色四時均。
平平仄仄仄

　　　　　　　　　　　　　　　（席夔，同上題，第二聯）

〔32〕當時不採擷，佳色幾飄零。
平平仄仄仄

（呂溫〈青出藍〉律詩〔四韻〕末聯）

〔33〕田裏有微徑，賢人不復行。
平仄仄平仄

從易眾所欲，安邪患所生。
平仄仄仄仄　平平平仄平

子羽有遺跡，孔門傳舊聲。
仄仄仄平仄　仄平平仄平

今逢大君子，士節再應明。
平平仄平仄

（張籍〈行不由徑〉六韻排律首聯、第三聯、第五聯及末聯。

案：「患」有平、仄二讀，第三聯上句二、四皆仄，

故以「患」作平救之）

〔34〕長衢貴高步，大路自規行。
平平仄平仄

（王炎，同上題，第二聯）

〔35〕幽磬此時擊，餘音幾處聞。
平仄仄平仄

隨風樹杪去，支策月中分。
平平仄仄仄

響盡河漢落，千山空糾紛。
仄仄平仄仄　平平平仄平

（獨孤申叔〈終南精舍月中聞磬〉六韻排律第二聯、

第三聯及末聯）

〔36〕滔滔在何許，揭厲願從遊。
平 平 仄 平 仄

（陳昌言〈玉水記方流〉六韻排律末聯）

〔37〕長令占天眷，四氣借全功。
平 平 仄 平 仄

（樊陽源〈風動萬年枝〉六韻排律末聯）

〔38〕采斷資良匠，無令瑕掩瑜。
平 平 平 仄 平

（羅立言〈沽美玉〉六韻排律末聯）

〔39〕靈山蓄雲彩，紛郁出清晨。
平 平 仄 平 仄

（陸暢〈山出雲〉六韻排律首聯）

〔40〕悠悠九霄上，應坐玉京賓。
平 平 仄 平 仄

（李紳，同上題，末聯）

〔41〕空憐一掬水，珍重此時情。
平 平 仄 仄 仄

（鮑溶〈薦冰〉六韻排律末聯）

〔42〕皎皎盤盂側，稜稜嚴氣生。
平 平 平 仄 平

（盧鈞，同上題，末聯）

〔43〕微臣一何幸，吟賞對宸居。
平 平 仄 平 仄

（竇洵直〈鳥散餘花落〉六韻排律末聯）

〔44〕他山豈無石，寧及此時呈。
平　平　仄　平　仄

（丁居晦〈琢玉〉六韻排律末聯）

〔45〕荏苒看漸動，怡和吹不鳴。
仄　仄　平　仄　仄　　平　平　平　仄　平

康哉帝堯代，寰宇共澄清。
平　平　仄　平　仄

（王甚黃〈風不鳴條〉六韻排律第三聯及末聯）

〔46〕深宜一夜雨，遠似五湖春。
平　平　仄　仄　仄

（鄭谷〈漲曲江池〉六韻排律第二聯）

〔47〕暖氣飄蘋末，凍痕銷水中。
仄　平　平　仄　平

（徐寅〈東風解凍〉六韻排律首聯）

〔48〕推于五靈少，宣示百寮觀。
平　平　仄　平　仄

（黃滔〈內出白鹿宣示百官〉六韻排律第二聯）

〔49〕雨露及萬物，嘉祥有瑞蓮。
仄　仄　仄　仄　仄

願同指佞草，生向帝堯前。
仄　平　仄　仄　仄

（黃貞白〈宮池產瑞蓮〉律詩〔四韻〕首聯及末聯）

〔50〕細草含愁碧，芊綿南浦濱。
平　平　平　仄　平

（殷文圭〈春草碧色〉六韻排律首聯）

〔51〕 今當發生日，瀝懇祝良辰。
　　　平平仄平仄

（王轂，同上題，末聯）

上所引省試詩句，以《廣聲調譜》的「五言律詩」一節所開列「拗體」諸式則之，有以下八式：

一、用拗句式，即押韻句用「仄平平仄平」，此乃避「孤平」之式。

二、雙換詩眼式，即上句用「仄（或平）仄仄平仄」，下句用「平平平仄平」。

三、雙換詩眼拗句式，即上句用「仄（或平）仄仄平仄」，下句用「仄平平仄平」。

四、單換詩眼式，即上句用「仄（或平）仄仄平仄」，下句用「平平仄仄平」；或下句用「平平平仄平」，上句用「仄（或平）仄平平仄」。

五、三仄式，即上句用「平（或仄）平仄仄仄」。

六、用互換法式，即上句用「平（或仄）平仄平仄」。

七、用救法式，即上句用「仄（或平）仄仄（或平）仄仄」，下句用「平（或仄）平平仄平」。

八、用古句式，即上句二、四皆仄，下句用「平平仄仄平」。

這五十一首有「拗體」的詩中，並無「三平式」（仄仄平平平）、「仄起入韻三四換字式」（仄仄平仄平）和「孤平式」（仄仄平仄平），可推想這三式在省試中確宜避免。再觀《文苑英華》卷一百八十

至一百八十九的省試和州府試詩，除了一些既古且律的作品難以分析外，[36] 純近體詩的「拗體」諸式並無超越《登科記考》所載的「八式」。

應制詩

上文提及吳紹溁《聲調譜說》引劉藻語，謂「凡應制詩無用拗體者，在唐人已然」。不過，觀《文苑英華》卷一百六十八至一百七十八應制詩（不包括卷一百七十九應令、應教詩）中的唐人近體詩作，不但常用拗體，而且用得比省試詩還要寬。如「三仄式」雖仍以「平平仄仄仄」為主，但「仄平仄仄仄」亦有見；「用互換法式」雖仍以「平平仄平仄」為主，但「仄平仄平仄」亦有見。而上舉省試近體詩所有的李譜八種拗體，唐人應制近體詩都有；上舉省試近體詩所無的「三平式」、「仄起入韻三四換字式」和「孤平式」，唐人應制近體詩則有前二式，「三平式」凡六見，七言版本的「三四換字式」一見，但無「孤平式」而已。[37] 現具錄各聯如下：

〔1〕此詩飄紫氣，應驗真人還。
　　　　　平　仄　平　平　平

（徐賢妃〔唐太宗妃〕〈秋風函谷應詔〉律詩〔四韻〕末聯）[38]

〔2〕蒼龍闕下天泉池，軒駕來遊簫管吹。
　　　平　平　仄　仄　平　平　平

（劉憲〈興慶池侍宴應制〉律詩〔四韻〕首聯）[39]

〔3〕供帳何煌煌，公其撫朔方。
仄仄平平平

（崔禹錫〈奉和聖製送張尚書〔張說〕巡邊〉十韻排律首聯）[40]

〔4〕具寮誠寄望，奏凱秋風前。
仄仄平平平

（蘇晉，同上題十韻排律，末聯）[41]

〔5〕還將西梵曲，助入南薰絃。
仄仄平平平

（李嶠〈閏九月九日幸總持寺登浮圖應制〉律詩〔四韻〕末聯）[42]

〔6〕林披館陶牓，水浸昆明灰。
仄仄平平平

（劉憲〈奉和幸三會寺應制〉六韻排律第四聯）[43]

〔7〕勾芒人面乘兩龍，道是春神衞九重。
平平平仄平仄平

（閻朝隱〈人日重宴大明宮恩賜綵縷人應制〉律詩〔四韻〕首聯）[44]

「三四換字式」是有條件的平仄變化，「三平式」是無條件的平仄變化。由此亦可見，像「三平式」這關乎「五」的所謂「拗體」形式，在唐人應制近體詩中亦非禁忌。故知古人作近體詩時，單數位置的平仄調度確是較寬鬆的。

又上文在省試詩部分列出的第一至第五式，清人雖強稱為「拗體」，但這數式只是變更第三字，又無須於別句用「救」，所以稱之為「拗」，其實無甚意義，徒足自擾而已。如果「平平平仄平」可以不視為「拗體」，那麼「仄平平仄平」只是換「平平平仄

平」第一字的平聲為仄聲，自亦可以不視為「拗體」。至於第六式因為二、四皆平，要以本句第三字救，第七式因為上句二、四皆仄，要以下句第三字救，有「拗」有「救」，稱為「拗體」，自然較可以不救的「拗體」合理。然第八式之二、四皆仄，在唐詩中且有下句不救者，則可見唐人「拗句觀」還是比較寬鬆的。由此亦可見，五言近體詩的第一字除了後世在「平平仄仄平」中反對在第三字不作平的情況下作仄，以及第三字除了後世在「仄仄仄平平」中反對變平外，確是可以不論的。這不論並不涉及整首近體詩聲律的強弱，而只是從結構上指詩句該位置的平仄可以隨意變更。七言近體詩的第三和第五字亦應作如是觀。

　　基於上文對「拗體」的看法，筆者打算順道為「仄平仄仄平」此「孤平式」和「仄（或平）仄平平平」此「三平式」定位，以期使有關拗句的概念更為清晰。該兩式都沒有變動句中雙數位置的平仄，其實可以不視為「拗體」。趙譜稱「仄平仄仄平」為「古詩句」，李譜以「仄平仄仄平」為「近體大忌，以其不叶」，看來此形式的風格極不能與近體配合，實非一般拗句之比，所以視「仄平仄仄平」為「古詩句」而不是一般拗句是合理的。「三平式」在初、盛唐本就是正常的律體，盛唐以後，「三平式」成為古體專用形式，近體才避而不用，尤於試帖詩為然。「三平式」沒有變動句中雙數位置的平仄，所以不應視之為一般拗句。李譜謂「三平句則近於古矣」是有道理的，所以稱「三平式」為「古詩句」更覺適當。

筆者現斟酌清人詩格對詩句平仄式的論斷，試以己見分諸式為三體，表解如下：

	五　言		備　注	七　言
常式	平平平仄仄 仄平平仄仄 平平仄仄仄 仄平仄仄仄 仄仄平平仄 平仄平平仄 仄仄仄平仄 平仄仄平仄	仄仄仄平平 平仄仄平平 平平仄仄平 平平平仄平 仄平仄仄平	二四平仄相反，非拗體，唯各句聲律有強弱耳。	於左列五言句前加平平、仄平、仄仄或平仄，必使七言句二四平仄相反。
拗體（近體詩可用）	平平仄平仄 仄平仄平仄 上句拗 仄仄仄仄仄 平仄仄仄仄 平仄平仄仄 仄仄平仄仄	仄仄平仄平 平仄平仄平 下句救 平平平仄平 仄平平仄平 ＋	二四平仄相同，故拗，唯雖拗而有救。或句中自救，或上句拗下句救而成拗聯。	於左列五言句前加平平、仄平、仄仄或平仄，必使七言句二四平仄相反。

（接上表）

	五　言		備　注	七　言
古體（除拗律外，近體詩不宜用）		仄平仄仄平 仄仄平平平 平仄平平平	二四平仄雖相反，唯全句格調與近體不叶。	於左列五言句前加平平、仄平、仄仄或平仄。 或 ○平○平○○○ ○仄○仄○○○ （此兩式可視為無從救之拗體）
	上句拗 仄仄仄仄仄 平仄仄仄仄 平平平仄仄 仄仄平仄仄　＋	下句不救 平平仄仄平	上句二四同仄。若下句不救，上句便成古詩句。此可視為可救而不救之拗體。	
	仄平平平仄 平平平平仄 （上列收仄聲六句在仄韻古詩中既可為上句亦可為下句）	仄平平平平 平平平平平 仄仄平平平 平平仄平平 仄仄仄仄平 平仄仄仄平	二四平仄相同。此可視為無從救之拗體。	

　　經過上述的分析，筆者以為「一三五不論，二四六分明」作為詩學入門的口訣是有意義的。先誦口訣，再留意例外，正是循序漸進之法。七言近體詩第一字必不論平仄，第三字除了犯「孤平」之外，亦不論平仄，如果第五字用平而避了孤平，第三字便不論平仄。第五字除了犯「三平」之外，縱強稱拗體，實亦不論平仄。初、盛唐非省試的近體詩亦屢見「三平」，可以想見當時「三平」亦不犯禁。是以「一三五不論」並非信口開河之語。至於七言句，二四同平同仄必拗，二四變換平仄必失粘。第六字變更平仄，亦必失粘，而且必有救才稱合律。故「二四六分明」是無容置疑的。清人以平仄之整體勻稱分配為大前提而排斥「一三五不論」之說，實不無矯枉過正之嫌。

合仄起七言八句格式
合平起七言八句仄家式
合仄起七言八句格式
合平起七言八句仄家式
合韵七言八句仄家式

合仄起五言八句式
合平起五言八句格式
合仄起五言八句式

是平声
一三五不論
二四六分明

死活重之無輕上去入音為仄韵東西南字
平對仄仄對平仄切要分明有無匠与賓

背篇雜字纂成二首

明弘治本《篇韻貫珠集》（收入《四庫全書存目叢書》）所載「一三五不論」口訣

1. 《新編篇韻貫珠集》，《四庫全書存目叢書》本（臺南縣柳營鄉：莊嚴文化事業有限公司影印北京大學圖書館藏明弘治十一年〔1498〕刻本，1997 年），經部第 213 冊，頁 535。王力《漢語詩律學》第一章第七節云：「《切韻指南》後面載有這個口訣。」（〔上海：新知識出版社，1958 年初版〕頁 83）案《切韻指南》後並無「一三五不論」二語，王力恐是誤記。

2. 《四庫全書總目提要》（臺北：臺灣商務印書館，1983 年），〈經部・小學類・存目二・《篇韻貫珠集》一卷〉，冊 1，總頁 927。

3. 《薑齋詩話》，收入丁福保（編訂）：《清詩話》（上海：中華書局，1963 年），頁 12–13。王夫之號薑齋，丁福保將夫之論詩著述合為一書，名曰《薑齋詩話》。

4. 《然鐙記聞》，收入清王祖源（輯）：《聲調三譜》（臺北：廣文書局，1962 年），卷一，頁二上。

5. 《小石帆亭著錄》，收入《聲調三譜》，卷二，頁十二上。

6. 〈律詩定體〉（《天壤閣叢書》本），收入《聲調三譜》，卷一，頁七上。「無論」，《清詩話》本（頁 114）作「不論」。

7. 王文具見《聲調三譜》，卷一，頁五下至七下。

8. 《清詩話》，頁 114。

9. 《苕溪漁隱叢話》（香港：中華書局香港分局，1976 年），頁 319。

10. 范晞文：《對牀夜語》，收入丁福保（輯）：《歷代詩話續編》（臺北：藝文印書館，1974 年三版），卷二，頁三上（總頁 497）。

11. 《聲調譜》，收入《聲調三譜》。〈前譜〉五言律詩兩首及總注八條見頁四下至五下，〈後譜〉五言律詩六首見頁十二下至十三下，七言律詩四首見頁十三下至十四下。

12. 《清詩話》本（頁 328）「二語」作「一語」。

13. 《全唐詩》，清康熙四十六年（1707）敕編本（臺灣：復興書局影印，1967 年再版），第二函第五冊，總頁 580。

14. 同上注，第二函第八冊，總頁 702。

15. 同上注，第四函第四冊，總頁 1381。

16. 同上注，第四函第三冊，總頁 1310。

17. 同上注，第三函第五冊，總頁 990。

18. 同上注，第三函第三冊，總頁 906。

19. 《聲調譜說》（影印刊本），《金薤集》弁言，收入杜松柏（主編）：《清詩話訪佚初編》（臺北：新文豐出版公司影印，1987 年），冊十，頁一下（總頁116）。

20. 同上注，《聲調譜說・序》，頁二上（總頁 113）。

21. 同上注，頁一下（總頁 112）。

22. 吳譜論五律諸式見同書卷上，頁三十九上至四十一上（總頁 211–15）。吳譜論七律諸式則見同書卷上，頁四十一下至四十三上（總頁 216–19）。

23. 《聲調四譜圖說》，董氏刊本（臺北：廣文書局影印，1974 年），〈自敍〉，頁一上（總頁 11）。

24. 同上注，〈凡例〉，頁六上（總頁 25）。

25. 同上注，〈王敍〉，頁一上（總頁 7）。

26. 同上注，頁一下（總頁 8）。

27. 同上注，卷十二，頁五下至六下（總頁 452–54）。

28. 同上注，卷十一，頁十七上（總頁 433）。

29. 同上注，頁十七上至十七下（總頁 433–34）。

30. 同上注，卷五，頁二十一上（總頁 239）。

31. 同上注，卷十二，頁十六上（總頁 473）。

32. 同上注，卷末，頁十一上（總頁 499）。

33. 《廣聲調譜》，易簡堂刊本，收入《清詩話訪佚初編》，冊十，卷上，頁三下至十六上（總頁 260–85）。

34. 各省試詩見《登科記考》，《續修四庫全書》本（上海：上海古籍出版社影印上海辭書出版社圖書館藏清光緒十四年〔1888〕刻南菁書院叢書本，1995年），冊八百二十九〈史部・政書類〉，卷八至卷二十四，總頁 122–395。

35. 《登科記考》卷十七據《文苑英華》引陳至〈薦冰〉五言六韻排律第五聯

云:「藉茅心共結,出鑑水漸明。」「漸」字下注云:「按字疑有誤。」(總頁 285)案此詩除「漸」字仄聲不合外,其餘平仄全合格律。「漸」字如非在唐朝有平聲讀法,便是誤字無疑。

36. 《文苑英華》卷一百八十三載崔立之〈春風扇微和〉云:「時令忽已變,年光俄又春。高低惠風入,遠近芳氣新。靡靡纔偃草,泠泠不動塵。溫和乍扇物,煦嫗偏感人。去出桂林漫,來過蕙圃頻。晨輝正澹蕩,披拂長相親。」(明隆慶刻本〔臺灣:華文書局影印,1965 年〕,總頁 1128)其中「遠近芳氣新」和「煦嫗偏感人」是「仄仄平平平」。但此詩乃刻意而為的古風式律體,有四句用「三仄式」,一句用「三平式」,「靡靡纔偃草,泠泠不動塵」是「用古句式」,是以與一般只用一二「拗體」的律詩不同。此種詩體較難分析。

37. 《文苑英華》所載應制近體詩有「孤平式」句數例,俱由誤文引致:張易之〈泛舟侍宴應制〉有「坐客無勞起,奏簫曲未終」(卷一百六十九,總頁 1036),《全唐詩》第二函第三冊(總頁 494)下句作「秦簫曲未終」,是。張說〈奉和登驪山高頂寓目應制〉有「寒山入半空,眺臨盡闕中」(卷一百七十,總頁 1043),《全唐詩》第二函第四冊(總頁 535)作「寒山上半空,臨眺盡寰中」,是。趙彥昭〈奉和幸長安故城未央宮應制〉有「茨室留皇鑒,薰歌盛有虞」(卷一百七十四,總頁 1068),《全唐詩》第二函第六冊(總頁 608)下句作「熏歌盛有虞」,是。上官儀〈奉和過舊宅應制〉有「沛水祥雲泛,苑郊瑞氣浮」(卷一百七十四,總頁 1071),《全唐詩》第一函第八冊(總頁 314)下句作「宛郊瑞氣浮」,「宛」讀平聲,是。蘇頲〈奉和聖製漕橋東送新除岳牧〉有「寶賢不遺俊,臺閣盡駕鷖。未若調人切,其如簡帝難。閣上才應出,典中肯念分」(卷一百七十七,總頁 1093),《全唐詩》第二函第二冊(總頁 463)第三聯作「上才膺出典,中旨念分官」,是。釋廣宣〈駕幸聖容院應制〉有「古來貴重緣親近,狂客暫為待〔原文如是〕從臣」(卷一百七十八,總頁 1098),《全唐詩》第十二函第二冊(總頁 4771)下句作「狂客慙為侍從臣」,是。崔國輔〈奉和華清宮觀行香應制〉有「天子蕊珠宮,接臺碧落通」(卷一百七十八,總頁 1099),《全唐詩》第二函第七冊(總頁 661)下句作「樓臺碧落通」,是。又崔湜〈奉和幸韋嗣立山莊侍宴應制〉有「丞相登前府,尚書啟舊林」(卷一百七十五,總頁 1077),「尚」字讀平聲,唐詩中常如此,故下句亦非「孤平式」。

38. 《文苑英華》卷一百七十，總頁 1043。此詩第三、五、七句失粘，但每聯俱合格律，中唐以前近體詩亦頗常見。

39. 同上注，卷一百七十六，總頁 1082。

40. 同上注，卷一百七十七，總頁 1091。此詩作者《文苑英華》作「崔羽錫」，《全唐詩》第二函第六冊（總頁 630）作「崔禹錫」，茲據改。

41. 《文苑英華》卷一百七十七，總頁 1092。此聯《文苑英華》作「具寮有誠寄，望凱秋風前」，茲據《全唐詩》第二函第六冊（總頁 630）改。

42. 《文苑英華》卷一百七十八，總頁 1095。此詩《文苑英華》別有關乎平仄之誤文，可參校《全唐詩》第二函第一冊，總頁 409。

43. 《文苑英華》卷一百七十八，總頁 1096。

44. 同上注，卷一百七十二，總頁 1052。此詩《全唐詩》第二函第二冊（總頁 446）題作〈奉和聖製春日幸望春宮應制〉，並於首句「乘兩」後注云：「一作『兩乘』。」案《史記‧司馬相如列傳》載司馬相如〈大人賦〉，有云：「使句芒其將行兮，吾欲往乎南嬉。」唐張守節《正義》引張揖云：「句芒，東方青帝之佐也，鳥身人面，乘兩龍。」（《史記》〔北京：中華書局，1982年〕，頁 3059）《全唐詩》一作「兩乘」，恐非。

原載《中國文化研究所學報》新第十期（總第四十一期）。香港：香港中文大學中國文化研究所，2001。

蘇軾詞「不應有恨何事」、「小喬初嫁」及「多情應笑」試析 *2003*

南宋胡仔 (音「茲」)《苕溪漁隱叢話・後集》卷二十六云：

> 苕溪漁隱曰：「……子瞻佳詞最多，其間傑出者，如『大江東去，浪淘盡千古風流人物』赤壁詞、『明月幾時有，把酒問青天』中秋詞、……凡此十餘詞，皆絕去筆墨畦徑間，直造古人不到處，真可使人一唱而三歎。」[1]

胡仔除對蘇軾詞推崇備至外，還置赤壁詞及中秋詞於首，可見他以此二詞為蘇軾代表作。同書〈前集〉卷五十九云：

> 苕溪漁隱曰：「東坡『大江東去』赤壁詞，語意高妙，真古今絕唱。」[2]

〈後集〉卷三十九云：

> 苕溪漁隱曰：「中秋詞，自東坡〈水調歌頭〉一出，餘詞盡廢。」[3]

推介二詞，可謂不遺餘力。

以赤壁詞和中秋詞作為東坡詞的代表作，看來是沒爭議的。但偏偏後世為這兩首詞所作出的分句都出現了問題。如果不釐清這些問題，我們去理解和欣賞這兩首詞時便會遭遇障礙。

幾年前我曾經寫過一篇文章，論及〈念奴嬌〉赤壁詞的分句。[4] 這首詞的分句問題在下片的「小喬初嫁了雄姿英發」和「多情應笑我早生華髮」。文章的結論是前者的分句應是「小喬初嫁，了雄姿英發」，後者則是「多情應笑，我早生華髮」，推斷的方法主要從語意和語法兩個角度看，而不單是從格律的角度看。這點下文將再作討論。〈水調歌頭〉中秋詞的分句似乎還未有詳細論及者，所以不妨先看看中秋詞「不應有恨何事長向別時圓」的分句。

中秋詞

今所見明朝荊聚校刊本《增修箋註妙選羣英草堂詩餘》所選詞作都經圈點，〈後集〉卷上載〈水調歌頭‧中秋〉，錄之如下：

> 明月幾時有。把酒問青天。不知天上宮闕。今夕是何年。我欲乘風歸去。唯恐瓊樓玉宇。高處不勝寒。起舞弄清影。何似在人間。　轉朱閣。低綺戶。照無眠。不應有恨何事。長向別時圓。人有悲歡離合。月有陰晴圓缺。此事古難全。但願人長久。千里共嬋娟。[5]

清初，《詞律》和《詞譜》都為中秋詞分句。萬樹《詞律》成於清康熙二十六年（1687），卷十四載〈水調歌頭〉中秋詞，錄之

如下：

> 明月幾時有（句）把酒問青天（韻）不知天上宮闕
> 今夕是何年（叶）我欲乘風歸去（句）又恐瓊樓玉宇
> （句）高處不勝寒（叶）起舞弄清影（句）何似在人間
> （叶）　轉朱閣低綺戶（句）照無眠（叶）不應有恨何事
> 常〔原文如是〕向別時圓（叶）人有悲歡離合（句）月
> 有陰晴圓缺（句）此事古難全（叶）但願人長久（句）
> 千里共嬋娟（叶）[6]

《詞律》於「轉朱閣」六字不分句，但無論如何，語氣在第三字後停頓，這是無可置疑的。至於「不知」十一字和「不應」十一字，《詞律》也不分句，這在格律上應當是說得通的。萬樹在詞後注云：

> 「不知」至「何年」十一字，語氣一貫。有于四字一頓者，有于六字一頓者，平仄亦稍有不同。但隨筆致所至，不必拘定。[7]

萬樹之言，並無助於解決這裏「不應」十一字當作六、五句法還是四、七句法這問題。杜文瀾在校本中說：「按王氏校本，『轉朱閣』句作『轉珠簾』，又『不應有恨』句『應』作『因』，可從。」[8]至於異文是否可從，這是別論。細究杜文瀾的語氣，是在「不應有恨」後停頓。這是杜氏之意，卻未必是萬樹之意。至於萬樹何意，則不得而知了。

　　王奕清等《詞譜》成於康熙五十四年（1715），卷二十三載中

秋詞，錄之如下：

> 明月幾時有（句）把酒問青天（平韻）不知天上宮闕（句）今夕是何年（韻）我欲乘風歸去（仄韻）又恐瓊樓玉宇（韻）高處不勝寒（平韻）起舞弄清影（句）何事〔原文如是〕在人間（韻）　轉朱閣（句）低綺戶（句）照無眠（韻）不應有恨（句）何事常〔原文如是〕向別時圓（韻）人有悲歡離合（換仄韻）月有陰晴圓缺（韻）此事古難全（平韻）但願人長久（句）千里共嬋娟（韻）[9]

《詞譜》很明顯地在「恨」字後斷句，與《草堂詩餘》圈點本的斷句不同。後世坊本載此詞，「不應」十一字都作四、七句法，如龍榆生《唐宋名家詞選》、[10]唐圭璋《全宋詞》[11]等。《草堂詩餘》的斷句，似乎沒有坊本跟從。「不應有恨，何事長向別時圓」語法並無問題，但語意則大有問題。下面討論一下。

讓我們先看看「不應」這兩句的出處。李賀〈金銅仙人辭漢歌〉七古第九、十句云：「衰蘭送客咸陽道，天若有情天亦老。」[12]司馬光《續詩話》云：「李長吉歌『天若有情天亦老』，人以為奇絕無對。曼卿〔案：即石延年〕對『月如無恨月長圓』，人以為勍敵。」[13]東坡句意本此。

現在為下片首數句作一個語體繙譯。如果斷句是「轉朱閣，低綺戶，照無眠。不應有恨何事（此處「不應」亦有「不知」之義。南宋陳德武〈憶秦娥〉效之，云：「不應何恨，照人離別。」），長向別時圓」的話，語體繙譯便是：

〔明月〕轉過朱閣，低移至綺戶，照向這不成眠〔的人〕。〔明月〕不應該怨恨甚麼事吧〔即「不知何恨」。「有」是詞頭，不用繙譯〕？它總是待我們分別時才圓。

如果斷句是「轉朱閣，低綺戶，照無眠。不應有恨，何事長向別時圓」的話，語體繙譯便是：

〔明月〕轉過朱閣，低移至綺戶，照向這不成眠〔的人〕。〔明月〕不應該有恨〔即「不是有恨」〕，到底甚麼事總是待我們分別時才圓？

仔細地看，「不應有恨，何事長向別時圓」便有邏輯問題，因為作者既然說明月不應有恨，那就等於說明月不應有缺。但下一句卻肯定了月有圓缺。月圓月缺是天然現象，本無應該與不應該之理。同樣地，月究竟應該與不應該有恨也不是凡塵中人可以妄加評斷的事。所以「不應有恨」一語，語法雖毫無問題，語意卻有問題。相反地，「不應有恨何事」便婉轉得多，因為這句用的是設問語氣，並沒有武斷地說月亮不應該有恨。下片的主要理路大抵是這樣：人有悲歡離合，於是有所怨恨。月有陰晴圓缺，這表示月也有所怨恨。但月不該怨恨甚麼事吧（比如說，月沒有悲歡離合）。它更要戲弄我們兄弟兩人，待我們分隔兩地時才圓。

石延年的「月如無恨月長圓」是從月的不長圓（不圓即是消瘦）去推測月其實是有恨的，運意非常婉轉。如果蘇軾用「不應有恨」反其意，卻又不能用自然現象去支持月亮「不應有恨」的說法，那麼「何事長向別時圓」便與「不應有恨」相矛盾，這兩

句便是敗筆了。

蘇軾〈三部樂·情景〉上片云:

美人如月,乍見掩暮雲,更增妍絕。算應無恨,安用陰晴圓缺。嬌甚空只成愁,待下牀又懶,未語先咽。數日不來,落盡一庭紅葉。[14]

其中「算應無恨,安用陰晴圓缺」的語體繙譯是:「料想〔月〕果真是無恨,那就用不着有陰晴圓缺。」換句話說,蘇軾是贊同石延年的「月有恨」說的。這更能證明「不應有恨」的斷句有問題。「不應有恨何事」既不武斷,亦無邏輯問題。因為它並不否認月亮有恨,只不過作者想來想去,也不知究竟何事使月亮怨恨而已。一個「何」字,效果便妥帖不少。既然「不應有恨何事」不否定月亮有恨的可能性,也就是不否定月可以有圓缺,那麼「長向別時圓」便有着落,不會與上句相矛盾了。

那麼「不應有恨何事」有所本沒有呢?答案是肯定的。唐劉禹錫〈三閣辭〉四首其一云:「貴人三閣上,日晏未梳頭。不應有恨事,嬌甚卻成愁。」[15]這裏的「不應有恨事」指的是貴人哪會有恨事,使她無心情梳頭?她之所以日晏未梳頭,只不過因為嬌寵太過,心靈脆弱,易生愁緒而已。這「不應有恨事」是肯定的,但在詩中並無造成意義上的矛盾。因為「嬌甚卻成愁」是作者觀察所得,所以知道貴人只是「成愁」,不是「有恨」。蘇軾用了劉禹錫句,加一「何」字(使「有」字成為詞頭),也同時消解了跟下句的矛盾。

我們何以推測蘇軾的「不應有恨何事」本自劉禹錫的〈三閣辭〉呢？原來蘇軾蘇轍兄弟都愛劉禹錫詩。蘇軾〈歸朝歡〉云：「君才如夢得，武陵更在西南極。竹枝詞，莫搖新唱，誰謂古今隔。」[16]可見推崇之意。上引蘇軾〈三部樂〉的「嬌甚空只成愁」正是變化〈三閣辭〉的「嬌甚卻成愁」而成。《苕溪漁隱叢話・前集》卷二十云：

> 山谷云：「劉夢得〈竹枝〉九章，詞意高妙，元和間誠可以獨步。道風俗而不俚，追古昔而不愧，比之杜子美〈夔州歌〉，所謂同工而異曲也。昔子瞻嘗聞余詠第一篇，歎曰：『此奔軼絕塵，不可追也。』〈淮陰行〉情調殊麗，語氣尤隱切，白樂天、元微之為之，皆不入此律也。……〈三閣辭〉四章，可以配〈黍離〉之詩，有國存亡之鑑也。大概夢得樂府小章優於大篇，詩優於它文耳。」[17]

又云：

> 《呂氏童蒙訓》云：「蘇子由晚年，多令人學劉禹錫詩，以為用意深遠，有曲折處。後因見夢得〈歷陽詩〉云：『一夕為湖地，千年列郡名。霸王迷路處，亞父所封城。』皆歷陽事，語意雄健，後殆難繼也。」[18]

〈前集〉卷四十二云：

> 《後山詩話》云：「蘇詩始學劉禹錫，故多怨刺，學不可不謹也。晚學太白，至其得意，則似之矣，然失於

粗，以其得之易也。」[19]

南宋魏慶之《詩人玉屑》卷十七亦引《後山詩話》此語。[20] 因此，蘇軾在〈水調歌頭〉中用劉禹錫〈三閣辭〉「不應有恨事」之語，合石曼卿「月如無恨月長圓」之意而變化之，是極有可能的。

詞性方面，「有恨」是動＋名；「有恨事」是動＋形＋名，「恨事」是名詞短語；「有恨何事」是助＋動＋代＋名，「何事」是名詞短語。「有恨何事」的結構有似「有懷子由」、「有懷錢塘」，「有」字是一個無特別意義的詞頭，只可當助詞看待。

從格律上看，則有一個不算太有力的證據，只可以作參考用。案《全宋詞》載蘇軾〈水調歌頭〉詞共四首，除中秋詞外，其餘三首上片第三、四句（《詞律》則認為是第三句共十一字）和下片換頭後的兩句的分句是一致的。「落日繡簾捲」上片第三、四句云：「知君為我，新作窗戶溼青紅。」下片換頭後云：「忽然浪起，掀舞一葉白頭翁。」[21] 俱四、七句法；「安石在東海」上片第三、四句云：「中年親友難別，絲竹緩離愁。」下片換頭後云：「故鄉歸去千里，佳處輒遲留。」[22] 俱六、五句法；「昵昵兒女語」上片第三、四句云：「恩怨〔平聲〕爾汝來去，彈指淚和聲。」下片換頭後云：「躋攀寸步千險，一落百尋輕。」[23] 俱六、五句法。中秋詞上片第三、四句云：「不知天上宮闕，今夕是何年。」這分句古今並無異議。如果下片換頭後的分句是「不應有恨何事，長向別時圓」，則四詞上下片分句都對稱，未知東坡對此是否有這樣的執着。

赤壁詞[24]

　　蘇軾〈念奴嬌・赤壁懷古〉在格律和異文上的問題更多，我前已有論文詳為分析。格律包括了分句。赤壁詞分句的最大問題，莫過於「小喬初嫁了雄姿英發」和「多情應笑我早生華髮」這兩條。因為前已有論文分析過，是以這裏只作重點介紹和補充。

　　首先，「小喬初嫁」和「小喬初嫁了」語法都沒有問題，問題在於兩者的語意有沒有差異。其實差異是有的。因為「嫁了」和「婚嫁了」在唐宋時期指的是子女的婚事完畢，因此，「嫁了」還有「嫁出」的意思。舉例有：「又從風疾來，女嫁男婚了。胸中一無事，浩氣凝襟抱。」（白居易〈逸老〉五古）「他年婚嫁了，終老此江頭。」（姚合〈別杭州〉五絕）「待我休官了婚嫁，桃源洞裏覓仙兄。」（張仲方〈贈毛先翁〉雜言）「悵念老子平生，粗令婚嫁了，超然閑適。」（李綱〈念奴嬌〉）以及「幸償。婚嫁了，雙雛藍袖，拜舞稱觴。」（曹彥約〈滿庭芳・壽妻〉）[25]

　　蘇軾詞「小喬初嫁」指小喬初嫁給周瑜。如果連下「了」字讀作「小喬初嫁了」，雖然語法甚妥，但指的便是「小喬剛嫁出」，也就是說周瑜嫁出小喬，這便於理不合了。其實在赤壁詞中，「了」字應當視作一個領字（雖然這處不一定要用領字），「了雄姿英發」首三字的詞性就和「漸素秋向晚」（歐陽修〈清商怨〉）、「最玉樓先曉」（晏幾道〈清商怨〉）、「乍湖光清淺」（仲殊〈念奴嬌〉）、「漸霜風淒慘」（柳永〈八聲甘州〉）、「正故國晚秋」（王安石〈桂

枝香〉)、「漸月華收練」（蘇軾〈沁園春〉)、「正單衣試酒」（周邦彥〈六醜〉)[26]首三字的詞性一模一樣，都是副詞在名詞短語之前。宋詞的副詞領字多用去聲而較少用上聲，不過「漸」字在《廣韻》屬「慈染切」，和「了」字一樣，都是濁聲母上聲字，[27]「漸」字亦是常見的領字。「了」字作「了然」、「全然」解，作為領字，非常恰當。

〈念奴嬌〉換頭第二、三句共九字，周邦彥以前諸家都作上四下五，其後便有上五下四斷句法。[28]這現象說明了不論上四下五還是上五下四，都是可歌的。所以「小喬初嫁，了雄姿英發」是從語意中求得，並非謂〈念奴嬌〉此處必作上四下五而不能作上五下四。萬樹云：

> 更謂「小喬」句必宜四字，截「了」字屬下乃合。則宋人此處用上五下四者尤多，不可枚舉，豈可謂之不合乎？[29]

萬樹此言，主要出於誤解。他針對的顯然是清初朱彝尊在《詞綜》中的話。朱氏《詞綜》卷六云：

> 至於「小喬初嫁」，宜句絕，「了」字屬下句乃合。[30]

朱氏當然不是指格律上應如此，他當是看出「初嫁了」的問題，才有此言。可惜朱氏未能指出「了」字屬下句的領字功能。而唐宋以後，大抵「嫁了」作為「嫁出」的意思已相當模糊，而「嫁了」又那麼順口，一般人實在很難領略朱氏的深意。是以張宗橚

《詞林紀事》便說：「此正如村學究說書，不顧上下語意聯絡，可一噴飯也。」³¹張氏不審文理，才會發此偏頗之言，對朱彝尊實欠公允。

南宋張孝祥有〈水調歌頭‧和龐佑父〉，用的是別體，下片云：

憶當年，周與謝，富春秋。小喬初嫁，香囊未解，勳業故優游。赤壁磯頭落照，肥水橋邊衰草，渺渺喚人愁。我欲乘風去，擊楫誓中流。³²

此詞下片屢用東坡句，其中「小喬初嫁」，即小喬初嫁與周郎之謂，正合赤壁詞用法。康熙《詞譜》卷二十八載赤壁詞，下片第二句作「小喬初嫁了」；³³卷二十三載張孝祥〈水調歌頭〉，下片卻不能不作「小喬初嫁」。³⁴隨讀隨分之習，可見一斑。

至於「多情應笑我早生華髮」的分句，本來是沒有問題的，荊聚本《草堂詩餘》和萬樹《詞律》都作「多情應笑，我早生華髮」。《詞譜》乃作「多情應笑我，早生華髮」。³⁵

在此之前，朱彝尊《詞綜》卷六載赤壁詞，自注云：

又「多情應是笑我生華髮」作「多情應笑我早生華髮」，益非。今從《容齋隨筆》〔案：宋洪邁《容齋續筆》卷八〕所載黃魯直手書本更正。³⁶

《詞綜》原來並無標點，³⁷故不知何處斷句。然而萬樹卻云：

《詞綜》云本係「多情應是」一句,「笑我生華髮」一句,世作「多情應笑我」,益非。愚謂此說亦不必。此九字一氣,即作上五下四,亦無不可。金谷云:「九重頻念此,衮衣華髮。」竹坡云:「白頭應記得,樽前傾蓋。」亦無礙于音律。蓋歌喉于此滾下,非住拍處,在所不拘也。[38]

萬樹此語亦大有問題。其一,《詞綜》原無標點,《容齋續筆》卷八「詩詞改字」條引向巨源謂元不伐家有黃庭堅所書東坡〈念奴嬌〉,其中「多情應笑我早生華髮」作「多情應是笑我生華髮」。[39]朱彝尊《詞綜》因據此改坊本的「多情應笑我早生華髮」為「多情應是笑我生華髮」。「多情應是笑我生華髮」是四、五句法無疑,但「多情應笑我早生華髮」是四、五還是五、四,卻看不出來。萬樹強謂《詞綜》以「多情應笑我」為益非,實則《詞綜》是以「多情應笑我早生華髮」為益非。但從萬樹此語看來,「多情應笑我,早生華髮」這斷句法在清初(即萬樹之世)已有,並不始於《詞譜》。其二,萬氏一方面在譜中以「多情應笑」斷句,另一方面則謂上五下四,亦無不可,這樣做就很含混了。究竟他的意思是「多情應笑」或「多情應笑我」都可以,還是縱談格律上該處四、五皆可呢?可以肯定地說,該處上四下五一定是正格,北宋人絕不作上五下四,南宋填〈念奴嬌〉者,除非疏於格律,否則不該有甚麼理由會用上五下四。事實上,宋人真正用上五下四的例子,目前還未找到。〈念奴嬌〉上片「亂石」至「千堆雪」位置的十三字一定是四、四、五句式,這點南北宋都應無例外,所以下片「故國」至「生華髮」位置的十三字用四、四、五句式,便

得到對稱的效果。下片該處作四、五、四當然可歌，恐怕只因停頓不同，突兀一點罷了。這到底是小問題。但是，如果萬氏認為赤壁詞的「多情應笑」也可讀作「多情應笑我」，問題就大了。因為「故國神遊」和「多情應笑」是對偶，上片「亂石穿空」和「驚濤拍岸」也是對偶，這正是東坡刻意而為的。黃山谷手書東坡詞，寫成「多情應是，笑我生華髮」。作「多情應笑」或「多情應是」，都無害與「故國神遊」對偶，但「多情應是」意未斷，須連接本來不在對偶之內的下句方能成義，不及「多情應笑」意義完整，但「多情應是」卻是上四下五的最好證明。「多情應笑」即「多情如此，直應〔讓人〕哂笑」，意義甚佳。如果讀作「多情應笑我」，東坡經營的對偶便遭破壞，與上片的對偶失去呼應，這豈不是厚誣古人？

嚴格來說，謂「多情應笑我早生華髮」是上四下五句法也是有點問題的。原因是「多情應笑」是「故國神遊」的下聯，所以不應該視為「多情」九字的上四。本文旨在澄清該九字的句讀問題，為了方便討論，不得不從俗。

萬樹所指的金谷詞，即南宋石孝友（石有《金谷遺音》）的〈念奴嬌〉。萬樹於「此」字後斷句，實屬不當。茲引石孝友〈念奴嬌‧上洪帥王子道生辰正月十六日用東坡韻〉全詞如下：

半千寶運，瑞清朝、誕育人間英物。暖律吹灰春到也，遲日光騰東壁。婺女雙溪，沈郎八詠，輝映皆冰雪。儲精毓秀，幾年一個人傑。　須信和氣隨人，粉梅欺黛

柳，嬌春爭發。翠幕重重稱壽處，蓮炬蕙煙明滅。鼎席猶虛，九重頻念，此衰衣華髮。明年今夜，鳳池應醉花月。[40]

此處「鼎席猶虛，九重頻念」是對偶，「此衰衣華髮」即「這衰衣華髮的人」。「鼎席」指宰相之位，「九重」乃天子之稱，對偶相當穩妥，又與上片「婺女雙溪，沈郎八詠」對偶相呼應，我們豈能以「此」字屬上句而破壞對偶呢？可見萬樹之言甚誤。石孝友另四首〈念奴嬌〉於該等處都作對偶，計為：「鸞鑑分飛，夢雲零亂」、「欲語情酸，臨岐步懶」；「北海尊罍，西園游宴」、「太一舟輕，芙蓉城鎖」；「蓬葉香浮，桂華光放」、「太白詩魂，玉川風腋」；「筮水呈祥，夢熊叶慶」、「瀑布泉清，爐峰氣秀」。[41]四首〈念奴嬌〉，該等處全用對偶。萬紅友不審文意，未免要誤導後學。

　　至於周紫芝〈酹江月・送路使君〉下闋的「南雁歸時，白頭應記，得尊前傾蓋」，[42]意譯是：「當鴻雁自楚地北歸時，料想白了頭的我們又會追憶今天相對痛飲的豪情了。」「記」已有「記得」之意，不一定要把「得」字移往上句才有義。「得」此處作「能」解。周紫芝時〈念奴嬌〉原譜大抵已不存。正因如此，填詞者便只有仿效前人句讀，以配新譜。竹坡之前諸名家於該處無作四、五、四句法者，所以看不出竹坡為何要乖離成法。筆者認為周詞下片該數句與上片「白雪歌成，莫愁去後，往事空千載」[43]該是對應的。而竹坡另一首〈酹江月〉該等處則作「白玉樓高，水精簾捲，十里堆瓊屋」、「弄影人歸，錦袍何在，更誰知鴻鵠」，[44]都是四、四、五句法。至於四、五、四句法，徒足以表示作者才

力薄弱，恐怕是「壯夫不為」的。

萬樹《詞律‧發凡》云：

分句之誤，更僕難宣。既未審本文之理路語氣，又不校本調之前後短長，又不取他家對證，隨讀隨分，任意斷句。[45]

《詞譜》、《詞律》俱不能免於此。但無可否認，分句並非易事，忙中有錯，恐怕在所不免。

如果要用語體文繙譯「故國神遊，多情應笑，我早生華髮」，大致可以是這樣：

我以精神遊於〔已過去的〕舊國中，這樣多情多感〔《晉書‧王衍傳》：「聖人忘情。」〕，真要讓人取笑。〔因為我多情〕我早已長出白髮來了。

《列子‧黃帝》云：「〔黃帝〕晝寢而夢，遊於華胥氏之國。華胥氏之國在弇州之西，台州之北，不知斯〔離也〕齊〔中也〕國幾千萬里。蓋非舟車足力之所及，神遊而已。」[46] 這段文字廣為人知，「神遊」指的就是以神去遊而不是以形去遊。東坡的「故國神遊，多情應笑」是比較寬的對偶句，「神遊」的「遊」是動詞（謂語），「應笑」的「笑」也是動詞（謂語）。「應」是副詞（狀語），「神」本是名詞，但這裏解為「以精神（去作出某些行動）」，是用來狀「遊」這謂語的。「神遊」是「以精神遊」，描寫得非常直接，並無隱義。「多情」是作者自謂，含義也並不深奧迂迴。但近人

對「故國」這幾句卻竟然有截然不同的理解，主要是不以「故國」為「舊國」，誤「神」為「神靈」，以及以「多情」指蘇軾提及的古人而不是指蘇軾自己。以下舉一些例子。

唐圭璋等《唐宋詞選注》釋「故國神遊」云：「這句說周瑜神遊於三國時的戰場。」劉永濟《唐五代兩宋詞簡析》云：「又設想周瑜、諸葛亮之英靈如於此時來遊故國，必笑我頭白無成。」郭沫若〈讀詩札記四則〉云：「『多情』即指小喬。……小喬笑他有了白頭髮。」[47]這些話恐怕都因為誤解了「神遊」、「多情」以及「笑」者為誰，當然是不可接受的。坊間注本與小品文章，隨想隨寫，固不能以學術研究視之。而注本兼顧的作品眾多，誤解原文往往有之，也是可以理解的。換了是學術文章，問題就大了。

《文學遺產》一九九九年第六期刊載了徐乃為〈蘇軾《念奴嬌‧赤壁懷古》五辨〉一文，[48]以「周瑜的神靈重遊『故地』赤壁」為「確解」，並以唐代梁肅〈周公瑾墓下詩序〉之「予嘗覽前志，壯公瑾之業；歷於遺墟，想公瑾之神。息駕而弔，徘徊不能去」為東坡所據的典故，又把「息駕而弔，徘徊不能去」曲解為「周瑜的神靈正在天上的雲間息駕而弔」。徐氏又釋「多情」為「多情人」，因謂「故國神遊」諸句「應理解為『在曾經建功立業的故地赤壁上空，周瑜的神靈正「息駕憑弔」，這個多情人應當發出哂笑，笑我早早的長出了白髮。』」如此立論，真的令人驚訝。徐文較為可取的，便只有力證「多情應笑我早生華髮」的「我」字屬下不屬上。

徐氏的強解自然受到其他學者非議。《文學遺產》二零零零年第五期刊登了四篇駁斥徐氏的文章，依次為：黃崇浩〈走出「故國神遊」的迷宮〉、王振泰〈「故國神遊」尚不宜下「確解」〉、蔡祥鯤〈關於「我」和「故國」〉、吳雪濤〈就東坡赤壁詞補充一點意見〉。[49] 黃文指出徐氏釋「故國」為「舊地」（徐氏原文是「故地」）之非，又指出徐氏誤解梁蕭文，誤「想像公瑾當日的丰神」為「想公瑾之神」，又指出「息駕」的主語是梁蕭，不是周瑜。這全都正確。但黃氏卻認為「故國」應指「故鄉」，而「故國神遊」當解釋為「故國神交」，也即是「故鄉的神交」，而「多情」的就是這些人。這無疑是將對偶句的詞性破壞了。黃氏所舉的所謂「神交」有陳造、巢谷、楊世昌等人，全都是與蘇軾交往頻密的。這就成為另一個曲解了。而這個曲解，跟懷古詞的內容更是圓鑿方枘，「人生如夢」因此便無所承接。

王振泰一文亦力證徐氏誤解梁蕭文，並正確指出「『想公瑾之神』之『神』字，猶言『精神』、『形象』、『風姿』、『神采』，似非指『神靈』。而『神遊』乃『神往』、『夢遊』、『念遊』、『神思』之義，而非指古人之『神靈遨遊』」。王氏引蘇軾〈水龍吟〉之「八表神遊，浩然相對，酒酣箕踞」和劉辰翁〈蘭陵王〉之「嘆神遊故國，花記前度」，認為皆與「神靈遨遊」無涉。這些見解都是非常正確的。

不過，王氏卻主張用林庚、馮沅君編的《中國歷代詩歌選》中的注釋：「『故國』三句，自嘆身世飄泊，功未立而人將老。『故國』，故鄉；『神遊』，身不到，神魂往遊。蘇軾因政治失意，

故有歸故鄉的念頭。……『多情』，關心他的人。」王氏認為東坡在詩詞中動輒思鄉，在赤壁詞中亦不例外；而且在這裏蘇軾不但思鄉，更思亡妻，而「多情」亦指亡妻。又因似見亡妻而興「人生如夢」之嘆。而「還酹江月」亦未必沒有酹多情亡妻的成分。筆者認為「故國神遊」正是總結了詞中說過的話，也顯示了懷古過程中的心智活動。強解作思故鄉便扣不緊主題。如果不述及神遊舊國、緬想古人之事，「人生如夢」的感嘆便無力了。

蔡祥鯤則於短文中駁斥了徐氏以「故國」為「故地」和以「多情」屬周瑜的觀點。蔡氏認同俞平伯《唐宋詞選釋》的說法：「『故國』本意為舊都，這裏不過說舊地，古代戰爭的所在。」蔡氏又說：「蘇軾可不可以到『周瑜的舊地——赤壁古戰場』神遊一番呢，東坡先生的詞題『赤壁懷古』已經作出了明確的回答。」明白到神遊故國者是蘇軾，蔡氏自然以「多情」屬蘇軾。

蔡文的論點基本上是合理的，只是以「故國」為「古戰場」尚可商榷。蘇軾沒錯是在赤壁懷古，但他神遊的絕不只是赤壁古戰場，他想的還有「小喬初嫁」等陪襯的故事。所以我贊成把「故國」解成「不復存在的舊國」。而這「故國神遊」的行為正指出蘇軾是因見遺跡而耽思歷史，所以他緬想的其實是後漢、三國的時代。有見及此，我們更要避免用實地形容「故國」。

吳雪濤一文也直斥徐文曲解梁蕭文之非，但卻沒有提供他自己對「故國神遊」的解法，反而大費筆墨駁斥徐文以「多情應笑我早生華髮」為上四下五的觀點。他說：「若斷作『上四下五』，

下句變為『我早生華髮』，那就成了純粹的散文句式，毫無韻味，不再成其為詞句了，讀起來很別扭。」我認為「讀起來很別扭」並不是破壞此詞對偶句的好理由，更何況「我早生華髮」讀起來一點也不彆扭！如果大家都靠「先入為主」的感覺說詞，那就很難互相理喻了。蘇軾的「我欲乘風歸去」（〈水調歌頭〉）、「我亦是行人」（〈臨江仙〉）都是「散文句式」，又何患之有？難道要顛倒眉目才有韻味？

二零零一年，趙達夫在《西北師大學報（社會科學版）》發表〈也談蘇軾《念奴嬌‧赤壁懷古》中的幾個問題〉一文，[50] 商榷上述《文學遺產》五文的論點，立論相當正確。趙文除了還「多情」給蘇軾外，對「故國神遊」的理解尤其具識見。他說：「我以為『神遊』不是就空間言，而是就時間言。劉勰《文心雕龍‧神思》云：『文之思也，其神遠矣。故寂然凝慮，思接千載；悄焉動容，視通萬里。』神思作為一種心理現象，包括兩種情況。蘇詞這裏是『思接千載』，而不是『視通萬里』。」他因此認為「故國神遊」只能理解為：「我的神思回到了七百多年前的三國時代。」

趙氏有關「故國神遊」的闡釋我是絕對同意的，實在「故國神遊」也不可能作別解。我唯一要指出的是，「故國神遊，多情應笑」對偶，論詞性，「遊」是動詞，「神」在這裏具備了「狀」這動詞的作用，所以最好避免用「我的神思」而使它成為主語。趙文亦說：「蘇東坡詞中的『神遊』是動詞，而不是名詞。」跟着又說：「我認為『神遊』是指詩人跨越了時間的障礙回到三國時代。」此「指」可以解釋「神遊」的詞性。若要語譯，就只好寫

成「以神來遊」了。

　　本文重點討論的是「多情應笑我早生華髮」的斷句問題。不過，「故國神遊」作為「多情應笑」的上聯，而「神遊」一詞又竟然引起了後人這麼多誤解，所以不能不兼論。理解了「神遊」的意義，更可確定「多情應笑」這斷句。希望讀者不會覺得我離題。

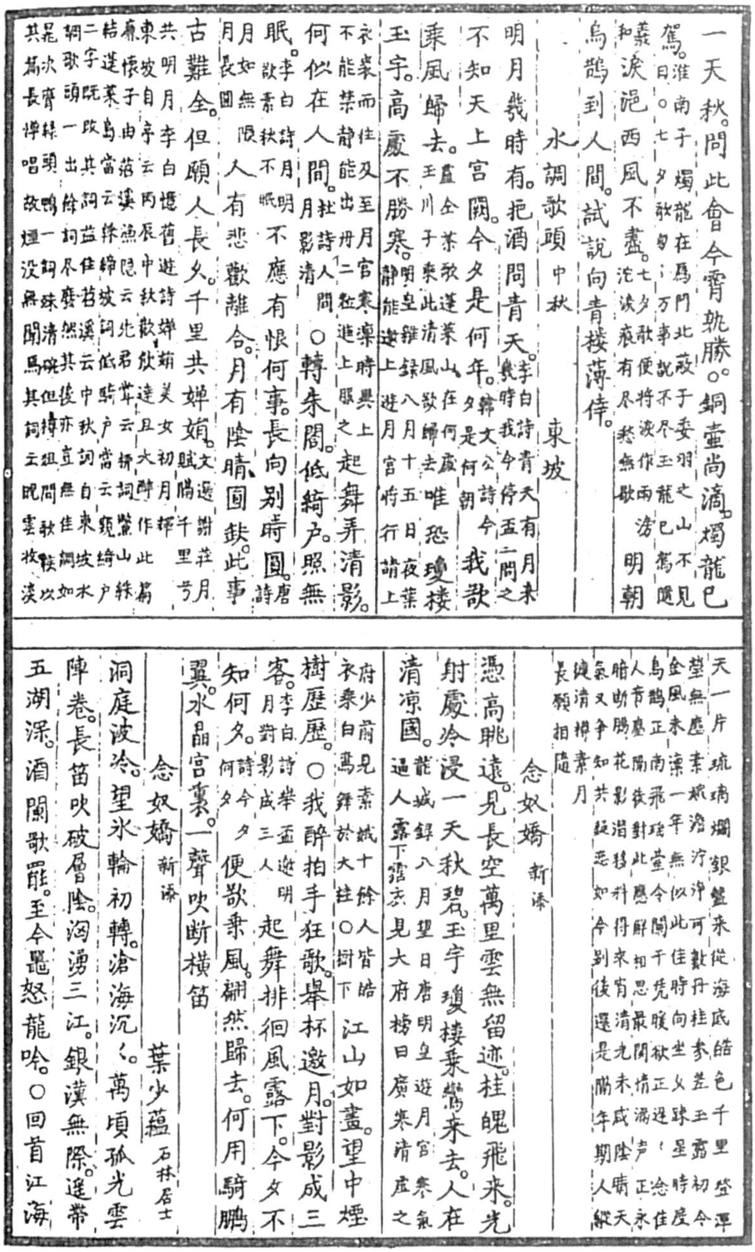

圖一　明荊聚本《草堂詩餘》(《四部叢刊初編縮本》) 所載蘇軾〈水調歌頭·中秋〉

桂枝香 金陵懷古 王介甫

登臨送目。正故國晚秋天氣。初肅。瀟灑澄江似練。翠峯如簇。征帆去棹殘陽裏。背西風酒旗斜矗。綵舟雲淡。星河鷺起。圖畫難足。念自昔豪華競逐。恨門外樓頭。悲恨相續。千古憑高。對此謾嗟榮辱。六朝舊事隨流水。但寒煙衰草凝綠。至今商女。時時尚歌。後庭遺曲。

念奴嬌 赤壁懷古 蘇子瞻

大江東去。浪淘盡千古風流人物。故壘西邊。人道是三國周郎赤壁。亂石穿空。驚濤拍岸。捲起千堆雪。江山如畫。一時多少豪傑。遙想公瑾當年。小喬初嫁了。雄姿英發。羽扇綸巾。談笑間檣艣灰飛煙滅。故國神遊。多情應笑我。早生華髮。人生如夢。一尊還酹江月。

圖二　明荊聚本《草堂詩餘》(《四部叢刊初編縮本》)所載蘇軾〈念奴嬌・赤壁懷古〉

注 釋

1. 《苕溪漁隱叢話》（香港：中華書局香港分局，1976 年），〈後集〉，頁 192–93。

2. 同上注，〈前集〉，頁 411。

3. 同上注，〈後集〉，頁 321。

4. 何文匯：〈蘇軾《念奴嬌·赤壁懷古》格律異文及異義試析〉，《中國文化研究所學報》（香港：香港中文大學）新第五期（1996 年），頁 215–38；收入何文匯：《詩詞四論》（上海：漢語大詞典出版社，1999 年），頁 103–35。

5. 見《四部叢刊初編縮本》本集，頁 56。本集扉葉署「上海商務印書館縮印杭州葉氏藏明本」，〈後集〉卷下原署「安肅荊聚校刊」。

6. 萬樹：《詞律》（香港：中華書局香港分局，1978 年），頁 696–97。

7. 同上注，頁 697。

8. 同上注。

9. 王奕清：《詞譜》，清康熙五十四年（1715）內府刻本（北京：中國書店影印，1979 年），卷二十三，頁 30b。

10. 龍榆生：《唐宋名家詞選》（香港：商務印書館，1966 年），頁 108。

11. 唐圭璋：《全宋詞》（北京：中華書局，1986 年），頁 280。

12. 《全唐詩》，清康熙四十六年（1707）敕編本（臺北：復興書局影印，1967 年），第六函，第七冊，總頁 2327。

13. 何文煥：《歷代詩話》（臺北：藝文印書館，1974 年），總頁 165。

14. 《全宋詞》，頁 298。

15. 《全唐詩》，第六函，第三冊，總頁 2167。

16. 《全宋詞》，頁 282。

17. 《苕溪漁隱叢話》，〈前集〉，頁 134–35。黃庭堅〈跋劉夢得《竹枝歌》〉、〈跋劉夢得《淮陰行》〉及〈跋劉夢得《三閣辭》〉原文見《豫章黃先生文集》（《四部叢刊初編縮本》），卷二十六，頁 292。《樂府詩集·清商曲辭·吳聲歌曲·三閣詞》：「〈三閣詞〉，劉禹錫所作吳聲曲也。《南史》曰：『陳後主至德二年，於光昭殿前起臨春、結綺、望仙三閣。……後主自居臨春閣，張貴

妃居結綺閣，龔、孔二貴嬪居望仙閣，並復道交相往來。』」（《四部備要》本〔中華書局據汲古閣本校刊〕，卷四十七，頁 3a）山谷所謂配〈黍離〉、鑑存亡即指此。

18. 《苕溪漁隱叢話》，〈前集〉，頁 135。

19. 同上注，〈前集〉，頁 285。

20. 魏慶之：《詩人玉屑》（北京：中華書局，1961 年），頁 389。

21. 《全宋詞》，頁 279。

22. 同上注。

23. 同上注，頁 280。

24. 張舜民《畫墁集》卷八：「壬戌，早次黃州，見知州大夫楊寀、通判承議孟震、團練副使蘇軾，會於子瞻所居，晚食於子瞻東坡雪堂。子瞻坐詩獄，謫此已數年。黃之士人出錢，於州之城東隅地築磯，乃周瑜敗曹操之所。州在大江之湄，北附黃崗，地形高下。公府居民極於蕭條，知州廳事敝陋，大不勝〔平聲〕處〔上聲〕。國朝王禹偁嘗謫此。」（上海：進步書局〔影印刊本〕，無出版日期，卷八，頁 1a）按黃州赤壁非曹軍與東吳戰處，南宋以還咸謂東坡非不知，第文家即景寄情耳。今觀張芸叟訪東坡時所言，亦以黃州赤壁為周瑜敗曹軍處，則東坡亦以為是者，是真不知也。

25. 何文匯：《詩詞四論》，頁 120。

26. 同上注，頁 123–24。

27. 同上注，頁 124。

28. 同上注，頁 124–26。

29. 《詞律》，卷十六，頁 772–73。

30. 朱彝尊：《詞綜》（上海：上海古籍出版社，1978 年），頁 118。

31. 張宗橚：《詞林紀事》（上海：古典文學出版社，1957 年），卷五，頁 142。

32. 《全宋詞》，頁 1688。

33. 《詞譜》，卷二十八，頁 8b。

34. 同上注，卷二十三，頁 32b。

35. 《增修箋註妙選羣英草堂詩餘》，頁 66；《詞律》，頁 772；《詞譜》，卷二十八，頁 8b。

36. 《詞綜》，頁 118。

37. 《四部備要》本《詞綜》（中華書局據原刻本校刊）並無標點；《四庫全書》本《詞綜》（上海古籍出版社影印文淵閣本）亦無標點。北京中華書局 1975 年出版《詞綜》縮影本之〈出版說明〉云：「我們將經過汪森增補修訂的最早本了—— 康熙三十年（公元一六九一年）裘抒〔杼〕樓刊本加以斷句，影印出版。」可見原書並無標點。

38. 《詞律》，頁 772。

39. 洪邁：《容齋續筆》（上海：上海古籍出版社，1978 年），頁 317。

40. 《全宋詞》，頁 2035。唐圭璋標點於「此」字後斷句，誤。

41. 同上注，頁 2035–36。

42. 同上注，頁 890。唐圭璋標點於「得」字後斷句，誤。

43. 同上注。

44. 同上注，頁 889–90。

45. 《詞律·發凡》，頁 21。

46. 見《四部叢刊初編縮本》之《沖虛至德真經》，卷二，頁 5。

47. 見胡憶肖：〈《念奴嬌·赤壁懷古》幾個問題的再質疑〉，《國際關係學院學報》，1988 年 4 月，頁 55–57；收入《中國人民大學書報資料中心複印報刊資料》，1989 年 5 月，頁 150–52。此文作者以「多情應笑我」作解，謂即是「應笑我多情」，又謂「是周瑜等笑他多情」（頁 151）。又唐圭璋等語見《唐宋詞選注》（北京：北京出版社，1982 年）頁 202；劉永濟語見《唐五代兩宋詞簡析》（上海：上海古籍出版社，1981 年）頁 48。

48. 《文學遺產》1999 年第 6 期，頁 96–98。

49. 黃崇浩文見《文學遺產》2000 年第 5 期，頁 119–20；王振泰文見頁 120–22；蔡祥鯤文見頁 122–23；吳雪濤文見頁 123–24。

50. 該文見《西北師大學報（社會科學版）》（蘭州）第 38 卷第 5 期（2001 年 9 月），頁 10–13。

原載《中國文化研究所學報》新第十二期（總第四十三期）。香港：香港中文大學中國文化研究所，2003。

二　學術書評　三篇

引 言

　　書評三篇，第一篇是自立題目之作。上世紀七十年代，余在美國威斯康辛大學陌地生校園講授《周易》時，以美國普林斯頓大學出版社出版之 Wilhelm/Baynes 譯著本為教科書，因常用而益覺譯著者對《周易》通行本之認知與我國先儒之意相左，於卦爻辭亦往往不得其解。每欲撰文述其梗概。終而寫成此文，刊於中文大學出版社一九九一年出版之劉殿爵教授七十壽慶集。

　　第二篇書評是香港大學學報特約稿。受評書作者自言能闡釋先天卦序，然彼對《易》卦認知甚淺而誤解甚深，既已自亂，又欲亂人。故余不得不抨擊之。

　　第三篇書評是香港中文大學學報特約稿。受評書之作者未通古文而好奇想，遂以《玉臺新詠》之「玉臺」為女子陰，又誤譯所引詩作，故余不得不闢之。余在首二篇書評措詞嚴苛，而在此則語氣微婉，概得知作者與余同出英國之東方及非洲研究學院，故稍留餘地耳。《舊唐書》記李淳風之言曰：「老則仁慈。」信然。

（學術書評三篇用美國標點方式標點）

Where Cross-fertilization Fails:
A Short Critique of the Wilhelm/Baynes
Translation of the *Book of Changes* *1991*

One of the translations I used when I taught the *Book of Changes* at the University of Wisconsin back in the mid-seventies was that by Wilhelm/Baynes, entitled *The I Ching, or Book of Changes*, published by Princeton University Press (third edition, eleventh printing, 1974). It was by far the most popular translation of the oracle book then, and it may still be now. This could be because of its bulkiness, which suggests scholarship, its good English and its subtle distortion, intentionally or otherwise, of Chinese thinking to suit Western ways of thought. I never ceased to be amazed at the boldness of the translators in their attempt to expound, often in great detail, esoteric ideas which they themselves did not fully understand. But then writing on subjects which one does not fully understand is also a Chinese vice, or virtue, depending on how forgiving one is. At least it helps prevent printing presses from becoming rusty. In this respect, the Wilhelm/Baynes translation is not a total departure from traditional Chinese culture. And the relationship ends there.

Translating the *I-ching* 易經, or *Book of Changes*, is no easy task. Even a Chinese scholar can be forgiven for not understanding the book. But one is not obliged to advertise one's ignorance. I have always wanted to write a review of the Wilhelm/Baynes translated version of the *Book of Changes*; now the occasion of the seventieth birthday of Professor D. C. Lau, perhaps the pre-eminent translator of the Chinese classics, at last gives me a suitable opportunity to submit a short critique.

The first two hexagrams in the *Book of Changes*, namely the Ch'ien 乾 and K'un 坤, are respectively the patriarchal and matriarchal hexagrams, and therefore claim first attention. I shall not, at this stage, attempt to discuss whether or not Ch'ien should blatantly be named "The Creative" and K'un "The Receptive," or how *yüan* 元, *heng* 亨, *li* 利 and *chen* 貞 in the "judgment" of the Ch'ien hexagram should be translated. Such discussions could be abstract and inconclusive. I shall therefore deal only with the more tangible mistakes found in the translation.

In the text of the Ch'ien hexagram, there is a short passage after the "judgments" of the six lines which reads:

用九，見羣龍无首，吉。

The translation reads:

When all the lines are nines, it means:

There appears a flight of dragons without heads.

Good fortune. 〔p.10〕

There have been a number of commentaries on the term *yung-chiu* 用九 over the centuries, the translators have chosen perhaps the worst of them. *Yung-chiu* literally means "to use the nine," and this, logically, is how it should be understood and translated. The hexagram Ch'ien is made up of six *yang* 陽 lines and represents the *yang* force, which is denoted by the number "nine," at its zenith. As the *yang* force then may become too headstrong, which is self-destructive, it should use itself well by moderating itself with the attributes of the *yin* 陰 force and refrain from being too ready to lead. *Yung-chiu* therefore suggests tempering one's outward strength. To translate *yung-chiu* as "when all the lines are nines" is unsatisfactory, firstly because it is not a translation at all, and, secondly, because it seems wrongly to suggest that moderation need not be observed if not all lines are nines.

The same concern can be expressed about *yung-liu* 用六 in the K'un hexagram, the relevant text of which says:

用六，利永貞。

It is translated by Wilhelm/Baynes as:

> When all the lines are sixes, it means:
> Lasting perseverance furthers. 〔p.15〕

K'un, representative of the *yin* force at its extreme, is in danger of being too weak and submissive. Only by strengthening himself can a person of a weak character, for instance, be said to know how "to use the six," with "six," a "moving" *yin*, denoting *yin* in general. The fact that *yung-liu* is not even discussed in the "wen-yen" 文言 treatise shows only too well that it is not treated as a "judgment" of any particular line or lines.

While still on the K'un hexagram, one may wish to take note of the following lines in the "judgment" of the hexagram:

利西南得朋，東北喪朋。

They are translated as follows in the Wilhelm/Baynes edition:

> It is favorable to find friends in the west and south,
> To forego friends in the east and north. 〔p.11〕

The translators explain the above lines in the following manner:

> Since there is something to be accomplished, we need friends and helpers in the hour of toil and effort, once the ideas to be realized are firmly set. The time of toil and effort is indicated by the

west and the south, for west and south symbolize the place where the Receptive works for the Creative, as nature does in summer and autumn. If in that situation one does not mobilize all one's powers, the work to be accomplished will not be done. Hence to find friends there means to find guidance. But in addition to the time of toil and effort, there is also a time of planning, and for this we need solitude. The east symbolizes the place where a man receives orders from his master, and the north the place where he reports on what he has done. At that time he must be alone and objective. In this sacred hour he must do without companions, so that the purity of the moment may not be spoiled by factional hates and favoritism. 〔p.12〕

This commentary is speculative and bears little relevance to the true spirit of the K'un hexagram. Here not only are the translators misled as to the significance of west and south, and east and north, they are also baffled by the word *sang* 喪 , "to lose," which does not necessarily signify anything regrettable in classical Chinese. Hence to lose, or, more appropriately, to shed friends may not be a bad thing after all, depending on what kind of friends one has.

Hsi-nan 西南 here does not mean west and south, it means southwest; likewise, *tung-pei* 東北 means nothing other than northeast. One may wish to look at the "judgments" of Chien 蹇 (hexagram 39) and Hsieh 解 (hexagram 40) regarding southwest and northeast. Southwest denotes the position of K'un (see Diagram 1), which is in the company of Li 離 in the south and Tui 兌 in the west, both being *yin* trigrams and therefore of the same nature as K'un itself, which is what is meant by *p'eng* 朋. "Friends" is too loose a translation of *p'eng* and it obfuscates the word's primary meaning.

K'un, being the most submissive trigram, does not benefit from the company of other submissive trigrams. They together would still lack direction and determination, which K'un so badly needs. Therefore, "having friends" simply does not help. However, if K'un looks to the opposite direction, the northeast, and heads towards it, the trigram will leave its *yin* companions and avail itself of the influence of the *yang* force, which in this case is symbolized by Ken 艮 , which is accompanied by Chen 震 in the east and K'an 坎 in the north, both being *yang* trigrams. Thus, leaving companions will lead to a successful end, because K'un, the "mare," will have a master to follow.

Diagram 1

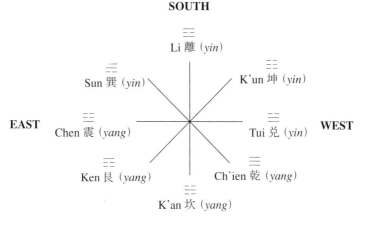

I turn now to two passages which, I think, are the most difficult in the *Book of Changes*. They are found in the "judgment" of the line "nine in the fifth place" in the Sun (now Hsün) 巽 hexagram, numbered 57, and the "judgment" of the Ku 蠱 hexagram, numbered 18. The original text regarding the fifth line in the Sun hexagram reads:

貞吉，悔亡，无不利，无初有終。先庚三日，後庚三日，吉。

The Wilhelm/Baynes translation reads as follows:

Perseverance brings good fortune.

Remorse vanishes.

Nothing that does not further.

No beginning, but an end.

Before the change, three days.

After the change, three days.

Good fortune. 〔p.222〕

All is well until the translators mention three days before and after the change, which does not correspond to the original Chinese text. The translators go on to explain:

Before a change is made, it must be pondered over again and again. After the change is made, it is necessary to note carefully for some time after how the improvements bear the test of actuality. 〔p.223〕

What the original Chinese text says, in fact, is:

Three days before 〔the day of〕 *keng* 庚, three days after 〔the day of〕 *keng*, good fortune.

The above passage is closely tied in with the "judgment" of the Ku hexagram. The Chinese text goes as follows:

蠱，元亨，利涉大川。先甲三日，後甲三日。

The Wilhelm/Baynes translation reads:

WORK ON WHAT HAS BEEN SPOILED

Has supreme success.

It furthers one to cross the great water.

Before the starting point, three days.

After the starting point, three days. [p.75]

Again, the mention of three days before and after the starting point does not accord with the original text, which reads:

Three days before [the day of] *chia* 甲 , three days after [the day of] *chia*.

Now let us return to the fifth line of the Sun hexagram. The original text is difficult to understand and many commentaries in the past have failed to offer even a tolerable explanation. Worth noting, however, is the following commentary by Yü Fan 虞翻 (164–233), a renowned scholar of the Latter Han 後漢 (25–220) and Three Kingdoms (220–265) period:

Chen 震 [the trigram or hexagram] is *keng* 庚 [seventh of ten heavenly stems]. It means that after changes in the line at the beginning and the second line, it [the lower trigram] becomes Li 離. After a change in the third line, it [the lower trigram] becomes Chen. Chen corresponds to *keng*. Li symbolizes the sun [the character for the sun is exactly the same as that for day or days, which is understandable because the sun appears during the day). The three lines composing Chen stand in front, therefore it is "three days before (the day of) *keng*," referring to the time of I 益 (i.e., the hexagram Sun ☶, after mutations of the first three lines, becomes the hexagram I ☶). The fourth and fifth lines move to become Li (the trigram therefore symbolizing the sun, or days). When movement reaches the top, it (the trigram) becomes Chen (therefore matching *keng*). These (three) lines of Chen come after, therefore it is "three days after (the day of) *keng*." [1]

To illustrate the correspondence between Chen and *keng*, the following is a table showing how the ten heavenly stems match the eight trigrams. The secret of matching the heavenly stems with the trigrams, known as *na-chia* 納甲, is essential to esoteric practices like the *Ho-Lo li-shu* 河洛理數, a form of fortune-telling. The process of *na-chia*, literally "absorbing *chia*," taking *chia* to represent the heavenly stems, is of long but uncertain origin, but is known to have been applied in as early as the Former Han 前漢 (206 B.C.–A.D. 8) dynasty by Ching Fang 京房 (77–37 B.C.), a master of the *Book of Changes*, as is evident in his *Ching-shih I-chuan* 京氏易傳 [*Ching's Commentary on the I*]. The table is arranged as follows:

Heavenly Stems	甲 chia	乙 i	丙 ping	丁 ting	戊 wu	己 chi	庚 keng	辛 hsin	壬 jen	癸 kuei
Trigrams	乾 Ch'ien	坤 K'un	艮 Ken	兌 Tui	坎 K'an	離 Li	震 Chen	巽 Sun	乾 Ch'ien	坤 K'un

In the *Book of Changes*, each character or phrase in the "judgments" of a hexagram and its lines is believed to be a result of symbolism associated with the hexagram itself, its lines and their mutations. Thus, although the fifth line of the Sun hexagram specifies three days before the day of *keng* (i.e., the day of *ting* 丁) and three days after the day of *keng* (i.e., the day of *kuei* 癸) to be good days for action, it may be of interest to see how the two phrases are derived. The two phrases "three days before 〔the day of〕 *keng*, three days after 〔the day of〕 *keng*" comprise eight characters, namely:

Before－*keng*－three－days,
After－*keng*－three－days.

The symbolism of each character is, as we have already seen, clearly explained in Yü Fan's commentary.

Yü Fan goes on:

In meaning, it is the same as "three days before 〔the day of〕 *chia*, three days after 〔the day of〕 *chia*" in the Ku 蠱 hexagram. When the fifth line moves, it 〔the hexagram〕 becomes Ku. Ch'ien is established in *chia*, Chen is established in *keng*. *Yin* and *yang* are the beginning and the accomplished end 〔*yin* is the accomplished end, *yang* the beginning〕 of heaven and earth, therefore *chia* and *keng* are respectively named in the "t'uan" 彖 〔translated as "commentary on the decision" in the Wilhelm/Baynes book) of the Ku hexagram (in fact it first appears in the "judgment") and the fifth line of the Sun hexagram.[2]

"Three days before (the day of) *chia*, three days after (the day of) *chia*" in the "judgment" of the Ku hexagram also comprise eight characters, namely:

Before—*chia*—three—days.
After—*chia*—three—days.

Yü Fan's commentary, which is in the same vein as that on the Sun hexagram, reads as follows:

It means that after a change in the line at the beginning, it (the lower trigram) becomes Ch'ien 乾, which is *chia* 甲. After a change in the second line, it (the lower trigram) becomes Li 離, which symbolizes the sun (the character for the sun is exactly the same as that for day or days). Because the three lines composing Ch'ien are in front, therefore it is "three days before (the day of) *chia*," referring to the time of Pi 貴 (☶). After changes in the third and fourth lines, it (the upper trigram) becomes Li. After a change in the fifth line, it (the upper trigram) becomes Ch'ien. The three lines composing Ch'ien come after, therefore it is "three days after (the day of) *chia*," referring to the time of Wu-wang 无妄 (☳).[3]

When the moving *yang* line in the fifth place of the Sun hexagram changes into a *yin* line, as it has to, the hexagram becomes Ku. It is therefore obvious that references to the "three days" in the hexagrams Sun and Ku are no coincidence.

Yü Fan construes the mention of *chia* and *keng* as symbolizing the embodiment of *yin* and *yang*, which are respectively "the accomplished end" and "beginning" of heaven and earth. This is because, as we can see from the table concerned, of the following reasons: *Chia* matches Ch'ien. Three days before *chia* is *hsin* 辛, in which Sun is established; three days after *chia* is *ting*, in which Tui is established. *Keng* matches Chen. Three days before *keng* is *ting*, which matches Tui; three days after *keng* is *kuei*, which matches K'un. The "judgment" of the Ku hexagram and the "judgment" of the fifth line of the Sun hexagram together, therefore, encompass Ch'ien and K'un, the pure *yang* force and the pure *yin* force respectively. Ch'ien symbolizes heaven and K'un earth, among others. The eight trigrams begin with Ch'ien and end with K'un, thus the cyclic movement of nature is described.

With the intricacies of the cryptic sentences thus explained, one is able to cast a critical eye on the Wilhelm/Baynes translation, where an explanation of the "judgment" of the Ku hexagram is offered:

The phrase "before the starting point," rendered literally, means "before the sign Chia." The trigram Chen, in the east, means spring and love, and the cyclic sign Chia (with I 〔乙〕), is next to it. Chia is the "starting point." Before the three spring months, whose days taken together are called Chia (and I), lies winter; here the things of the past come to an end. After the spring months comes summer, from spring to summer is the new beginning. The words, "Before the sign Chia, three days. After the sign Chia, three days," are thus explained by the words of the commentary: "That a new beginning follows every ending, is the course of heaven." Since inner conditions are the theme of this hexagram, that is, work on what has been spoiled by the parents, love must prevail and extend over both the beginning and the end. Another explanation is suggested by the order of the trigrams in the Inner-World Arrangement. The starting point (Chia) is Chen. Going three trigrams back from this, we come to the trigram Ch'ien, the Creative; going three trigrams forward we come to K'un, the Receptive. Now Ch'ien and K'un are the father and mother, and the hexagram refers to work on what has been spoiled by these two. 〔p.477〕

On page 683, the translators have the following to say of the "Nine in the fifth place" of the Sun hexagram:

In contrast to the situation in Ku, WORK ON WHAT HAS BEEN

SPOILED (18), where it is question of compensating for what the father and mother have spoiled, it is work on public matters that is described here. Such work is characterized not so much by love that covers up defects as by impartial justice, as symbolized by the west (metal, autumn), with which the eighth cyclic sign, Keng (rendered as "change"), is associated. In order to enforce commands, it is necessary first to abandon a wrong beginning, then to attain the good end; hence the saying: "No beginning, but an end." This saying is elaborated in the words: "Before the sign Keng, three days. After the sign Keng, three days." The problem turns therefore on a decisive elimination of something that has developed as a wrong beginning. Three "days" before Keng the summer draws to a close; then comes its end. Three "days" after Keng comes winter, the end of the year. Therefore, although one has not achieved a beginning, at least the end is attainable.

Behind the façade of confused explanations, one pivotal issue is left out: that of "three days." The particular passages in the *Book of Changes* simply refer to certain days on which an action is best taken, and have no relevance whatsoever to the relative positions of the trigrams. It is therefore groundless to take "three days before *chia*" to mean winter, which lies before the three spring months. The propositions that summer draws to a close three days before *keng* and that winter comes three days after *keng* are nonsensical. Either the translators were not aware that in the past, as at present, days were denoted by combinations of heavenly stems and earthly branches by the Chinese, or they simply could not read classical Chinese.

The errors I have pointed out in the translation by Wilhelm/ Baynes represent what may be described as the tip of the iceberg. It is because of its academic aura, and all the more because of its popularity, that this is one of the most dangerous books I have come across.

Notes

1. 「震，庚也。謂變初至二成離，至三成震。震主庚，離為日，震三爻在前，故先庚三日，謂益時也。動四至五成離，終上成震。震爻在後，故後庚三日也。」 Li Ting-tsu 李鼎祚 ("tsu" is often mispronounced as "tso"; Li flourished in the T'ang 唐 dynasty), *Chou-I chi-chieh* 周易集解 (Beijing, 1984), *ch*. 11, fol. 12a.

2. 「與蠱先甲三日，後甲三日同義。五動成蠱。乾成于甲，震成于庚。陰陽天地之始終 [*sic*]，故經舉甲庚於蠱彖巽五也。」 Ibid.

3. 「謂初變成乾，乾為甲。至二成離，離為日。謂乾三爻在前，故先甲三日，賁時也。變三至四體離，至五成乾。乾三爻在後，故後甲三日，无妄時也。」 Ibid., *ch*. 5, fols. 3b - 4a.

原載 *Interpreting Culture through Translation — A Festschrift for D.C. Lau*. Hong Kong: The Chinese University Press, 1991.

The Fu Hsi I Ching:
The Early Heaven Sequence
by Roy Collins   *1995*

Lanham: University Press of America, Inc., 1993

When I was given *The Fu Hsi I Ching: The Early Heaven Sequence* to review, I thought I would be reading some improved version on many of the existing translations of the *I-ching* 易經, or *Book of Changes*. But it is, I have now come to realize, not a translation or even a relatively faithful paraphrase of the Chinese classic concerned. In fact, it has little to do with the classic.

The author of the book purports to have gained insight into the "chief underlying principles of a polarized universe" (p.vii) by putting the 64 hexagrams in the so-called Fu-hsi 伏羲 order. This order is the natural outcome of first alternately placing *yang* 陽 and *yin* 陰 lines on top of equally-split *yang* and *yin* lines and then on top of equally-split linear signs newly formed. Placed around a circle, the hexagrams thus formed are arranged anticlockwise with the first hexagram, Ch'ien 乾, in the south. The 33rd hexagram, Kou 姤, reverses polarity and the remaining hexagrams are thus arranged clockwise, ending with the 64th hexagram, K'un 坤 , opposite Ch'ien.

The author has chosen the 32nd hexagram formed out of this "natural" order, Fu 復, which signifies the return of the *yang* force, to be the first hexagram and counts in a clockwise direction, with Ch'ien as the 32nd hexagram and K'un as the last. He also attempts to give meaning to the names of the hexagrams to justify such an arrangement. In so doing, however, he has failed to address two problems. First, it is nowhere suggested in history that the 64 hexagrams existed in Fu-hsi's time, let alone had names of their own. Second, in justifying the arrangement he has chosen, the author has resorted to names of hexagrams arranged in the King Wen (Wen-wang 文王) order, which he deeply deplores. In the so-called King Wen order, P'i 否☲ (hexagram 12), for instance, is formed by the inversion of T'ai 泰☲ (hexagram 11), which bears the opposite meaning. The same is true of the inversion of Bo 剝 ☶ (hexagram 23) to form Fu 復 ☷ (hexagram 24), and the inversion of Chi-chi 既濟 ☵ (hexagram 63) to form Wei-chi 未濟 ☲ (hexagram 64). Evidence such as this suggests strongly that names were given following the King Wen order. Therefore, in attempting to justify his Fu-hsi order of hexagrams with the names of hexagrams in the King Wen order (pp.16–19), the author has availed himself of two sets of standards. Putting the named hexagrams in this so-called Fu-hsi order is, therefore, at best meretricious.

Perhaps because the book under review is not meant to be an academic one, claims made in it are often unsubstantiated. The most perplexing to me, by far, is the symbolism of the eight trigrams in the context of members of a family. The "Shuo-kua" 説卦 section of the *Book of Changes* takes Chen 震 to symbolize the eldest son, K'an 坎 to symbolize the middle son and Ken 艮 the youngest son, on account of the respective bottom, middle and top positions of the *yang* line in the trigrams concerned. Hsün 巽 symbolizes the eldest daughter, Li 離 the middle daughter and Tui 兌 the youngest daughter also on account of the relative positions of the *yin* line in those trigrams. The author of the book under review, however, has, in the name of Fu-hsi, taken Chen to symbolize the first son, Li the second and Tui the last, because each of these three trigrams has the *yang* line as its foundation line. He also takes Hsün to symbolize the first daughter, K'an the second and Ken the last, because each of these three trigrams has the *yin* line as its foundation line (pp.12–14). Having no convincing reason for this symbolism, he has made me wonder why Tui, which is placed next only to Ch'ien in the "early heaven" order, is not the first son, and Chen, which counts fourth, is not the last son, especially when Tui has two *yang* lines and Chen only one.

Elsewhere, the author has correctly given an old *yang* line the value of nine and an old *yin* line the value of six, but incorrectly given a young *yang* line the value of eight and a young *yin* line the value of seven. Obviously without understanding the Chinese tradition of using odd numbers to represent *yang* and even numbers *yin*, he goes on to challenge the Wilhelm edition of the *Book of Changes* for doing exactly that (p.26). This is indeed deplorable.

In my article "Where Cross-fertilization Fails: A Short Critique of the Wilhelm/Baynes Translation of the *Book of Changes*," [1] I take the translators to task for three instances of gross misinterpretation and therefore mistranslation of the following crucial lines:

1. 利西南得朋，東北喪朋 (judgment of the K'un hexagram), which the Wilhelm/Baynes edition wrongly translates as "It is favorable to find friends in the west and south, / To forego friends in the east and north" (my translation: It is favourable to have companions in the southwest and shed companions in the northeast);

2. 先庚三日，後庚三日 (judgment, nine in the fifth place in the Hsün hexagram), which the edition wrongly translates as "Before the change, three days; / After the change, three days" (my translation: Three days before the day of *keng*, three days after the day of *keng*);

3. 先甲三日，後甲三日 (judgment of the Ku 蠱 hexagram), which is mistranslated as "Before the starting point, three days; / After the starting point, three days" (my translation: Three days before the day of *chia*, three days after the day of *chia*).

The author of *The Fu Hsi I Ching* has deleted all hexagram judgments in his translation and has therefore conveniently avoided tackling points one and three. However, he has also avoided tackling point two, which he could have tackled, and, as a result, has effectively withheld much information on his knowledge of the more esoteric passages in the *Book of Changes*.

In the popular version of the *Book of Changes*, we find in the Ch'ien section a short passage which reads: "用九，見羣龍无首，吉。" Likewise, in the K'un section, a short passage reads: "用六，利永貞。" "用，" "to use," could well be a corruption of "同" or "迥，" which means "throughout." While these two short passages may have been "judgments" on the occasion of all six moving *yang* lines and six moving *yin* lines respectively in the older versions of the *Book of Changes*, the popular version of the *Book of Changes*, which incorporates the "ten wings," obviously treats "用" as meaning "to use" and nothing else. The fact that *yung-liu* 用六 is not even discussed in the "wen-yen" 文言 treatise shows only too well that it is not treated as a "judgment" of any particular line or lines. Therefore, the Wilhelm/Baynes translation of "When all the lines are nines, it means:/ There appears a flight of dragons without heads./ Good fortune" and "When all the lines are sixes, it means:/ Lasting perseverance furthers" is undesirable. But the undesirability pales before the paraphrase in question: "All six: All your strength has been exhausted. Begin anew by learning to accept the way of the receptive" (p.65) and "All six: The time of passivity has reached its zenith. Prepare to journey on the back of a dragon" (p.97). Not only are the suggestions of exhaustion and reaching the zenith unfounded, substituting "six" for "nine" in the case of the Ch'ien hexagram is unforgivable. Otherwise, it must have been very bad proof-reading.

The book's translation of hexagram names sometimes serves only to perplex. Translating Li 離 as "the clear" (p.47) is a significant departure from its original meaning "to attach." "The clear" is perhaps inspired by the "ten wings," which the author has dismissed as unwelcome additions by Confucians. Elsewhere, translating Kuei-mei 歸妹 as "wise maiden" (p.54), removing any trace of marriage, Meng 蒙 as "advising the youth" (p.80), while the Chinese word has no element of advice, and Yü 豫 as "weariness" (p.93), when the original actually means "joy," are equally undesirable. The translation of "rebel" for Ke 革 (p.48), when the Chinese word merely means "to change," is little short of outrageous.

All these mistakes have led me to suspect that the author of the book under review does not really read and understand Chinese, and had to rely as a result on second-hand sources, which may sometimes, if not often, be confusing. They have certainly confused the author regarding Romanization, so much so that he has mixed up the two most widely used Romanization systems. The Wade-Giles system is used virtually throughout the book, starting with "Fu Hsi" and "*I Ching*"; but "gua," on pages vii, one and elsewhere, is from the *Pinyin* system. "Tai Chi," as used in the book, is a combination of *Pinyin* and Wade-Giles. Such a mix-up in Romanization systems would be unthinkable with a true Sinologist.

As if a mix-up in Romanization systems was not enough, the author alleges that the *Lo-shu* 洛書 was supposedly discovered by Fu-hsi while he was "suppressing water from the Yellow River" (p. 16). He has confused the sage King Yü 禹 with Fu-hsi.

I have yet to discover the contribution this book has to the general understanding of the *Book of Changes*.

Note

1. *Interpreting Culture through Translation — A Festschrift for D.C. Lau*. Roger Ames, Sin-wai Chan and Mau-sang Ng (eds.) (Hong Kong: The Chinese University Press, 1991). pp. 145–53.

原載 *Journal of Oriental Studies* Vol. XXXIII no. 1. Hong Kong: Centre of Asian Studies, University of Hong Kong, 1995.

Games Poets Play:
Readings in Medieval Chinese Poetry
by Anne Birrell   *2007*

Cambridge, England: McGuinness China Monographs, 2004

Seeing Sex Rediscovered

Introduction

A few weeks ago, I was given this book of over four hundred pages to review. It took me little time to discover the author's erudition, discernment and sensitivity that have made this critical study of the celebrated anthology, the *New Songs from a Jade Terrace* (*Yutai xinyong* 玉臺新詠, or *Yü-t'ai hsin-yung* in the Wade-Giles system, as is used throughout the book), a literary product of remarkable quality. Using techniques of western literary criticism and theories about adult psychology, the author explains and analyses the playful mode in which the compiler's contemporaries wrote their erotic poems and the sexual symbols and connotations they used in order to titillate their readers.

Imagery

In the book, the author boldly puts her readers on the defensive by bombarding them with suggestions of sexual insinuations in the words and phrases of the more contemporary poems in the anthology, which are construed as being related either to sexual pleasures or sexual frustrations. While one might be embarrassed, if not outraged, by the fact that men's sexual fantasies could be so mercilessly bared for analysis and discussion in the book, one would nevertheless have to admit that a lot of the author's bold suggestions are not without cogent evidence, as she patiently takes her readers through the socio-political background against which these poetic works were created. And the result is a vivid description and explanation of the sexual and erotic connotations in the poems that the poets themselves were too bashful to elucidate. Despite its subject-matter, the book reflects serious research so that its content comfortably transcends obscenity. It is a fine piece of sinological work.

The book displays a host of sexual symbols and connotations at which less imaginative readers may raise their eyebrows. Examples are: "the semantically eroticized motif of the needle and thread may be read as the vagina (eye of the needle) and semen (pale silk thread). Similarly, the sexual symbolism of the weaving tools may be read as the vagina (the loom) and the penis (the shuttle), which moving together create the bonded threads of passionate love" (p.164), "Thus the 'knees' and 'skirt front' are metonymic displacements signifying the genital area of the woman's body. The meaning of 'double needle thread' has the same metonymic function, and denotes the woman's desire for sexual intercourse" (p.162) and "The word 'padding' carries the idea of sexual tumescence" (p.121). While one may stand genuinely or hypocritically aghast at these erotic notions, one cannot deny the possibility of their existence in the depth of one's fantasies.

However, the author does at times take advantage of the absence of Chinese characters in her book to inject more sexual insinuations into the poems than they can hold. The following are two examples, with Chinese text provided by me for easy reference:

Harmonizing with Court Registrar Hsü Ch'ih's Poem "Watching My Wife Get Ready for Bed"〔p.119〕
和徐錄事見內人作臥具

Assuming "neiren" 內人 means "wife," the translation should be something like "Watching My Wife Make Bedlinen."

I Watch His New Wife

There's misty twilight lotus from the water,

Or hazy dawn sun shining on rafters,

Yet lovelier still on a night of torchlit splendour

Is her light fan hiding her red makeup,

And her lover, radiant, radiant,

And on their bed a natural glow coming.

What makes me sad is their tall coach moving on

And her waist jewels leaving the veranda. 〔p.122〕

看新婦

霧夕蓮出水，霞朝日照梁。

何如花燭夜，輕扇掩紅妝。

良人復灼灼，席上自生光。

所悲高駕動，掩袖出長廊。

With regard to the third couplet, the author explains,"From his viewing post near his neighbour's veranda the poet-voyeur observes the newly married couple enter the bedroom, and, although this is implied rather than stated, he witnesses their first sexual *jouissance*" (p.124). This interpretation stems from the assumption that the term "xishang"席上 in the sixth line means "on the bed." What it actually means, however, is "at the banquet." The poet merely praises the good looks and elegant manners of the groom at the wedding banquet after describing the loveliness of the bride.

Accommodating as I am, I am inclined to take exception to the suggestion that "jade terrace" in the title of the anthology is a sexual symbol. The author thinks that "a major connotation of *T'ai* / 'Terrace' is sexual; it is a metonym for the female sexual organs" (p.8). If "crown" is for "king," "terrace" is not for "female sexual organs" because this metonymic assignment lacks the support of historical traditions. As for "jade terrace, " ever since the compound was first used in the Western Han (Xi Han 西漢), "yutai" 玉臺 , or "jade terrace" has meant the residence of the Heavenly Emperor, and by extension, an earthly emperor's or prince's palace. While the author thinks that "the jade metonym is a general term for a dual-gendered sexuality" (p.7), and while "jade terrace" may for some inexplicable reason cause sexual fantasies in some people to take off and land on the image of the female genitals, the compound itself cannot be a metonym for them in the title of an anthology that also includes non-erotic poems. Had "terrace" or "jade terrace" symbolized the female sexual organs, among other objects, including parts of the human anatomy, the "yutai ti" 玉臺體 as a poetic style would never have been introduced or considered decent enough to be allowed to continue its existence through the dynasties.

As part of the title of an anthology of mainly palace-style poems, "yutai" is well chosen in that it symbolizes a palace. The Liang 梁 poems with their erotic themes and the earlier works with their love themes making up this collection are aptly described by the remaining part of the title, "new songs," as opposed to the "traditional songs" considered to be "without depraved thoughts."

Translation

No sinological works can boast flawless translations, and this one is no exception. I should add of course that the palace-style poems in the anthology are not as easy to understand as they seem because they generally lack character. It is therefore very easy to take their shallowness for some deep meaning in disguise. I shall mention a few examples where the meanings of the Chinese poems are significantly changed in translation.

Having successfully expounded the playful mode in which the Liang poems in the anthology were written, the author somehow feels that some of these poems have serious marital statements to make, and on more than one occasion invents the image of the anguished wife in her analysis of those poems, shrouding them with an air of sombre reality. Mostly to blame is the elliptical style of poetic writing. Here are some interesting examples with Chinese text provided:

On a Moonlit Night I Compose a Poem on Officer Ch'en of Nan-k'ang Bringing His New Mistress Home

His twice-eight girl is like a flower,

The three-fives moon is like a mirror.

. . .

Ten cities is the usual asking price,

A thousand gold often makes a bargain.

Lover, your desire can focus on her as you wish,

But my heart is not inclined to compete.〔p.50〕

月夜詠陳南康新有所納

二八人如花，三五月如鏡。

……

十城屢請易，千金幾爭聘。

君意自能專，妾心本無競。

The author sees the last couplet as a lamentation from a neglected
wife. Explaining that the poet in his poem questions the validity of the
custom of traffic in women, the author says, "[i]n his final couplet he
further subverts the custom by rewriting its effects from the official's
wife's point of view" (p. 51), and "[t]he wife (ch'ieh) affirms her
own constancy, throwing up an accusation against her errant husband,
while at the same time indicating with some bitterness that she is no
longer interested enough to reassert her claims on him" (pp. 51–52).

The above interpretation is strange because nowhere in the poem
is the wife of Chen Nankang featured. The poem goes through the
routine of describing the beauty and popularity of the girl and the
heftiness of the betrothal gifts for bringing her home, and ends with
admonishing words from the girl to her husband and master: "You can
of course be counted on to be faithful, but actually I have no intention
to compete with others for your favour." This is a playful poem and

one can almost be sure that the husband is not expected to be faithful to his newly-wedded partner for long. The presence of the angry wife or even her angry thoughts would spoil the fun.

The following is another poem where a wife is thought by the author of the book to be featured, grieving over her husband's acquisition of a concubine. But it seems to feature just an entertainer-turned-mistress who is out of favour.

Taking up My Pen I Write This Bagatelle, By Royal Command
Today, your being so considerate
Offends me, but less than had it been spring.
Candle-trickling tears I shed this night
Are not because you bring her home at dark.
Her dance mat come autumn will fold away,
Her concert fan will gather films of dust.
Since time began new love supplants the old,
So why does old love hate to greet the new?
A sliver of moon peeps into her flowery bed,
Slight chill creeps under her shawl and scarf.
Autumn will come when all things wither,
And touch her body with nature's stealth. 〔p. 78〕

走筆戲書應令
此日乍殷勤，相嫌不如春。

今宵花燭淚，非是夜迎人。

舞席秋來卷，歌筵無數塵。

曾經新代故，那惡故迎新。

片月窺花簟，輕寒入帔巾。

秋來應瘦盡，偏自着腰身。

The author of the book sees the poem as a "bitter story of a wife who has been replaced by a younger entertainer in her husband's affections" (p.77). She also explains, "First the wife expresses her sadness and anger, lines 1–4, then she projects the story of the new woman in her husband's life to the future, when she in turn will suffer failure and will be neglected" (p.77). The culprit here is the term "yinqin" 殷勤 / 慇懃 in the first line, which has unfortunately been translated as "being considerate." But "yinqin" also means "being sad and anxious," as in the phrase "cetong yinqin" 惻痛慇懃 in the chapter named "Mingyu" 明雩 ("Understanding Summer Sacrafices") in the *Lunheng* 論衡 by Wang Chong 王充 of the Eastern Han (Dong Han 東漢). This is what it means in the poem.

The poem begins with the subject soliloquizing about her predicament, "Today, I have suddenly become sad and anxious. You have grown tired of me, quite unlike how you treated me last spring." In the poem's second line, the last three characters, meaning "not like spring," may actually imply that the heroine is not being provided for. Here the poet probably draws inspiration from the following passage in the treatise "Da binxi" 答賓戲 ("Responding to My Guest's Mocking Words") by Ban Gu 班固 of the Eastern Han: "In reigning over their subjects, they 〔the rulers of our great Han empire〕 have been severe like the sun, overpowering like the gods, accommodating like the sea and nurturing like spring 〔"yangzhi ruchun" 養之如春〕." The heroine then goes on to mourn her fall from favour, which is testified to by the candles burning bright for no visitor and the folded dance mats and dusty seats, and by her newly-found loneliness under the gaze of the half moon and in the embrace of the evening chill. Lastly, she wonders why autumn, which causes all things to wilt, is targeting her waist in particular.

Because of the chronic omission of personal pronouns in classical poetry, identifying the "sufferer" is sometimes a problem, as can be seen in the poem just mentioned, in which what has happened to "me" has been taken as what will happen to "her" by the author of the book.

The following translated poem has a similar problem:

My Reply to T'ang Niang's Seventh Night Needlework

. . .

Though I admit not knowing you,
I've heard it said you are well-born.

In the past Huo Kuang halted his coach here,

Liu Hsia-hui used to call in his carriage.

. . . 〔p.200〕

答唐孃七夕所穿針

……

雖言未相識，聞道出良家。

曾停霍君騎，經過柳惠車。

……

The author is given to understand that the poetess is trying to protect herself "with an appeal to social hierarchy and in effect pulls rank on the singer, recounting the glorious achievements of her illustrious family over the past millennium" (p.201). But looking at the original poem, one can see that the latter couplet describes Tangniang's "good family" in the past, not the poetess's, and serves the purpose of highlighting the singer's low fortunes at present.

The following poem contains a term which is too ordinary to be ordinarily understood:

Submitted to His Royal Highness, Harmonizing with His Poem "Extempore Composition"

In the hall the many divine girls

Till now were hard to compare—

Except there's an exquisite at the window,

She has the prettiest face of all.

. . .

All morning she counts on her appearance

Or else she'll keep an empty bedroom.

"If only I could count on your love . . .

I wish we could be a pair of mandarin ducks! "〔p.53〕

奉和率爾有詠

殿內多仙女，從來難比方。

別有當窗豔，復是可憐妝。

⋯⋯

一朝恃容色，非復守空房。

君恩若可恃，願作雙鴛鴦。

The author explains, "the amount of time the female entertainer spends on her appearance is crucial to the success of her career. If she works at it 'All morning,' it will be an investment for the future" (p.54). Here she has been misled by the oft-used term "yizhao" 一朝, which simply means "one day (at an indefinite time in the future)." Thus, "one day, relying on her own beauty, she will no longer have to keep an empty bedroom." This couplet describes the future rather than the present.

Dating

Lastly, I should like to comment on the anthology's date of compilation.

It has generally been accepted that the anthology was compiled by Xu Ling 徐陵 when Emperor Jianwen of the Liang dynasty (Liang Jianwendi 梁簡文帝) was still the crown prince. This is the view the author has taken. However, in a recently-published book entitled *Yutai xinyong yanjiu* 玉臺新詠研究 (Beijing: Zhonghua shuju, 2000), its author, a Chinese scholar named Liu Yuejin 劉躍進, rejects this accepted view. Liu calls our attention to, among other things, the conspicuous absence in the anthology of any poem by Xu Chi 徐摛, Xu Ling's father and an inventor and proponent of palace-style poetry. Xu Chi died in the capital before the collapse of the Liang, which was marked by a period of turbulence during which Xu Chi's works were destroyed. Liu takes the view that the anthology was compiled as a "songbook" for the palace ladies in the relative calm of the early years of the Chen 陳 dynasty, when the works of Xu Ling's late father were no longer extant. Liu also suggests that the anthology's table of contents as it now appears is by no means the original one, where the title of Emperor Jianwen was changed to "the Crown Prince" (huang taizi 皇太子) and the title of Emperor Yuan (Yuandi 元帝) to "the Prince of Xiangdong" (Xiangdong wang 湘東王), probably in the Tang 唐 dynasty, in order to comply with the popular belief that

Emperor Jianwen commissioned the anthology to be compiled when he was the crown prince. Liu's book is worth reading for his critical attitude.

Conclusion

Well-researched and endowed with unusual subject-matter, the *Games Poets Play* is an untypically inspiring book to read. I extol the effort the author has made to produce this book, which in its own way adds much to our knowledge and enlightenment.

原載《中國文化研究所學報》第四十七期。香港：香港中文大學中國文化研究所，2007。

近體詩 二十首

三

引 言

　　余耽於著述，疏於比興；又嘗從事學校行政凡十年，三餘無暇。故詩興與詩作俱少。今所選近體詩二十首，以應教酬答為多，意在稱師友之德及述時事之要，俱志而不忘也。

　　所選諸詩，第一首見於香港大學中文學會早期刊物，第三首見於中文大學出版社一九九三年出版之《創作與回憶——周策縱教授七十五壽慶集》，第四、五、六、七、八、九、十首見於博益出版集團一九九八年出版之《香港詩情》，第二、四、六、七、九、十二、十四、十五、十六、十七首見於中文大學出版社二零零七年出版之《香港名家近體詩選》。

　　近體詩格律森嚴。余嘗撰〈近體詩格律淺說〉一文，首見於博益之《香港詩情》，再見於博益二零零七年及明窗出版社二零零八年出版之《粵讀》，可參考。

讀易 *1969*

闔闢爻通變，吉凶世自占。
應知天水訟，寧及地山謙。
素履行无咎，黃裳事必嚴。
當逢時勿用，陽下作龍潛。

- 《左傳‧昭公十二年》：「南蒯之將叛也，其鄉人或知之。過之而歎，且言曰：『恤恤乎，湫乎攸乎。深思而淺謀，邇身而遠志，家臣而君圖，有人矣哉。』南蒯枚筮之，遇坤之比，曰：『黃裳元吉。』以為大吉也。示子服惠伯曰：『即欲有事，何如？』惠伯曰：『吾嘗學此矣。忠信之事則可，不然必敗。』」

屬成詩 *1971*

辛亥歲，余客英國倫敦，居室患鼠，每苦之。慷師謂曩者日軍侵華，西遷時嘗作七律一首，今只記「三更穴鼠嚙枯壁，五夜長歌缺唾壺」一聯，勉余屬成之，因為是詩。

每披黃卷見鴻儒，陋室能藏術士徒。
氣有大剛閑處養，心方偏遠一城孤。
三更穴鼠嚙枯壁，五夜長歌缺唾壺。
貞得幽人且无悶，漫天狂雪易迷途。

- 業師羅慷烈教授乃當世詞宗，名重士林。昔在上庠，日賜嘉誨。及後又時予提攜，益我多矣。

- 《說文解字》：「儒，柔也，術士之偁。」又：「術，邑中道也。」又：「道，所行道也。……一達謂之道。」

（1972）

庚午中秋後一日始見月海天如雪
停雲欲起寄呈策縱夫子　*1990*

又見寒光浸碧秋，一年芳意付東流。

海南去北邈銀漢，賤子與公俱白頭。

未解逃名甘拙宦，遙知守樸笑封侯。

羣書讀老三湘客，合在元龍百尺樓。

- 旅美學人周策縱教授名震天下，閱余文而善之。嘗召余往美國威斯康辛大學任教職，遂得親炙。
- 時余任市議員，故曰「甘拙宦」。
- 金元好問〈論詩三十首〉其十八：「江山萬古潮陽筆，合在元龍百尺樓。」

題百鯉嬉清波圖　*1993*

百鱗騰擲起風雷，曾往龍門點額回。

未許天中司潤物，唯遵時晦養文才。

身藏幽壑夢魂好，心逐清波日夜開。

陶令生涯殊不惡，榮名且莫急相催。

- 《水經注‧河水》：「三月則上渡龍門，得渡為龍矣。否則點額而還。」唐白居易〈點額魚〉：「龍門點額意何如，紅尾青鬐卻返初。見說在天行雨苦，為龍未必勝為魚。」又〈醉別程秀才〉：「五度龍門點額迴，卻緣多藝復多才。」
- 《楚辭‧九歌‧河伯》：「乘白黿兮逐文魚。」漢王逸〈章句〉：「言河伯遊戲，遠出乘龍，近出乘黿，又從鯉魚也。」以鯉魚身有文采，故云。

鬈翁病中賦詞見惠作詩酬之
並呈乃文宗兄 *1995*

失序寒暄易中人，悔貪佳景陷芳春。

安心是藥能強體，伏枕無何合養神。

閑夢且隨香茗舊，幽情又織慢詞新。

明朝相約旗亭去，洗我胸懷萬斛塵。

- 洪肇平〈高陽臺·春日小病閑居無聊倚聲寄懷文匯詞兄〉：「畫閣燒香，風簾聽雨，海濱病後無聊。頭白相思，何郎可解魂銷。商量買醉須行樂，奈離愁，儘繞良宵。嘆春來、物候更新，又近花朝。　天涯芳草應相惜，只調聲分韻，餘事都拋。怪侶狂朋，江湖擊劍吹簫。移情尚有成連曲，念琴心，煙水迢迢。記閑時、影贈形酬，佳約誰招。」肇平號鬈翁，國學大師陳湛銓教授之入室佳弟子。尤工詩詞，倚馬才高，難有比倫。

- 無何，更無餘事也。《漢書·爰盎傳》：「遷齊相，徙為吳相。辭行，種〔爰種，爰盎兄子〕謂盎曰：『吳王〔濞〕驕日久，國多姦。今絲〔盎字絲，爰種稱叔父字〕欲刻治，彼不上書告君，則利劍刺君矣。南方卑溼，絲能日飲亡何〔「亡」即「無」。唐顏師古〈注〉：「無何，言更無餘事。」〕，說王毋反而已。如此幸得脫。』盎用種之計，吳王厚遇盎。」宋蘇軾〈和劉道原詠史〉：「名高千古終安用，日飲無何計亦良。」

乙亥清明後二日鬈翁邀共乃文宗兄
蘭苑酒家午敍用前韻 *1995*

未空蘭苑老行人，飛雨淒寒報晚春。

已為清明弔山鬼，直須唐宋覓風神。

交頭分茗情依舊，抵掌論詩意轉新。

歡極愁生成坐起，別來心事細於塵。

- 前韻，見前詩。
- 宋秦觀〈望海潮〉：「蘭苑未空，行人漸老，重來是事堪嗟。」

初秋有懷乃文宗兄用其韻並呈髯翁 *1995*

不見高人一月餘，鳳城無雁可傳書。

景風今日吹新市，別業當年只舊墟。

命有窮通曾妄革，民經喪亂得安居。

秋來頗好思興廢，況是窗前夜雨初。

- 何乃文〈考卷閱畢將返鳳城寄文匯兄〉：「斗室昏昏竟月餘，情懷閱卷異觀書。難憑冷氣驅煩溽，益覺空間似廢墟。滿志躊躇公事了，連宵夢寐故山居。尖叉韻語終當和，且待秋涼八月初。」乃文博通經史，善詞章。師事國學大師陳湛銓教授，居眾弟子之首。
- 梁劉峻〈辨命論〉：「余謂士之窮通，無非命也。」一九六六年至一九七六年，國內有文化大革命之殃，人民遭迫害而死者數十萬。
- 宋蘇軾〈和劉道原詠史〉：「獨掩陳編弔興廢，窗前山雨夜浪浪。」

次韻集將付梓人用玄武湖韻
寄呈乃文肇平二兄 *1995*

不與西崑鬥麗都，良才何必隱江湖。

撫絃正待風傳響，下筆非唯字作圖。

豈為浮名誇博大，肯令國故墮空無？

新詩改定長吟罷，更覺今吾勝昨吾。

- 洪肇平〈玄武湖〉（一九九三年癸酉）：「金陵記取舊名都，城北來尋玄武湖。碧水蟠龍雲欲起，鍾山踞虎霸誰圖。閱兵臺上思今古，幻影波中悟有無。最愛昭明讀書地，行吟處處見真吾。」
- 晉陶淵明〈與殷晉安別〉：「良才不隱世，江湖多賤貧。」

丁丑正月初七夜髯翁傳真
惠寄春雨寄懷文匯七絕兩首次韻奉酬
並呈乃文宗兄 *1997*

其一

欲老情懷戀往時，初春深夜雨催詩。

山樓極目蕭蕭處，認得東風是舊知。

- 洪肇平〈春雨寄懷文匯〉其一：「春來雨水正逢時，淡墨敧斜一紙詩。鐵馬冰河頻入夢，襟懷只有故人知。」

其二

不因平易減雄奇，春雨髯翁一紙詩。

風氣漸遷誰可挽，天教吾輩得同時。

- 洪肇平〈春雨寄懷文匯〉其二：「滄海橫流子最奇，平生心血為徵詩。夜來臥聽簷間響，想見新潮勝舊時。」

自機場遷址後
九龍城興旺景象與飛機噪音同逝
居民有因夜靜而不能安睡者
用前韻賦之 *1998*

奔雷已歇蘚侵坪，靜夜沈沈惹夢驚。

回首真成憐舊恨，銷魂總覺是離情。

欲追過翼山河遠，空負當時意氣宏。

街巷寂寥人去後，和煙秋雨濕枯城。

- 何文匯〈啟德機場舊址〉：「秋山閒對舊機坪，跑道塵生鳥不驚。岸夾濁流添墜骨，堂傳餘響泣離情。獨憐近市門庭冷，尚記長空氣象宏：一日鐵鷹千百隻，狂呼震撼九龍城。」自注云：「一九八八年秋，有客機降落時滑出跑道，墜於濁流中，死七人。一九九八年秋，時機場已遷址，有維修公司僱員乘夜駕車飛馳跑道上，連車墜入濁流溺斃。」

肇平學長近惠庚辰元宵寄懷何文匯七律繼則招飲萬豪殿相見甚歡次其韻酬之 *2000*

已過元宵風似刀，萬豪殿上謁文豪。
我成江監空尋郭，君是陳王不姓曹。
流水韶光忙裏去，同心佳興晚來高。
遙追往日清狂甚，酬唱篇章接楚騷。

- 洪肇平〈庚辰元宵寄懷何文匯〉：「兩年未見何文匯，使我歌吟興欠豪。海嶠回春辜此夜，詩壇點將要吾曹。忍教酬唱忙中斷，信有情懷物外高。他日市樓經過便，銅琶鐵板振風騷。」

赴北京大學復旦大學招生畢歸柬髯翁用其送吾北遊之韻 *2000*

傳學求才俊，初秋遂北遊。
髯翁壯行色，詩力抵奔流。
暴雨侵黃浦，層煙壓帝州。
歸來思舊約，南島錯觥籌。

- 洪肇平〈送何文匯北遊〉：「燕趙多豪傑，何君有壯遊。雄心泚詩筆，名氣傲時流。書卷逢千載，行蹤遍九州。歸來誦佳句，猶勝幄中籌。」自注云：「君運籌於帷幄之中，今得索句於京城之外。」
- 髯翁與余有南丫島之約。

汝栢學長偕諸生過還見寄用其韻 *2000*

清旦故人至，睽違春已秋。

身強非老馬，心遠託輕鷗。

師保千年業，文章百尺樓。

巍巍湛夫子，追憶涕難收。

• 陳汝栢〈庚辰七月偕陳巨少孟惠娟中山志遠謁中大何教務長文匯並再參觀
康侯師百歲遺作展呈何教務長四疊前韻〉：「結隊高庠去，晴光映碧秋。情
懷忘主客，談笑沒機鷗。百歲康師展，涵心書畫樓。流連堪永日，耽詠筆
難收。」汝栢之叔父陳湛銓教授乃余之啟蒙老師，獎掖提攜，恩德盛矣。
汝栢學問淵博，深得湛師所傳。

髯翁秋日寄贈五古十韻痛斥謗者
感而報之並柬加國鄧偉賢兄 *2000*

有以「王亭之」為筆名者，於二零零零年十月至十二月在加
拿大《明報》專欄力詆余粵音正讀之論。彼云：「查《廣韻》來
『正』廣府話的音，實際上等於將廣府話來『國語化』，亦即是廢
棄廣府話。」識者固知以《廣韻》中古音審粵音正為免使粵音國
語化也。彼又云：「其實廣府話有九聲，《廣韻》只有五聲，倘全
依《廣韻》，廣府話便已有四聲作廢。摧殘方言，莫此為甚。」
識者固知《廣韻》只載四聲，無五聲也。中古音分清濁，粵音九
聲中，陰入及中入皆沿於清聲母，九聲恰與清濁四聲對應。彼誤

以《廣韻》之「上平聲」與「下平聲」為兩聲，而不知平聲字多，《廣韻》分載於上卷及下卷耳，非謂中古音有五聲也。彼又妄談粵音聲調，竟謂「午」是陰去聲。然「午」是陽上聲，識者固知彼不辨聲調也。彼又謂「雍正」如依《廣韻》讀去聲二宋韻，便須讀為「用正」，彼於《廣韻》可謂一竅不通矣。其一，「雍」字讀去聲「於用切」於《廣韻》在三用，不在二宋。其後三用併入二宋，「於用切」乃在二宋，然已與《廣韻》無關矣。其二，彼不知「雍」字讀陰平聲，實據《廣韻》之「於容切」也。彼以陽去聲「用」字表陰去聲之「於用切」，是既不分陰陽，亦不明反切之理。不學無術而好自用，莫過於此。彼誣謗粵音正讀之文十餘短篇，錯誤更僕難數，而彼則譏余倡議正讀為「一盲引眾盲」，無知如此，殊可歎也。謗者美錯讀為「轉讀」或「變調」，並籲讀者應恪守轉讀及變調，以保存廣府話之特色，此直視字典如無物，尤為識者笑，其治學之粗疏可想見矣。偉賢學長定居加國，讀其文而鄙其人，乃剪報傳真與髯翁，暴其淺陋。髯翁因遺余百字之詩，首云：「當代聲韻家，吾高何文匯。」末云：「寄語文匯叟，草檄數其罪。天下有識者，聯手披犀鎧。偉賢作先鋒，堂堂吾輩在。秋日宜征伐，聲勢動江海。」蓋欲筆伐謗者以復正理。然余以為謗者攻余，猶逆風揚塵，塵不至彼，還坌己身。謗者攻余而自毀聲名，實乃助余者也，不足伐矣。余聞謗者以「王亭之」略諧「妄聽之」北音，意在自嘲；則彼妄言之，余等姑妄聽之，亦可佐茶餘飯後笑談之樂也。因為詩以誌。二零零一年敍。

百字秋吟動鬼神，苦甜都在敢求真。

不容然後見君子，兼善還須恕小人。

已為謗言添自省，更從義氣感相親。

關心聲韻非孤獨，海內天涯確有鄰。

- 《史記・孔子世家》：「顏回曰：『夫子之道至大，故天下莫能容。雖然，
  夫子推而行之。不容何病？不容然後見君子。夫道之不脩也，是吾醜也。
  夫道既已大脩而不用，是有國者之醜也。不容何病？不容然後見君子。』」
  《孔子家語・在厄》：「顏回曰：『夫子之道至大，天下莫能容。雖然，夫子
  推而行之。世不我用，有國者之醜也，夫子何病焉？不容然後見君子。』」

余於一九七一年遊學英國倫敦
今春重回三十年矣 *2001*

皇都曾作上庠遊，今日春還鬢已秋。

文物裁成天寶地，市街喧動月華樓。

呼朋互笑朱顏改，述志空嗟素願休。

三十年前渾似夢，悲歡仍自繞心頭。

一九九八年戊寅北京大學百年誌慶
余代香港中文大學撰聯壽之
嵌北京大學四字云
北斗耀京華一志新民真事業
上庠容道大百年強學有文章
因以為詩 *2001*

前清遺味付蒼茫，北斗京華日月長。

一志新民真事業，百年強學有文章。

險因龍戰成衰敗，好趁雞鳴復典常。

欲正乾坤須立德，虐師批孔國之殃。

- 《易‧繫辭上傳》：「是故形而上者謂之道，形而下者謂之器；化而裁之謂之變，推而行之謂之通。舉而錯之天下之民，謂之事業。」

- 《易‧坤文言》：「陰疑於陽必戰。為其嫌於无陽也，故稱龍焉。」案「疑」即「擬」，陰自擬於陽也。

- 一九六六年五月十六日，文化大革命始作。五月二十五日，首張文革大字報在北大貼出，並獲毛澤東稱許。自是批孔破舊，為人師而受虐致死者眾矣。

次韻報衛林博士賢弟　*2001*

羨子詩名立盛年，自煎膏火豈徒然。
但從今起翔寥廓，便是他朝李謫仙。

- 劉衛林〈敬和文匯師次韻鴻烈先生南丫島詩〉：「曾坐春風憶舊年，更聆高唱出天然。幾時絳帳還承教，不羨人間作地仙。」衛林學問文章俱佳，而猶孜孜不倦，如斯者世不數見也。

書幼惠翁冊葉　*2003*

書法吾宗世絕倫，一鈎一點見精神。
體兼行楷清而健，味近鍾王老更醇。
翰墨已開天下眼，文章今屬嶺南人。
臨池欲寫相思字，獻此秋蛇問晚春。

- 何幼惠，今之書法名家。翁嘗書余所作楹聯置廣東南雄市何氏大宗祠，云：「南國春先，水部情移，市內主人原是客。東方日耀，金夫志遠，海濱遊子已稱雄。」

題何子百里自在畫冊 *2005*

百里雲山自在舟，乾坤真味見源頭。

法能簡約情無限，術到精深興轉幽。

天下藝林推上達，嶺南活水得西流。

石城斷樹知何處，直欲江湖待莫愁。

- 何百里，嶺南派畫家，名馳遐邇。嘗旅居北美洲二十餘年。其山水之作超
  羣絕倫。亦工書。《百里自在》乃其畫冊名。

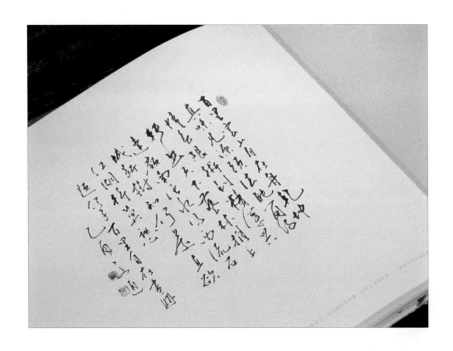

四 | 散文 十篇

引 言

所選散文十篇，皆已載於書刊。其體兼攄情、記敍與論說。

首八篇為應命之作。 然日常感遇之情，藏於胸中，因時而發，絕非為文而專造也。第九篇關乎音韻學常識，第十篇關乎近體詩格律。時人知之者少，或宜一讀，以存國粹。

長廊小記　*2001*

　　從香港大學總樓某處拾級而上，到了三樓，便是中文系的前庭。右邊門開處是系辦事處、會議室和教師辦公室，左邊門開處是一條寬窄不均的長廊。長廊盡處是佔地數萬平方尺的二樓天台。天台盡處便是著名的鐘樓。

　　每次回到中文系探望師友，總會經過這條形狀不很自然的長廊。我在中文系唸書時，長廊是直而寬的。後來因為系內地方不夠用，所以在七十年代，長廊右邊的房間重新分隔，還騰出地方闢了一個研討室，佔去了走廊右半部大部分空間，只餘下左半部作通道。至於長廊的兩端，還是頗寬的。

　　我在中文系唸書的時候，直而寬的長廊兩旁都是辦公室。長廊入口右邊第一個房間是中文學會的辦事處，其餘的房間都是教師辦公室。長廊平時很靜，燈光也頗暗，氣氛蕭穆。我的三年本科生活，課餘的光陰多在香港大學學生會辦公室和大學圖書館度過，並不常去中文系。去中文系除了到系辦事處外，便是上導修課和向老師請教。當時，找得最多的是羅慷烈老師。羅老師的辦公室就是在長廊右邊。

大學畢業後，我拿了研究生獎學金留系協助教學和修讀碩士課程，羅慷烈老師成為我的指導老師，並容許我用他的辦公室。那年，中文系連我在內共有三人拿研究生獎學金做碩士研究，第二年又有三人，單是那兩年便有六個研究生獎學金得主，可謂盛況空前。六人中有大約一半擁有指導老師辦公室的鑰匙，又加上連我在內有幾個喜歡晝伏夜出的，於是晚上招朋引類，志趣相同的中文系研究生都常來夜談，長廊兩旁的房間頓時熱鬧起來。長廊也成為社交活動場所，常用來作音樂欣賞會、美食會，甚至短跑比賽之用。聚會往往至深夜才結束。

　　因為中文系長廊兩旁的辦公室常常燈火通明，校園物業管理單位終於通知了系方。有一天，系主任請我到他的辦公室，把校方的關注告訴了我。當我心中暗叫不妙時，他竟説：「寫論文要緊，其他的不用擔心。」於是長廊兩旁的辦公室晚上燈火通明如故。

　　我們夜間的活動範圍不僅在辦公室和長廊，而且還在廣闊的天台。從天台北望是壯偉的海景，黃昏西望可以觀賞日落，晚上舉頭眺望是朗月繁星。置身天台中，海天佳色盡收眼底，令人流連不忍邃去。

　　記得一九七一年夏天的一個下午，颱風正在醞釀，整個天空都是帶怒的烏雲，大海滿是白頭巨浪，壯觀極了。我們貪賞奇景，入夜仍不離去，終於決定整夜留在中文系聽風賞雨。到了凌晨，狂風暴雨交加，打落的樹葉使天台的去水道淤塞，雨水盈

科而進，流入長廊，再由長廊流入兩旁的辦公室。我們連忙把平時放在地上的書本、文稿和雜物搬到桌上，這些物件因而避過水厄。而其他辦公室的主人卻沒有這樣幸運，不少書籍文稿都付壬癸，損失難以彌補。

　　一九七一年九月，我離開了香港大學中文系，到英國倫敦大學攻讀博士學位。一九七四年八月，我從英國到美國威斯康辛大學教了兩年書。就在這期間，那條直而寬的長廊便成為改建的對象，從此無復舊觀了。

原載《中文學會七十周年紀念特刊》。香港：香港大學中文學會，2002。

香港中文大學的「語文精修課程」 *2003*

背景

目前，粵語、普通話和英語是香港最常用的語言，可惜的是，香港人講這三個語言時，發音往往非常不準確，又常常讀錯字，講英語如是，講普通話如是，最令人痛心的是，講母語粵語也如是。從另一個角度看，一個母語發音也弄不清楚的人，非母語的發音也難以掌握。

粵語是大部分香港人的母語，但不少香港人卻講不好粵語。香港人講粵語有兩大問題：讀錯字音和發音不準確。相對而言，改正錯誤的讀音還比較容易，而改正錯誤的發音就非常困難。一個以粵語為母語的人，如果粵音發音不準確，那麼學普通話，學英語，學其他外語或方言，發音也很難準確。這是因為他從小就沒受過嚴格的辨音訓練，無法準確地掌握母語的發音，在學習其他語言或方言時，勢必相應降低了對語音的重視程度，並進一步影響語言能力的發展。這種狀況長期存在，不但影響人際交流，而且會損害社會形象。

在香港，一般人沒有翻查字典尋找正確粵讀的習慣，所以只有「正讀」的意識而沒有「正讀」的知識。近期出版的大型字典和辭典，如臺灣出版的《中文大辭典》以及國內出版的《漢語大詞典》和《漢語大字典》，都只載切語和國音讀法。如果想從這些完備的辭書中找出一個字的正確粵語讀音，似乎除了反切以外，便別無他法了。但是，長期以來，香港的學校沒能有系統地教學生粵音平仄、粵音反切和粵語正音，小學把這個責任推給中學，中學把責任推給大學，大學又把責任推回給中學，卻沒有培養足夠的師資在中學以及師範學院傳播粵音知識，久而久之，形成惡性循環。除了有家學和聰明勤奮的學生之外，一般學生很難在學校打好粵語語音基礎，所以很多香港學生極有可能因為不會切音和拼音，便沒有興趣查字典；又因為不查字典，於是不了解字形，不辨字音，不懂字義，中文程度怎能不愈來愈低下？粵音基礎不好，直接導致說英語和普通話時發音不準確。很多香港人講英語時發音怪異，不明白英語長短音、輕重音的道理，講英語就像講粵語一樣，長短不分，九聲俱備，令人肉麻。說普通話時，平舌音、捲舌音不分，第一聲常與第四聲混淆，令人費解。

　　過去，香港大部分學校都崇尚英語教學。近年來，教育當局開始鼓勵學校採用母語教學。特別是香港回歸以後，特區行政長官在施政報告中明確指出：「我們會積極推行母語教學，以提高學習能力。」香港大多數華人以粵語為母語，所以母語教學差不多等同於粵語教學。現在，該是我們重視粵語的關鍵時刻了。如果學生和教師不及早學習「粵語正音」和「粵音正讀」的知識，

那麼粵語教學不僅無法解決已有的語言問題，還會帶來新的問題。因此，粵音基本知識教學已迫在眉睫。

粵音基本知識教學

　　香港中文大學粵音基本知識教學的範圍包括聲調的辨別、反切和語音符號的運用，目的是要推廣粵語正音和粵音正讀。在香港地區的語文教學中，一直缺少正規而嚴格的粵音知識教學環節，這直接導致香港人，特別是學生講粵語時發音不準確並常常讀錯字音。不準確的發音主要表現在聲母、韻尾兩方面。在聲母方面是發音時「取易不取難」，例如把〔n-〕變成〔1-〕，把〔gw-〕變成〔g-〕。韻尾不準確大概和香港的快速生活方式有關。香港的生活方式使年輕人說話急促而沒有節奏，以致收音未完舌尖便迫不及待往上翹，於是〔-ŋ〕變成〔-n〕，〔-k〕變成〔-t〕。有些人自覺聲母和韻尾不準確，於是又作出「下意識」的補償，把一部分〔1-〕發成〔n-〕、〔-n〕發成〔-ŋ〕、〔-t〕發成〔-k〕，使起音和收音更加混亂。讀錯字音的原因，一是缺乏辨別聲調的能力，二是沒有反切的知識，沒法利用中文字典的切語找出正確粵讀。遇到不會讀的字，除了胡亂找人問，便只有瞎猜。於是，不正確的粵音和錯誤的粵讀，通過各種途徑傳播，逐漸肆虐起來。

　　從事粵音基本知識的教學，就要確定正音和正讀的標準。先說正讀。粵音秉承《廣韻》音系，因此粵音正讀應以《廣韻》反切為準。粵音有四個要素：聲母、韻母、陰陽、平仄。四要素

中，以平仄最為重要，陰陽就相對比較次要。至於聲母和韻母，兩者固然都重要，然而，它們都長期受到古今音變的影響，有時需要個別推敲。即使如此，誦讀韻文的時候，韻母還是比聲母重要。但相對於平仄，韻母又較為寬鬆。總而言之，對待正讀的立場應該是：一切從嚴，嚴處論寬。倘若不從嚴，粵音系統會因讀音混亂而破壞；倘若嚴處不論寬，便是脫離實際。正音方面，〔n-〕聲母變成〔l-〕聲母的問題應該正視。有些人認為〔n-〕變成〔l-〕是自然現象，大可不必人為干預。但實際上，不少香港人把〔n-〕音念成〔l-〕音，未必因為不會發這個音，很可能是不知粵語有〔n-〕聲母，同時又受語音訓練不規範的教師、廣播員的影響，以訛傳訛導致〔n-〕、〔l-〕不分。這種錯誤正是人為的，為甚麼不該人為改正呢？由此看來，現在改正是絕對可以的。北方音對〔n-〕聲母守得很嚴，世界上主要的語言都有〔n-〕聲母，粵音也沒必要放棄它。

學習粵音看似複雜，其實也有方法，可以分三個步驟：

第一步是清楚分辨九聲：陰平、陽平、陰上、陽上、陰去、陽去、陰入、中入和陽入。

第二步是學習粵音反切的方法。粵音反切的口訣是：「上字取聲母，下字取韻母；上字辨陰陽，下字辨平仄。」這個口訣至關重要，必須牢記。我們的日常錯讀字，不少錯在聲調。學會切音，未必能立刻解決聲母和韻母古今變化的問題，卻可以立刻糾正錯誤的聲調。例如：「愉快」的「愉」在《廣韻》中只有

「羊朱切」一讀，「羊」屬陽平聲，「朱」屬陰平聲，我們通過反切口訣，可以斷定「愉」是陽平聲字，便不會把它讀成陽去聲的「遇」了。

只學會反切是不夠的，通過反切，把一個字正確地讀出來之後，還須懂得怎樣用語音符號標示讀音。因此，第三步還要學習語音符號。學會用符號表音，粵音撥亂反正的過程才算完成。例如：能運用反切把「德紅切」讀成「東」字，又能用語音符號標出「東」字的讀音，正讀過程才算完成。懂得怎樣運用語音符號，無疑就是會拼音。既會切音，又會拼音，就能用任何一本載有中古切語和粵音符號的中文字典。

我從一九七九年任教香港中文大學開始，便發現大部分中國語言及文學系學生不會反切和不會任何語言的拼音。他們不但滿口錯讀，而且粵語發音不準確。這是因為學生們在中、小學時根本沒受過必要的基礎語音訓練。若想改變香港地區語文程度普遍下降的狀況，就要先在大學推廣、普及粵音知識。

一九九零年，我向中大中文系系主任鄧仕樑教授建議，把粵音平仄、粵音反切和粵語拼音等常識，納入中文系一年級的語文課程。鄧教授非常支持這個建議，並認為修讀一年級「大學國文」課程的學生也要學習粵音常識。當時，非中文系一年級學生入學時都要考一個中國語文甄別試，約一半學生可以因此免修大學國文，而其餘學生則要以大學國文為必修科之一。為中文系一年級學生和「大學國文」學生安排「粵音常識」，不但可以使中文

系學生受益，而且會使許多外系學生受惠。一九九零／九一年度至一九九三／九四年度，一連四年，「粵音常識」成為一個極具影響力的課程。

「粵音常識」課程由我講授，授課時間為六小時，分兩次進行。

第一次教天籟調聲法，使學生明辨粵音九聲，繼而略談口語變調，最後講授粵音反切原理：「上字取聲母，下字取韻母；上字辨陰陽，下字辨平仄。」講授反切，必然會涉及許多聲韻學方面的知識，對於一年級學生，特別是非中文系學生來說，將是非常枯燥的。因此授課必須深入淺出，靈活生動。在講反切時，我曾經採取「擺擂台」的方式，即隨意挑選幾個同學上台，在投影膠片上寫下字典的切語，讓其他同學和我一起猜所切的字，以粵音為準。這樣做，除了要增強學生的信心以外，主要還是為了使氣氛更活躍，給同學練習反切的機會。從講課效果看，學生學習這門課程是很認真的。當他們粗通反切之後，便能理解正讀的標準，要改正日常錯讀就有依據了。

第二次教授粵音反切韻母近移的基本法則，以及「陽上作去」、陽聲調「送氣」和「不送氣」互換的規律，最後講解粵語拼音。憑教學經驗，講解拼音有兩點要注意。第一，不要令學生以為學反切要先懂得拼音符號。香港一般人並沒有拼音訓練，對拼音原理不甚了了，對拼音符號竟然存有恐懼感。不少人認為，不懂拼音符號就不能學反切。其實，反切是靠聲音的，符號只不過

表示聲音，不可本末倒置。在講拼音時，可以教學員把字音延長來說，起音便是聲母，隨着直至收音結束的便是韻母。而所謂拼音，只是聲母拼合韻母而已。第二，不要令學員誤以為粵語拼音所用的簡化國際語音符號就是英文字母。雖然一般香港人的英語水平不高，但是英語卻是他們唯一稍懂的外語。所以學員看見粵語拼音符號，都很自然地給它們賦予英語的音值。如果忽略了這個問題，不但不能改錯，反而要出錯。

第三次是用來溫習和測試的。試題分三部分：

「甲部」測試聲母和韻尾，分為兩項，第一項是寫出所列各字的聲母，第二項是寫出所列各字的收音。這部分主要測驗學生日常說話發音是否準確。同時分析「甲部」答案時還應注意另一個問題，即學員會不會拼音，知不知道〔1-〕、〔n-〕、〔-n〕、〔-ŋ〕、〔-t〕、〔-k〕等的音值。如果這一部分錯誤率達到 20%，那麼可以斷定該學員粵語發音、辨音能力一定有問題。

「乙部」測試調聲和粵音正讀，亦分兩部分。第一項只考聲調，列出的字都是一般人不會讀錯的；第二項只考正讀，學生只須寫出所列字的同音字。第一項的聲調是正讀的基礎，不懂聲調，很難有效地從字典中找出正確讀音。但是第二項只須考生牢記參考書或講義中的「日常錯讀字表」，所以「乙部」是全卷最容易的部分，只要求記誦少許內容，是一個改正錯讀的快捷「治標法」。

「丙部」測驗反切和拼音，共三項：第一項要求寫出切語所

切的字，目的在於測驗學生是否掌握了反切原理。拼音再分兩項來考：看語音符號寫出漢字和注出所列漢字的語音符號，兩種方式中，以後者較困難。這一部分要求學生不僅發音準確，而且會調聲，會反切，還要牢記並活用拼音符號，「丙部」是衡量學生是否既聰明又好學的重要部分。

測試設有獎項，以鼓勵成績優異的學生。為避免多人得分相同難以選出得獎人，一九九二年開始，又設「丁部」作甄別之用。這部分有五個比較艱深的切語，不是必答題，只供有意競爭獎項的考生作答。從一九九零年至一九九三年，共有六名學生獲獎。

一九九三／九四年度，香港中文大學已經有四千餘學生受過粵音訓練，其中絕大多數已能分辨粵音的陰陽平仄，能做較淺易的反切，能了解拼音的原理，既能夠翻查傳統切音字典，也能夠翻查粵音字典。一九九四／九五年度開始，中大為了配合本科生學制由四年改為三年的政策，停開「大學國文」，「粵音常識」環節隨之取消。

普通話、粵語及英語精修課程

一九九七年，香港中文大學開設「普通話、粵語及英語精修課程」，規定從一九九七／九八年度起，中大所有本科一年級學生都必須修讀本課程。開設此項課程，旨在使學生充分掌握查閱字典、學習字詞正確發音的技巧，同時增強學生處理普通話和英語基本文法的能力。

「普通話、粵語及英語精修課程」授課時間為每種語文三節，每節三小時，合共二十七小時，分別由中大三個教學單位負責各個單元的教學工作。其中，「普通話」環節由新雅語文研習所籌辦（第三年改由中國語言及文學系籌辦），授課內容包括漢語拼音方案、普通話聲母韻母及聲調練習、漢語字典的運用、普通話基本語法及語匯介紹、普通話與粵語語法及語匯對比。「粵語」環節由中國語言及文學系籌辦，內容與「粵音常識」基本相同，包括粵語語音符號及聲調練習、口語變調、反切基本知識、粵音「陽上作去」、陽聲調「送氣」及「不送氣」的規律，以及日常錯讀字的正讀。「英語」環節由英語教學單位籌辦，內容包括國際音標、英語發音、英語字典的運用，以及英語基本語法，以幫助學生將來撰寫通順的文章。

該三項科目均不設學分，但學生須於修畢每項科目後參加考試，相關成績將分別以「優」、「良」、「及格」或「仍須改善」四個等級紀錄在成績單上。學生如果任何一科未能及格，可於第二年重考一次。重考的成績最高只能取得「及格」。

這幾年來，大學參考同學的意見，對精修課程的內容作出了一些改變。首先是在一九九九／二零零零年度把英語和普通話課程中有關語法的部分撤去，變成六小時課程。這樣可以把焦點弄得更清楚。語法的範圍很廣，幾小時內很難徹底解決問題。如果把注意力放在拼音和發音上，同學便更易於掌握有關知識。自二零零零／零一年度起，英語變成網上課程。從二零零一／零二年度起，普通話課程也變成網上課程。兩個網上課程都有一個三小時

的簡介會，為同學提供基礎的拼音知識。粵音課程的內容要照顧古今，較為複雜，所以仍然保留上課的形式。但從二零零二／零三年度起，上課過後，我們會提供網上課程作為輔助之用。至於成績的等級，自二零零二／零三年度開始，「不及格」取代了「仍須改善」，理由是這課程行之有年，大家都知道「仍須改善」等於「不及格」，所以無須再作文飾。事實上，同學只要用少許功夫，便不會不及格。但是由於精修課程的成績縱使不及格也不影響畢業，所以總有些同學寧願取一個「不及格」也不願意花時間學習拼音。

「普通話、粵語及英語精修課程」是針對香港學生語文能力下降而採取的一種補救措施，它注重傳授三種語文的基本知識，培養語文技能。學生經過學習，對每種語言的發音、詞匯、語法有了正確了解，然後在此基礎上，學會使用各種工具書，才有可能真正提高語文水平。而語文水平的提高，必將對學生日後的學習，甚至畢業後的工作產生積極的影響。

粵語正音互動單位

我們覺得，如果只在校內為學生提供精修課程，還是有點「遠水救不了近火」的感覺，所以近來對外也開展了一些配合工作。去年，我們在香港中文大學校外進修學院落實了一個「粵語正音互動單位」計劃。通過這個計劃，香港的中、小學在校內設立「粵語正音互動單位」，並派遣教師到進修學院修讀「粵音講讀實習」課程，然後參加中文系在進修學院舉辦的「粵音水平測

試」。測試範圍分為五部分：1. 聲母韻母發音；2. 粵音聲調辨別；3. 字音正讀；4. 詩文朗讀；5. 書面語轉化為口語。測試採用口試方式，為時約半小時。除了由主考員親自聆聽應試人的發音外，更同時進行錄音，以便測試後可隨時複核成績。測試成績分為六等，應試人一定要在測試首兩項考得相當好的成績，才可以名列一等或二等，因而成為「達標教師」。達標教師在提升校內的粵音水平方面可以發揮很大的作用。總之，不在中小學裏做好正音工作，在大學裏不論如何努力，都是事倍功半的。又如果學生有豐富的粵音基本知識，學習外語時便能舉一反三，成就會較大。日後，如果大學生因在中小學時吸收了基本語文的知識而認為中大的語文精修課程太淺易的時候，香港的語文便算達到應有的水平，到時語文精修課程便可以功成身退了。

粵音教學的意義

中大粵音基本知識教學已開展十多年，在這項學習中受益的學生已有兩萬多名。此項教學是使香港學生打好語言基礎的最有效的方法。

眾所周知，香港是一個既説粵語又説國語和英語的社會，香港學生單是粵語發音準確還不夠，應該使國語、英語的發音都大致準確。只有懂得多種語言的特性，才能夠通過比較、辨析，明白母語的語音特徵，從而使母語的發音更加標準；能夠自覺地把母語説得標準，自然更容易把非母語説好。語文教師教學時如果能夠對多種語言進行比較，學生一定更有興趣，更自覺地分析語音異同，更快提高語文能力。香港學生應該從小打好語音基礎，

只有這樣才能充分利用香港多語社會提供的機會。能夠講不錯的普通話和英語，就等於可以和世界上超過半數的人溝通，在精神上、物質上都有極大益處。

這篇文章取材自〈香港中文大學的粵音基本知識教學〉。該文在一九九八年由錢澤紅女士參考拙著《粵音教學紀事》以及就旁聽「粵語精修課程」的體驗寫成。我當時只作了少許增刪。該文在一九九九年刊於北京人民教育出版社出版的《中國教育大精典》。最近蒙中大四十年編輯委員會曾瑞明先生邀稿，但時不我待，於是取該文再作增刪，並且易名，刊於《中大四十年》一書。

何文匯
香港中文大學教務長
二零零三年三月

原載《中大四十年》。香港：中大學生報出版委員會，2004。

在中大二十五年　*2005*

在中大，一晃就是二十五年了。

還記得我的第一個辦公室是在當時剛建好的碧秋樓。碧秋樓的大門對着一個廣大的、三級梯田一般的露天停車場。找車位並不困難，有幾位不會泊車的同事常常在露天停車場一輛車佔用兩個車位也沒有人投訴。

二十五年來，中大的外貌變了不少，主要因為樓房多了。那廣大的停車場上面已經蓋了邵爵士夫人樓。校園的建築物多了，天然空間就少了。但很多樓房太矮，並不切合實用。幾年前，我建議重建校園西區，使樓房更高，也更好看，終於得以主理李達三樓的重建計劃，增加課室和辦公室，為大學三改四做好準備。將來馮景禧樓和梁球琚樓都重建後，中大師生就可以置身於一個更美好的校園。不過，這恐怕是十多年後的事了。

我感謝中大這二十五年來為我提供了一個從事教學、研究、行政和決策工作的理想場地，更給我從事社會服務的自由，使我的視野開闊了，使我的人生經驗豐富了，使我有信心和勇氣興辦學校，為專上教育再盡力。

感謝中大。

原載《中大通訊》第二百五十六期。香港：香港中文大學出版事務處，2005。

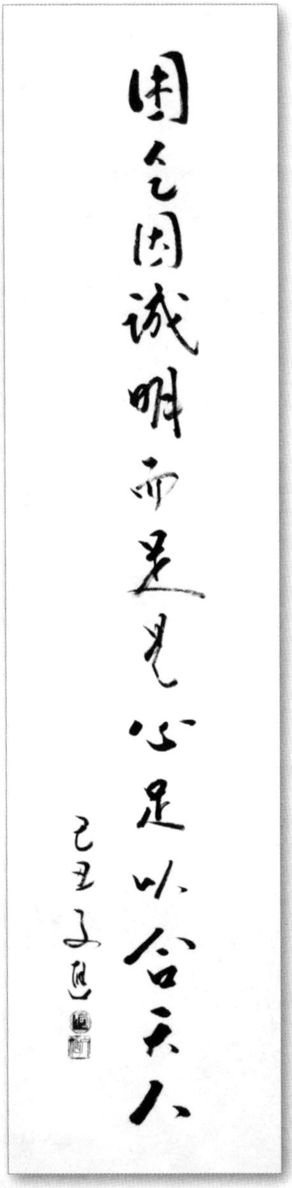

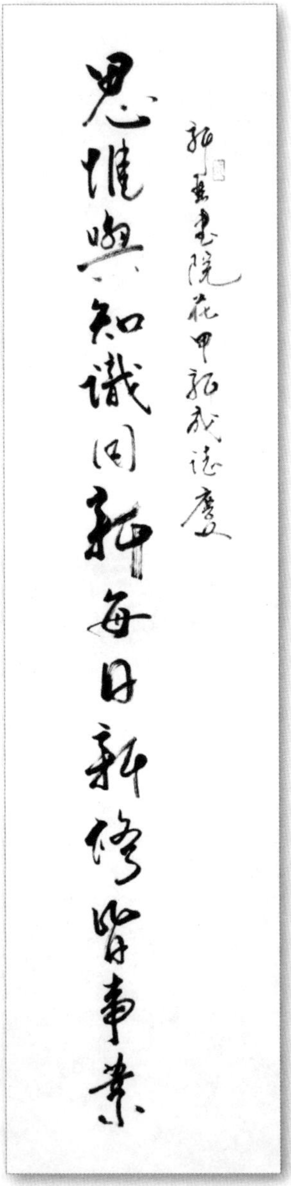

《百里自在》前言 *2005*

何子百里幼善丹青，宗嶺南，與余壯歲定交。旋移居北美洲，日訪名山，踏雲霧，賞湍流，盡得其靈氣，畫藝超凡入聖。其巨幅山水壯闊排奡而富豔精工，剛柔相摩，動人心魄。宜其譽滿中西，下筆而紙貴矣。非才品高逸而氣魄過人者，豈能至此。嶺南大宗師趙公少昂出則口不臧否人物，入則時而推許後學，百里與焉，蓋其巨幅山水世鮮能及也。

然善動者必能靜。百里為巨幅山水之餘，亦為水墨小品，成輕舟山水近百幅，豪雄收盡而見真淳，以簡約沖和之筆，描繪天心。非得大自在而與天地合其德者，豈能至此。百里嘗言，輕舟山水取意乎香港之渚岸，彼少壯已為之。及身在海外而情繫故園，起坐難平，更發憤寄意，不能自休矣。今百里復以香港為家，乃以其小品之上善者，結集以表思源反哺之心，題之曰百里自在，屬余敍之。此集足以傳萬世，吾名不滅矣。

百里昔抱道而往化西方，今抱道負名而回酬家國，雖顯而不忘其本。非具至情者，豈能至此。其至情之至，入乎畫圖，遂成乎其至美。然則百里豈徒以手作畫哉，是以情作畫也，其動人心魄也宜矣。

二十餘年來，余睹百里以騏驥之姿，馳騁中西而名滿天下，終則懷其土而思惠其民。懷其土，仁也；惠其民，義也；察山水之微，明也；合天地之德，誠也。仁且義，明且誠，百里其至矣乎。

原載《百里自在》。香港：香港大學美術博物館，2006。

信心 *2005*

　　二零零四年初，東華三院邀請我擔任香港中文大學和東華三院合辦的中大東華社區書院創校校長一職，中大也答應讓我轉往這重要的崗位作「開荒牛」。二零零四年十二月，我正式到社區書院上任。

　　在美國和加拿大，這些扮演初級大學角色的社區書院大都獲政府資助，學費便宜。除了收取高中畢業試成績平平的學生外，美、加的社區書院還吸引了一些家庭不富裕而中學成績卻不錯的學生入讀。香港的社區書院都不獲政府資助，學費比公營大學的還要高昂，所以一般只能吸引公開試成績不太理想甚或很不理想的學生。因為東華三院的鼎力支持，我們一開始就有二千萬港元作為獎助學基金。我們設定規格最高的獎學金可以延續到學生讀大學本科最後一年，所以第一年我們便吸引了好幾位成績相當好的學生入讀。但公開試成績好的到底還是佔少數。在另一端，我們也錄取了少數中學會考成績很低，但因具備其他長處的學生作為試讀生。這樣參差的組合，符合政府「寬進嚴出」的指示，也符合教育工作者「有教無類」的理念。不過，對着這樣參差的組合，「因材施教」便也成為我們的座右銘。學習能力強的同學一定要予以精心琢磨，使他們覺得校方欣賞和善用他們的才能；至

於一般同學，我們首要的任務是幫助他們建立學習信心和誘發他們的學習動機。兩者其實是互為表裏的。

　　一個在考試中遭遇過挫折的同學，如果失去學習信心，便會失去希望，沒有希望便不會成功，到頭來便可能自暴自棄。建立信心的方法不是責罵和譏諷，而是鼓勵和關懷。我們要幫助這些同學發掘他們的興趣和認識他們的強項，並且對他們的一些成績加以表揚，使他們的學習信心得以確立。這樣，他們或許會將對某些學科的學習信心，延展到其他學科去。

　　另外，如果教師講課時深入淺出，清楚地指出應有的學習次序，詳盡地傳授重要的基本知識，同學便會培養出學習動機。我在大學教近體詩時，先要同學掌握詩格律；要掌握詩格律，便先要能夠分辨平仄。既然能夠分辨平仄，便不妨學習反切原理。這樣，同學看見一首律詩，便知道那不只是一堆文字，而是按近體詩格律填上去的文字。因為一首律詩要符合近體詩格律，如果懂得近體詩格律，讀錯詩中字詞的危險便會大減。在日常生活裏，因為已熟習平仄和反切，所以遇到一個不認識或已讀錯的字時便可以查字典切出正確讀音。這樣同學便知道怎樣查字典尋正讀，又知道讀詩和作詩原來是有活生生的規律的。古人作詩時要跟從詩格律，今人也要；古人有能力寫近體詩，今人也有。同學學會了以上的基本功，便不會視學詩為畏途，甚至會主動拿起一些古人的近體詩來審視格律。這樣，我們便誘發了同學的學習動機，培養了他們的學習興趣，建立了他們的學習信心。舉一反三，教別的科目也要打好學習基本知識的基礎。學習時有信心，做人才

會有信心。在社區書院裏，建立同學的學習信心是一項挑戰，不過，我們有信心接受挑戰。我們相信，有信心才會成功。

原載《百家聯寫》。香港：公民教育委員會、青年事務委員會、香港作家協會、廉政公署，2006。

《生命中該有的》序 *2006*

　　二零零六年一月七日星期六，香港黃昏六時二十八分，寶華從英國牛津發了一個電郵給我，告訴我她有一本談人物專訪心得的書快要出版，請我為那本書寫一篇序文。我當時還在辦公室，於是回了她一個電郵，答應為她的新書寫序。未幾，她也覆了我一個電郵表示謝意。從我收到寶華的第一個電郵到收到她的第二個電郵，相隔還不到一個小時。回想上世紀七十年代初期，當我在英國倫敦留學的時候，從香港寄一封空郵到倫敦動輒要六、七天，書信來回便要十多天，和現在的差異實在太大了，眼前的現實反而看似虛幻。我立刻陷入回憶之中。

　　回憶把我帶到一九八零年的下半年，我當時為商業一台主持早晨節目，每星期總有一天要做一個名人專訪。一些當時接受過我訪問的名人，如新馬師曾、關德興、鄧寄塵、簡而清、簡而和、王司馬，都相繼辭世了。王司馬走得最早，他的年紀比我大不了許多，正是英年早逝，而他的漫畫卻長留天地之間。其他接受過我訪問的朋友都不年輕了。我自然也不年輕，也不再活躍於廣播界。不過，看到好學不倦、精力充沛、做事認真、有上進心的張寶華，我仿佛也看到少許自己的影子。

訪問王司馬先生（1980）

訪問龍剛導演（1980）

訪問周梁淑怡議員（1980）

訪問許鞍華導演（1980）

做事不認真不能成為一個成功的訪問者，做事認真但不靈活也不能成為一個成功的訪問者。成功與否就取決於電視、電台、報章雜誌的訪問節目或文章的素質。我看過寶華的電視訪問節目，也讀過她的雜誌訪問文章，我認為她是成功的訪問者。我接受過不少訪問，有些訪問者事前懶得花工夫做「家課」，對受訪者的背景、近況幾乎一無所知，訪問期間便很難有真正的交流，播放的訪問節目和寫出來的訪問文章自然也很難感動人。寶華替我做訪問時，事前作了不少準備，訪問時又能抓住重點，使過程充滿生命力，使訪問變得饒有意義。訪問者一定要設定了重點和角度，引導受訪者提供形神兼備的資料，才有機會製作出一個動人的訪問節目和寫出一篇動人的訪問文章。

　　論訪問經驗，論訪問手法，論訪問態度，寶華遠勝於我，還是讓她現身說法吧。

原載《生命中該有的──張寶華談人物專訪》。香港：香港教育圖書公司，2006。

《中東匯》創刊勉詞 *2006*

中大東華社區書院成立才一年多，我們的學生報《中東匯》就創刊了。這份創刊號反映了我們的編輯和記者的魄力。從此，《中東匯》就會成為校園消息的收發站，校方與學生組織之間就會多了一個交流資訊和交換意見的平台，教職員與學生之間就會多了一股凝聚力，師生關係就會更趨密切。

學生報編輯委員會並不隸屬於學生會的幹事會。這編制來自幹事會的構思，完全體現了編輯自主的精神。我們的學生報應該朝哪個編輯方向走呢？這使我想起聯合國教科文組織（UNESCO）針對公共廣播服務而採納的四個核心原則：普及性（universality）、多元性（diversity）、獨立性（independence）和獨特性（distinctiveness）。在校內，我們的學生報其實也應該恪守這些原則。它要普及，因為它為全校教職員和同學服務。正因如此，它的題材一定要多元化，凡足以影響師生和引起師生關注的題材都不要錯過。為了能夠不偏不倚地報道消息和評論事件，編輯和記者不應讓校方和其他學生組織左右，所以學生報的獨立性一定要受到尊重和保護。一份有影響力的學生報不是一般的報紙，而是非一般的報紙，所以它要建立它的獨特性，以獲得讀者的重視。這是我對學生報《中東匯》的期望。

我對學生報的編輯和記者也有期望。我在大學唸書時,也當過學生報編輯。那是很難得的經驗。新聞工作要我們有敏銳的時事觸覺、獨立的思考能力和特強的敍述和分析能力,要我們在短時間內了解事件內容以及作出中肯、扼要的報道和評論。這是非常有用的訓練。我期望《中東匯》的編輯和記者努力吸收這難得的經驗,為學生報建立優良的傳統。

編輯們,記者們:明年初退休後,我會繼續關心你們的活動和細味你們的成果。我在此謹祝由林敏婷同學作首任總編輯的學生報《中東匯》散發萬丈光芒,明照書院內外。

(2005)

原載《中東匯》創刊號。香港:香港中文大學 — 東華三院社區書院學生會編輯部,2006。

帶不走的回憶　*2007*

　　今年五月，周策縱老師悄悄地離開了我們，帶走了我們的心，卻帶不走我們的回憶。

　　一九七一年五月，我正在拼命趕寫碩士論文。那時剛好學期末，我的論文指導老師羅慷烈先生比較清閑，於是請我去喝茶。閑談間，羅老師告訴我，他已經為我找到校外考試委員，那是美國威斯康辛大學的周策縱教授。研究生最怕遇上挑剔不講理的「考官」；若遇上了，幾年心力便會毀於一旦。所以我第一個反應就是問：「他嚴格嗎？」這個問題問得很真，也問得很笨。嚴格有甚麼不好？羅老師很隨和，也不以為忤。他說：「周先生的學問很大，今古無所不通。」不過最後還是補了一句安慰的話：「周先生是我的好朋友。」羅老師這個決定，便像為我請了個菩薩來，在隨後的三十年一直護祐着我。

　　周策縱教授是古學泰斗，但我們香港大學的同學卻是因為讀他的《五四運動史》英文原著而知道他。後來我在圖書館翻閱周教授的書，才知道他的古學素養甚高。有一天，羅老師拿了一本一九六八年二月出版的《明報月刊》給我看，裏面有周教授一九六七年作的〈星島紀遊字字迴文詩〉。星島即新加坡。周教

授用了「星淡月華艷島幽椰樹芳晴岸白沙亂繞舟斜渡荒」二十個字順讀、迴讀、隔字讀，可得詩詞千首以上。可見周教授腦筋靈活，有創意，並且喜歡遊戲。詩題下寫「一九六七年十二月十八日於威斯康辛陌地生」。原來他把 Madison 音譯成「陌地生」，真是既傷感又諧趣。羅老師説：「你研究雜體詩，周先生寫雜體詩，你們是同道。」羅老師有六朝風度，總是能欣賞人。他自己也是作手，所以才和其他作手同聲相應。

七一年夏天，我呈交了論文，在校內考了筆試和口試。九月便離開香港，遠赴英國，在倫敦大學東方及非洲研究學院攻讀博士學位，並且認識了名滿天下的漢學家劉殿爵教授。那時才知道原來劉教授和周教授是非常要好的朋友，而且劉教授更去過威斯康辛大學陌地生校園當客席教師，和周教授日夜論學。往日的情景，由劉教授娓娓道來，令我心馳神往。劉教授還説過，當時的漢學家，論功力，當以周公為第一。

終於在七一年冬天，接到羅慷烈老師的航空郵柬和郵柬內的一個好消息。周教授的校外考試委員報告收到了，給予論文很高的評價。他寫了十多張原稿紙，中途還作起詩來。羅老師説周教授在報告中提出了好些有用的意見，供我日後出版論文時參考。羅老師建議我向港大文學院索取報告書副本。這件事我做了。副本至今仍保存着。羅老師又建議我立即寫信給周老師，「結海外文翰因緣」。這件事我也做了。周老師很快便回信。一九七一年是重要的一年：我開始遊學，認識了劉殿爵教授，也認識了周策縱教授——只是還未見過面。

初見周教授是在一九七三年，我當時往美、加探望親友，特別造訪陌地生，在周府作客。甫出機場，便見到灰白短髮、精神暢旺、笑容燦爛的周策縱老師。他奪過我其中一件行李，牢牢拿着，便興高采烈地和我往停車場走。到達周府，認識了師母吳南華醫生、他們的大女兒聆蘭、二女兒琴霓，還有牧羊狗知非。師母爽朗慈祥；兩個女兒才十多歲，非常活潑友善；知非馴良懂性。周府的客廳可容百人，知非從小不獲准進客廳，不論我們在客廳玩得多熱鬧，牠只會在門口觀賞。

　　周老師的書房可容數十人，不過厚厚的地毯卻被滿地的書掩蓋了。周老師和我談學問談得興起，便要找書作印證。只見他一會兒涉水般從老遠的角落檢起一本書，一會兒又涉水般走到另一個角落檢起一本書，就像玩尋寶遊戲，不過他總記得哪件寶物藏在哪兒。周老師就是這樣在書房裏縱橫書海，確是奇觀。

　　在陌地生也不單是玩樂，也通過周老師認識了不少威斯康辛大學陌地生校園的學者。周老師還安排我作了一個學術聚談。大概談得不錯吧，因為一九七四年夏天突然接到周老師一封電報，着我去陌地生校園教中國文學和哲學。那時我還未寫完博士論文。

　　在陌地生的兩年中，不但得到周老師、周師母和兩位女公子的照顧，還得到不少同事和學生的關懷和幫助。七十年代在英、美大學找工作殊不容易。作為一個從沒在美國接受過教育的外國人，如果沒有周老師的提拔，我休想二十多歲便走進一所美國著

名大學教漢學。

我回到香港工作後，周老師常來探望，偶然會在我家中小住。師母和兩位女公子也來過香港，我們每次見面都非常開心。

一九七八年，劉殿爵教授獲香港中文大學禮聘，設座中文系。一九七九年春天一個晚上，劉教授打電話給我，問我有沒有興趣去中大教書，我說有。接着就是填寫申請表格和面試。就這樣便在香港中文大學中文系、新亞書院以及大學本部工作了二十五年半，位至教務長。退休後，得到中大同事的獎掖，仍任中文系榮譽教授，和周老師同榜；又任新亞書院榮譽院務委員，繼續為書院服務。有這樣的運氣，都因劉教授二十多年前一個來電。

周策縱教授與愛犬知非（1973）

我申請到中大中文系任教時，須要提供幾個諮詢人的姓名，周策縱老師自然是其中一個。還有些事我當時不知道，後來才知道。就是我每次升等，周老師都是校外評審委員。教師升等是非常機密的事情，由人事處邀請校外（多數是海外）四位學者負責評審。我和校內其他教師一樣，每次順利過關，其實要感謝四位學者。在我來說，每次都能夠讓周老師評審，我就覺得饒有意義。當然，周老師是國學權威，像我們研究古典文學的，不找他評審才怪。我前面說周老師像菩薩般護祐着我凡三十年，並沒有半點誇張。

　　周老師是學術界巨人，卻從不自滿。他沒有大師的架子，只有學者的真誠。他對周遭大小事情都感到好奇，想了解，想學習，總之有知識就要吞。一有所得，便樂半天。因此，日常瑣事往往無法兼顧。師母、兩個女兒、同事、朋友、學生都說他糊塗。說多了，他也樂得繼續糊塗，由大家負責提點。我們做學生的，難得有些地方勝過老師，都樂於在日常瑣事上回報一下。反正在學業上、事業上，我們欠周老師實在太多了。

　　每次打電話給周老師，他總是親自接聽。知道是我，便提高聲音叫一聲：「Richard！」然後便侃侃而談，不說客氣話，態度真摯可愛。去年秋天，我打電話給周老師，他也是侃侃而談；但似乎沒留意我說的話，只是很專心地講他在想的事情。我立刻有一種感覺：周老師老了。今年初，我又打電話給周老師，不過接聽的是南華師母。師母說，周老師的辨析能力正急促下降，很少講話。但她補充了一句：「不過他一定很高興聽你的電話。」然後

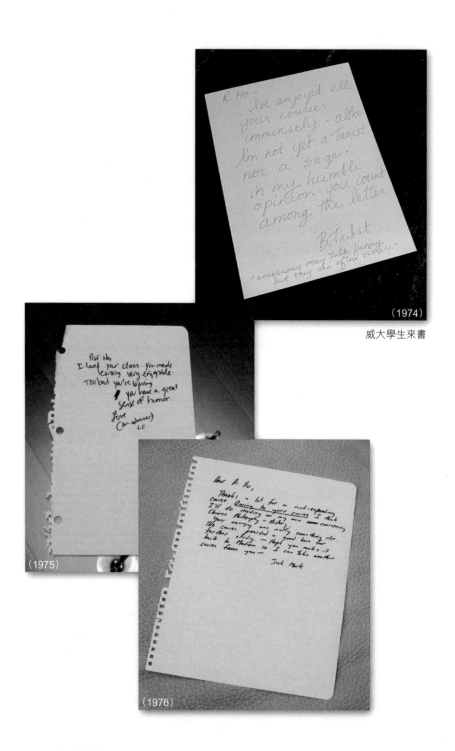

（1974）

威大學生來書

（1975）

（1976）

as an external member of the final examination committee in 1971 of his Master's degree at the University of Hong Kong. I was also the one who first appointed him Lecturer of Chinese Language and Literature in 1974 at the University of Wisconsin, and then Assistant Professor therein in 1975, when I was Chairman of the Department of East Asian Languages and Literature of that university. In the subsequent years I have also followed his academic developments quite closely.

In my judgment, it is highly justified to promote Dr. Ho to Reader or full Professor now. The reasons are:

(1) Professor Ho's published studies of Chinese poetry have made substantial contribution to the field. Particularly

周策縱教授打字稿

春遲

二千年開歲，予再應邀來香港中文大學客座三月，恰逢春寒，偶讀故交金庸先生在杭州講辭，適老友鄭子瑜教授寄示一九三四年第一首習作〈春歸〉七絕囑和，因步原韻。

我共春來春趣遲，
香江寒意蝶先知；
故人每與蝶爭艷，
袖手興言便是詩。

周策縱未是稿

——二千年一月二十二日，于香港中文大學逸夫書院雅群樓G03號寓廬。

忱烈教授吾兄郢正　弟周策縱未是稿二千年二月二十三日

周策縱教授手稿

便向周老師說：「是 Richard。」周老師接過電話，先是熱烈地喚了一聲：「Richard!」跟着含糊地說了幾句話，便寂然無聲了。

接着幾個月，我不想打擾師母，轉而和聆蘭、琴霓通電話。她們都住在周老師附近，非常清楚父親的近況。據她們說，周老師日常已經不說話，但仍會翻書。這生活方式維持到進醫院那一天。

周老師離去後，我去探望劉殿爵教授。劉教授不良於行，足不出戶，見到我自然高興。我一邊和劉教授談話，一邊看着牆壁上那幅周老師送給劉教授的書法。我並沒有和劉教授談起周老師，因為我希望他暫時保有愉快的心境。一個月後，羅慷烈教授拄着枴杖和我去酒家吃午飯。他已經從《明報月刊》中得知周老師的消息。我一再感謝羅老師三十六年前把我的碩士論文交給周老師評審。

我在想：走前的幾個月，周老師一反常態，不言笑，不寫作；現在，沒有肉身約束着的周老師，會不會在回復常態之餘，又變本加厲，比以前更活潑好動，更忙於追求知識呢？我想他會。我早晚會知道。

原載《中國文哲研究通訊》第十七卷第三期。臺北：中央研究院中國文哲研究所，2007。

《粵讀》序　*2007*

一

　　二零零四年初，我和黃念欣博士在香港電台（RTHK）同時期主持了兩個關於「粵語正音」和「粵音正讀」的節目。第一個是《粵講粵啱一分鐘》七十五講，從星期一至星期五分十五個星期播放。我負責星期一、三、五播出的粵音正讀四十五講，黃博士負責星期二、四播出的粵語正音三十講。同時，我們又主持了十五集每集半小時的節目《粵講粵啱聽》，和上述《粵講粵啱一分鐘》節目相互配合，分十五個星期播放。《粵講粵啱聽》設有三個環節。第一個叫〈粵有詩意〉，由我負責，旨在示範粵音正讀在誦讀古典詩歌時的重要性。第二個環節叫〈粵唱粵動聽〉，由黃博士負責，旨在指出一些歌手演繹粵語流行曲時的錯音錯讀。第三個環節叫〈翻粵歷史〉，由我負責，旨在闡釋一些源遠流長的粵口語常用字和常用詞。

　　二零零六年十月，香港無線電視（TVB）開始播映該電視台和香港中文大學中文系合作的節目《最緊要正字》，隨而掀起了談論正字、正音、正讀的風氣。該節目還在全港「2006 電視節目欣賞指數調查」第四季度調查中得到第一名，集數由最初計劃的八

集增加至十九集。就在這正字、正音、正讀風氣籠罩香港的情況下，博益出版集團向我索稿。我立刻想起了兩年前的電台講稿。知會過香港電台的有關節目監製後，我便把當年由我主持的環節的講稿整理好，交給博益出版。

《粵講粵啱一分鐘》有關粵音正讀的四十五篇講稿，修改和增補後成為本書第一章：〈粵讀求真〉；〈粵有詩意〉的十五篇講稿修改和增補後成為本書第二章：〈粵讀行遠〉；〈翻粵歷史〉的十五篇講稿修改和增補後成為本書第三章：〈粵讀懷古〉。為了幫助讀者深入了解第二章談及的詩格律，我把一九九八年發表在博益出版的《香港詩情》一書中的文章〈近體詩格律淺說〉放在本書附錄。為求簡潔易記，本書取名《粵讀》。

整理講稿是頗費時的工作，主要因為當時的講稿用粵口語語法撰寫，而今天的書稿要用白話文語法撰寫，所以變換語法和詞彙時要費點心力。《粵講粵啱一分鐘》講稿所需要的改動尤其大，因為一分鐘的講稿很短，沒法較深入地探討問題，所以書稿中這四十五篇的長度都增加了。最重要的是全書七十五篇的每一篇都一定引用《廣韻》的切語作為粵讀的依據。這裏我要感謝黃寶芝女士在教學之餘協助我把講稿改成書稿、韓彤宇女士在教學之餘為我校閱書稿，以及李今吾先生擱置其他事情替我審訂書稿。這本書能趕及七月書展前出版，全賴他們助我一臂。

二

因為書中每一篇文章都引用《廣韻》和同一系統的韻書的切語作為粵讀的依據，而看過《廣韻》的人到底比較少，所以我在這裏說一下《廣韻》在音韻史上的地位。

隋文帝統一中國之後，領導層和士人便着手統一南北朝以來紛亂的文字和讀音。讀音方面，陸法言、劉臻、顏之推等人論南北是非、古今通塞，於隋文帝仁壽元年（601）撰定《切韻》，以五卷分載四聲。平、上、去、入四聲中，平聲字特別多，所以分為「上平聲」和「下平聲」兩卷。注音用「反語」，例如「之：止而反」、「林：力尋反」。《切韻》可說是中古韻書之祖，影響後世甚鉅。

唐朝開元年間開始賦詩取士，所以對讀音尤其講究。孫愐鑒於《切韻》一書「隨珠尚纇，虹玉仍瑕，注有差錯，文復漏誤」，於是加以刊正增收，於天寶十載（751）勒成《唐韻》一書，「蓋取《周易》、《周禮》之義也」。可見孫愐其實是以他的韻書為作於唐代的《韻》，不僅是《切韻》的延續，而且是改正了《切韻》有差錯的注釋和修補了《切韻》有漏誤的文字。體例方面，《唐韻》仍依《切韻》以四聲分載於五卷，注音以「反語」為主，偶用直音。

到了宋初，政府以「舊本既譌，學者多誤」為理由，把《切韻》（以及《唐韻》）刊正重修。大中祥符元年（1008），宋真宗乃下勅賜名：「仍特換於新名，庶永昭於成績，宜改為《大宋重修

廣韻》。」於是這本宋朝韻書便稱為《廣韻》。《廣韻》和《切韻》、《唐韻》一樣，以四聲分載於五卷，但是改「反語」為「切語」，例如「之：止而切」、「林：力尋切」。《廣韻》的體例，成為後來韻書的楷模。現今《切韻》和《唐韻》只餘殘卷，所以《廣韻》便成為全中國普通話以外的方言審音必備的韻書。

北方話受到外來語音的嚴重干擾，早在金元時期已經局部脫離《廣韻》系統，成為普通話的前身。元朝周德清作《中原音韻》，紀錄了北方話平分陰陽、入派三聲的特性。《廣韻》系統的入聲，分別讀陽平、上聲和去聲，當時沒有入聲字派入北方話的陰平聲。其後，一部分原入聲字讀了陰平，其他的也不斷變更聲調，於是和《廣韻》系統相去更遠。周德清《中原音韻·正語作詞起例》更譏《廣韻》所載是「閩浙之音」，可見當時《廣韻》系統的音讀已隨士大夫南移了。但是北方言區以南的音讀還在不同程度上貼近《廣韻》系統，用以審音的韻書還是以《廣韻》為主。

不懂音韻的人很容易受到《廣韻》的「上平聲」和「下平聲」二詞所誤導，以為是兩種不同調值的平聲，好像後世的陰平、陽平之類。這理解當然是錯誤的。中古平、上、去、入四聲都不分「陰」、「陽」，只分「清」、「濁」。清和濁指不帶音和帶音，並沒有明顯的音階分別。其後清變陰，濁變陽，才有明顯的音階分別。所以「上平聲」和「下平聲」在當時是絕對不會引致誤解的，一看便知是「平聲上卷」和「平聲下卷」。

近代著名音韻學家王力在《漢語音韻學》一書第二十二節中

説：「《廣韻》上去入聲各一卷，惟平聲韻分上下兩卷，而有上平聲一東二冬，下平聲一先二仙等字樣。普通人很容易誤解其意以為上平與下平不同。但錢大昕引宋魏了翁云：『《唐韻》原本為二十八刪，二十九山，三十先，三十一仙。』可知平聲本只一類，不過因卷帙頗多而分為二卷罷了。」他的意思是，宋人還及見《唐韻》全本，《唐韻》的「上平聲」二十八刪、二十九山、三十先、三十一仙，在《廣韻》分屬「上平聲」二十七刪、二十八山和「下平聲」一先、二仙。可見韻部因分合而移動，先、仙二韻由《唐韻》的平聲上卷移到《廣韻》的平聲下卷，兩卷平聲並非屬於不同調類。

另外，王力在《漢語音韻》一書第四章「注一」中又說：「平聲字多，分為兩卷。上平聲、下平聲只是平聲上、平聲下的意思，不可誤會為陰平、陽平的分別。」可見王力很擔心我們因誤解「上平聲」和「下平聲」的意思而鬧笑話。

《廣韻》成書之後，韻部時有分合，不過合就遠多於分，這都在其後的韻書中顯示出來。《切韻》、《唐韻》、《廣韻》四聲五卷的體例，在宋代開始起了變化。《集韻》因所收字較《廣韻》多二萬餘，故平聲分為四卷，稱平聲一、二、三、四。上去入聲各分二卷，稱「上聲上」、「上聲下」、「去聲上」、「去聲下」、「入聲上」、「入聲下」，合共「十聲」。金朝《五音集韻》分十五卷（「上平聲」、「中平聲」、「下平聲」各二卷，「上聲」、「去聲」、「入聲」各三卷），元朝《古今韻會舉要》分三十卷（「平聲上」五卷、「平聲下」五卷、「上聲」六卷、「去聲」八卷、「入聲」六

卷），明朝《洪武正韻》分十六卷（平聲六卷、上聲三卷、去聲四卷、入聲三卷），清朝《音韻闡微》分十八卷（平聲六卷、上聲四卷、去聲四卷、入聲四卷），雖然卷數不同，但並沒有脫離《廣韻》的平上去入四聲的系統。十五卷、三十卷、十六卷和十八卷並不表示漢語分為十五、三十、十六和十八個不同聲調。

北方話以外的方言一定要用《廣韻》或同系統韻書擬出正讀。臺北出版的《中文大辭典》每字後先引《廣韻》、《集韻》、《韻會》等韻書的切語，然後注國語讀音。上海出版的《漢語大詞典》每字後先注普通話讀音，然後引《廣韻》切語以便擬出方言讀音，不見於《廣韻》的字便用《集韻》或其他韻書的有關切語。

三

本年初，有一位專欄作家趁着整個香港在談論正讀的熱潮，以曾與王力論學的語音專家身分出版專書，廣送政府部門和學校，反對用《廣韻》擬出粵音正讀，引起了傳媒的注意。該專欄作家提出的理由是：「廣府音韻有九聲，《廣韻》只有五聲，是故若完全依《廣韻》來轉讀，那麼，廣府話有四個聲調就要作廢。」（該書頁30）又：「廣府話有九聲，《廣韻》祇有五聲，倘全依《廣韻》，廣府話便已有四聲作廢。摧殘方言，莫此為甚。」（該書頁148）他對《廣韻》的誤解，就正如王力所指的「普通人很容易誤解其意以為上平與下平不同」，也犯了王力所指的「上平聲、下平聲只是平聲上、平聲下的意思，不可誤為陰平、陽平的分別」。

其實會反切的人一看《廣韻》便知「上平聲」和「下平聲」每一個韻部都載有現今的陰平聲和陽平聲字。「上平聲」一東第一個小韻是「德紅切」，這是清聲母平聲，即後世的陰平；第二個小韻是「徒紅切」，這是濁聲母平聲，即後世的陽平。再看「下平聲」一先，第一個小韻是「蘇前切」，這是清聲母平聲，即後世的陰平；第五個小韻是「胡田切」，這是濁聲母平聲，即後世的陽平。他大抵以為「上平聲」即「陰平聲」，「下平聲」即「陽平聲」，才會以為中古的平聲分上平、下平兩個調類。那麼粵音九聲中要「作廢」的可能是兩個上聲的其中一個、兩個去聲的其中一個，以及三個入聲的其中兩個吧？但奇怪的是，我們用了《廣韻》近千年，為甚麼粵音聲調反而多了「四個」呢？又為甚麼我們如果繼續用《廣韻》正粵讀，粵音有四個聲調便會作廢呢？

當然，如果「五聲」指的是「分置五卷的聲」，那便毫無問題。像元代《古今韻會舉要·凡例》說：「舊韻上平、下平、上、去、入五聲凡二百六韻，今依『平水韻』併通用之韻為一百七韻。」其中「五聲」指的是《廣韻》分置五卷的聲，計為上平聲二十八韻、下平聲二十九韻、上聲五十五韻、去聲六十韻、入聲三十四韻。但如果誤會上平和下平兩聲是兩個調類，然後硬要把這子虛烏有的「五個調類」和現今粵音的九個調類作比較，那就顯得相當無知了。

該專欄作家之所以誤《廣韻》的上平和下平為兩個調類，是因為他沒法分辨上平和下平每個韻部裏每個小韻現在的陰陽聲調；他之所以沒法分辨小韻的陰陽聲調，是因為他不明白反切的

原理。但反切卻是學中文的基本功。清代江永《音學辨微・辨翻切》說：

> 讀書而不知切字，譌讀必多；為師而不知切字，授讀必誤；著書而不知切字，流傳必謬。

正道出反切的作用。如果不明白反切的原理，便沒有分辨讀音對錯的能力，所發表的相關理論自然充滿謬誤了。

我說該專欄作家不明白反切的原理，只須舉兩個例。第一，該作家說：「『相』、『尚』、『向』等字，莫非都要依韻書『正音』為『息良切』、『時亮切』、『許亮切』？若如是，不如明令公布禁止講粵語。這些字，照粵音讀法，『相』字如果拼為『息良』，那就是『常』音，除非提高聲調，否則讀不出『相』（『雙』音）；『尚』字讀『時亮切』，依粵音來切，則是宰相的『相』音；『向』字亦然，那就幾乎是要用國語來取代廣府音了。」（該書頁 101）這段文字顯示了該作家不懂得反切「上字辨陰陽，下字辨平仄」的原理（現在的「上字辨陰陽」由中古的「上字定清濁」演變而成）。因為他沒法理解「相」字的《廣韻》切語為何是「息良切」、「尚」字的《廣韻》切語為何是「時亮切」，以及「向」字的《廣韻》切語為何是「許亮切」，所以他便以為反切是為普通話而設的。這個不正確的觀點在書中隨處可見，茲舉兩例：「它〔電視台〕是將粵音一律依韻書的音，依國語來讀，根本漠視廣府話的中州音韻傳統。」（該書頁 88）「查《廣韻》來『正』廣府話的音，實際上等於將廣府話來『國語化』，亦即是廢棄廣府話。……倘

如將他認為是『正音』的字，用國語來讀，你就明白是甚麼一回事了。」（該書頁105）可見該作家對《廣韻》的誤解很深。其實上述三個切語都很容易理解。「息」是陰入聲，「良」是陽平聲，「息」、「良」相合便成陰平聲，所以「相思」的「相」字讀陰平聲，並非如該作家所說的「息良切」讀作陽平聲的「常」。又「時」是陽平聲，「亮」是陽去聲，「時」、「亮」相合便成陽去聲，所以「尚」字讀陽去聲，而不是讀作陰去聲的「宰相」的「相」。「許」是陰上聲，「亮」是陽去聲，「許」、「亮」相合便成陰去聲，所以「向」字讀陰去聲。「許」是「曉」母字，所以「許亮切」的粵讀不可能是「宰相」的「相」。連這三個淺易的切語都應付不了，如何是好呢？

第二，該作家認為若「綜」字要依「子宋切」讀作「眾」而不能讀作「宗」，若「銘」字要依「莫經切」讀作「明」而不能讀作「茗」，那麼「『雍正』便要依《廣韻》讀去聲二宋韻，讀為『用正』，不能將『雍』字讀陰平聲，可耶？祇須抽秤這一個音，便知『綜』、『銘』之『正音』為『眾』、『明』，實在是盲目欺世。」（該書頁123）這段文字一再證明該作家不懂反切原理。「子」是陰上聲，「宋」是陰去聲，「子」、「宋」相合便成陰去聲，不是陰平聲。「莫」是陽入聲，「經」是陰平聲，「莫」、「經」相合便成陽平聲，不是陽上聲。「雍」字在《廣韻》中有兩讀，第一讀是「於容切」，解作「和也」，「於」是陰平聲，「容」是陽平聲，「於」、「容」相合便成陰平聲，「雍正」的「雍」讀陰平聲，解作「和」，正是依據「於容切」的讀法和解法。「雍」的第二讀是「於用切」，

解作「九州名。……又姓」。「於」是陰平聲，「用」是陽去聲，「於」、「用」相合便成陰去聲，與「和」義無涉。這個「雍」字既然要讀陰去聲，該作家卻竟然用陽去聲的「用」字去表音，於是又露出破綻了。還有，陰去聲的「雍」字並不在《廣韻》的「二宋」韻，而是在「三用」韻。試想想，「於用切」的切語下字既然是「用」，這個切語又怎會不屬於「三用」而屬於「二宋」呢？其後「平水韻」把通用韻部合併，於是「用」韻歸入「宋」韻，「用」韻便從此消失，成為「平水韻」去聲「二宋」韻的一部分，但那是《廣韻》以後的事了。

該作家之所以不能反切，可能因為他還未完全懂得分辨平上去入的方法。我又舉兩個例。第一，該作家說：「例如『趯』（近dat音〔ˉdɛk〕）字（走趯、趯路），這個字音凡廣府人都一定識讀，而且一定讀為去聲。」（該書頁 39）既然他認為「趯」字是〔-t〕或〔-k〕收音（雖然我不明白為甚麼〔ˉdɛk〕會讀如 dat，除非那人發音非常不正確），那「趯」就是入聲字（凡是〔-t〕、〔-p〕、〔-k〕收音的字都是入聲字），怎會「一定讀去聲」呢？如果一定讀去聲，「趯」就不會以〔-t〕或〔-k〕收音了。

第二，該作家說：「『誤』、『忤』，廣府話讀為『悟』與『午』（後者如『忤逆』）；一個是陽去聲，一個是陰去聲，若依《廣韻》，一律讀為『五故切』，那麼，『忤逆』就要讀為『誤逆』。」（該書頁 127）他說得對，「忤」和「誤」是同音字，都讀陽去聲，如果不查字典怎會知道？所以多查字典，可以減少錯讀。該作家說「悟」是陽去聲，一點不錯；但他說「午」是陰去聲，那就錯了。

「午」是陽上聲，懂得怎樣調聲的一定不會弄錯。不辨陰陽，反切必錯無疑。

該作家不辨陰陽，不辨上去入，即是基本的調聲能力不足，難怪他以為《廣韻》上平和下平是兩個不同的調類，因為他沒能力證明它們是相同的調類。不然，他便會說：「粵音有九聲，《廣韻》只有四聲，是故若完全依《廣韻》來轉讀，那麼，廣府話有五個聲調就要作廢。」但這樣説也不對。該作家如果知道《廣韻》四聲都分清濁，等於共有八調，便會明白廣府話九聲沒有任何一個聲調要作廢。

不過，「有聲調作廢」這觀念也不正確。該作家以為尋求與《廣韻》聲調對應等於像瑞典漢學家高本漢一樣重建中古音，當然他也不知道中古音的聲母分清濁，所以才有方音聲調「作廢」這樣奇怪的想法。當我們拿方音跟《廣韻》尋求聲調對應時，只談中古聲調如何「分派」到方音裏，並不倒轉過來談方音哪些聲調將要「作廢」。事實上，現在一般方音的調類都較中古音的「八調」少，有聲調「作廢」的應該是中古音而不是現在的方音。廣州音跟《廣韻》時代的中古音對應得非常好，固然沒有聲調「作廢」；而且中古音〔-m〕、〔-n〕、〔-ŋ〕鼻音韻尾和〔-p〕、〔-t〕、〔-k〕塞音韻尾都完全保留了。這是近乎完美的對應。至於中古聲調的分派情況也不複雜，只有中古全濁聲母上聲字大部分讀陽去聲（即「陽上作去」），而中古次濁聲母上聲字主要仍讀陽上聲；中古清聲母入聲字讀陰入聲或中入聲，前者以短韻腹元音為主，後者以長韻腹元音為主。

其他北方話以外的方言在審音時都難免要跟《廣韻》尋求聲調對應，只是過程一般較粵語複雜。但是論聲調對應，都只着眼於「分派」而已。以下據王力《漢語音韻學》、袁家驊等《漢語方言概要》、李榮等《現代漢語方言大詞典》的有關詞典以及有關人士的示範，自南至北舉幾個音系為例。

閩南方言區廈門音有七聲：陰平、陽平、上、陰去、陽去、陰入、陽入。它的陰平調值較陽平為高，但陰去調值較陽去為低，陰入調值也較陽入為低。廈門音的陰陽定位沒有粵音那麼一致，因為粵音是陰高陽低的。但這並不妨礙廈門音跟中古音作聲調上的對應。廈門音上聲和普通話音一樣不分陰陽，中古清聲母和次濁聲母上聲字讀上聲，中古全濁聲母上聲字大部分讀陽去聲，其餘仍讀上聲。這「陽上作去」的現象跟粵音相似。基於這些聲調變化的規律，當然還有聲母、韻母變化的規律（包括聲母、韻母在文白異讀中變化的規律），講廈門話的人可以參考《廣韻》或同系統韻書擬出漢字的廈門音讀法。這樣做可以減少讀音上的爭議，比單憑個人感覺較有說服力。

客家方言區梅縣音有六聲：陰平、陽平、上、去、陰入、陽入。它的陰平調值較陽平為高，但陰入調值較陽入為低。中古全濁聲母上聲字大部分讀去聲，中古次濁聲母上聲字大部分讀陰平聲，只有在誦讀詩文時讀上聲，不留神便會顛倒平仄（一位近代客家學者的詩集載有口占五言絕句一首，末二句云：「著書成十卷，翻慶大有年。」這兩句的格律是「平平平仄仄，仄仄仄平平」，上聲的「有」字放在非平不可的位置，壞了格律。這是因

為客語日常把「有」這中古次濁聲母上聲字讀成陰平聲，詩人不留神便會忘記「有」字本來是上聲字）。因為梅縣音變化較複雜，所以用《廣韻》或同系統韻書為梅縣音審音時便不及審廣州音簡單。但站在客家話的立場看，作為審音工具，《廣韻》和同系統韻書還是沒有代替品的。

稍向北移，湘方言區長沙音有六聲：陰平、陽平、上、陰去、陽去、入。長沙音的入聲沒有塞音韻尾，只是由「24」調值代表。中古全濁聲母上聲字在長沙音中多讀陽去聲（陽去聲字讀書時則多作陰去聲）。基於這些變化規律，以及聲母、韻母的變化規律，講長沙話的人在審音時還是要參考《廣韻》或同系統韻書擬出漢字的長沙音讀法。

吳方言區蘇州音有七聲：陰平、陽平、上、陰去、陽去、陰入、陽入。它的入聲沒有〔-p〕、〔-t〕、〔-k〕韻尾，只有一個輕微的喉塞音〔-ʔ〕。「分派」方面，中古清聲母上聲字仍讀上聲，中古全濁聲母上聲字和絕大部分次濁聲母上聲字都讀陽去聲，只有幾個次濁聲母上聲字還留在上聲。所以蘇州音的「陽上作去」做得非常徹底。說到審音，蘇州音還是要從《廣韻》或同系統韻書中尋求對應，因為它保留了完整的四聲。

同樣地，從事粵語審音，《廣韻》和同系統韻書是極重要的工具書。它們並沒有代替品。

上世紀九十年代，我在圖書館看到一本在一九七九年寫成的

碩士論文，名為《聲韻學名詞彙釋》，作者是臺灣私立東海大學的研究生蔡宗祈。論文裏面有這段文字：「元、明、清三代之韻書，從《中原音韻》到《五方元音》，雖其書之體例與《廣韻》有異，其音屬於現代官話之系統，然以此期韻書與《廣韻》相較，其聲韻演變之迹，仍有線索可尋。而現代漢語方言，與《廣韻》聲韻系統亦有對應規律。則《廣韻》一書又成探求今語的重要材料了。」（論文頁 73）這番話很有道理。當時我還以為這些道理縱使不是專家也知道，今天我才明白這些道理縱使是專家也未必知道。該作家以語音專家自居，但他今天對《廣韻》的認識，還遠不及三十年前一個碩士生。

該作家不知道怎樣使用《廣韻》的切語，竟然以為那些切語是為國語而設的，所以便認為粵讀不能依靠《廣韻》，而只能依靠口耳相傳。終於他更索性自定口耳相傳的正讀，例如：「綜合」的「綜」要讀如「忠」，「錯綜」的「綜」才讀如「眾」；「姓樊」的「樊」要讀如「飯」，「樊籠」的「樊」才讀如「煩」；「革命」的「革」要讀如「甲」，「改革」的「革」才讀如「格」；「活躍」的「躍」要讀如「約」，「躍躍欲試」的「躍」才讀如「藥」；「愉快」的「愉」要讀如「預」，「歡愉」的「愉」才讀如「娛」。又例如：「簷」要讀如「蟬」，不能讀如「嚴」；「渲」要讀如「宣」，不能讀如「算」；「恬」要讀如「忝」，不能讀如「甜」；「銘」要讀如「皿」，不能讀如「名」；「漪」要讀如「倚」，不能讀如「依」（該書頁 246-248）。這無疑是把他自己日常讀錯的字都公開了，還要讀者跟他一起錯。這樣辛苦寫成一本書，目的只在告訴讀者他自己

沒認真看過《廣韻》，不會分辨陰陽平仄，不懂反切原理，又常常讀錯字；因而叫讀者不要查字典，只要跟他一起錯下去，「錯」便變成「對」。用這種方法跟自己開玩笑，的確非常少見。但該專欄作家的那本書少不免會荼毒一些讀者，所以姑且在這裏評論一下，以正視聽。

原載《粵讀》。香港：博益出版集團有限公司，2007。

《香港名家近體詩選》跋 *2007*

　　昔香港開埠未久，而國遭亂離。士庶南來，志不得伸。於是詩社立，吟詠興。社員以近體嗟身世，懷家國；興寄之風，於茲傳響。今南北通氣，四海一家，國不困窮，身不空乏，詩社乃無復舊日之盛，社員多但衒其文辭而已。然近體詩之格律神韻，亦賴以存焉。

　　我國自科舉廢後，學校棄詩律如遺跡。是以今之學人官宦，已鮮能分平仄，用反切，明詩律。讀寫近體詩無誤者，直如鳳毛麟角。薪火承傳，不絕如縷。有司厭舊，委金玉於草莽，誠可傷也。苞桑不繫，近體其將亡乎。

　　為此，余於一九八九年在新市鎮文化教育協會促成「全港學界律詩創作比賽」，以鼓勵學子自學平仄及近體詩格律。首兩屆由香港商務印書館贊助，其後由伍絜宜慈善基金贊助。比賽至今已歷十九屆矣。

　　時余意未安，乃於一九九零年向區域市政局建議舉辦「全港詩詞創作比賽」，單年比詩，雙年比詞，分公開組及學生組，藉以大開本地近體詩寫作風氣。此建議於同年獲區局接納。

一九九一年春，區局首辦近體詩創作比賽，一九九二年首辦填詞比賽。香港回歸祖國後，特區政府廢兩市政局，詩詞比賽乃由康樂及文化事務署接辦。自一九九一年至今，比賽已歷十七屆矣。

余在民辦及官辦兩比賽中參與評裁，未嘗間斷。因見每年參賽者近千，乃知吟詠風氣衰而不竭，詩律未遽亡也。

余又感於百餘年來，詩人翰墨流失甚多；今之存者，若不裒集推廣，恐將與名俱滅矣。遂於二零零二年向中文大學出版社陸國燊社長建議出版《香港名家近體詩選》，收錄香港詩人之近體佳作，每家五至十首。雖吉光之片羽，亦求利於傳世而已。存者選二零零三年底或以前四十歲或以上者，歿者選卒年四十或以上者。凡生長於香港或曾寄居香港之詩人皆可入選。此建議於同年獲中大接納。余乃邀何乃文、洪肇平、黃坤堯、劉衛林四學者組成編輯委員會，搜羅及校議詩人之作。四先生任教上庠，皆工詩，於香港諸詩社及其人物認識尤深。二零零四年，出版計劃獲本港慈善團體繼昌堂贊助。二零零五年底截稿。故作者小傳所述詩人行止亦止於是年。

此總集共收錄一百九十七家近體詩作。香港之詩人固遠不止此數，可知前輩遺翰多已湮沒。至於在世詩人則有不及相邀者，復有不欲應邀者。故詩集包羅未云周備，但為香港詩史之一鱗一爪而已。現一鱗一爪不猶勝於無龍乎。是集之成，足以開選輯香港今昔近體詩之先河。後之學者，大可編纂補遺，以至第二、三輯，則《香港名家近體詩選》可謂導夫先路矣。

編委會於徵詩時列出近體格式之禁忌有二，其一是「孤平式」，指「仄平仄仄平」、「仄仄仄平仄仄平」及「平仄仄平仄仄平」。其二是「三平式」，指句末連用三平。清詩格論二式頗詳，現先述「孤平式」。

　　清初王士禎〈律詩定體〉一文指出「仄平仄仄平」、「仄仄仄平仄仄平」及「平仄仄平仄仄平」三式不宜用於律詩，云：「五律凡雙句二四應平、仄者，第一字必用平，斷不可雜以仄聲，以平平止有二字相連，不可令單也。其二四應仄、平者，第一字平仄皆可用，以仄仄仄三字相連，換以平字無妨也。」此即謂五律「平平仄仄平」不可作「仄平仄仄平」，然「仄仄仄平平」則可作「平仄仄平平」。王漁洋又云：「凡七言第一字俱無論。第三字與五言第一字同例。凡雙句第三字應仄聲者可拗平聲，應平聲者不可拗仄聲。」於「仄仄平平仄仄平」而言，則此句可作「平仄平平仄仄平」，唯不可作「仄仄仄平仄仄平」或「平仄仄平仄仄平」。王又舉數例。於律句「懷古仍登海嶽樓」之「仍」字後注云：「此字關係。」此即謂「仍」字不可代以仄聲字，否則此句便成「平仄仄平仄仄平」。又在律句「玉帶山門訪舊遊」之「山」字後注云：「此字關係。」此即謂「山」字不可換以仄聲字，不然此句便成「仄仄仄平仄仄平」。又在律句「待旦金門漏未稀」之「金」字後注云：「此字必平。凡平不可令單。此字關係。」又在律句「劍佩森嚴綵仗飛」之「森」字後注云：「此字關係。」又在律句「萬國風雲護紫微」之「風」字後注云：「關係。」都明言「仄仄平平仄仄平」不可寫成「仄仄仄平仄仄平」。

清乾隆年間，李汝襄作《廣聲調譜》，名「仄平仄仄平」為「孤平式」，並於〈五言律詩〉卷之「孤平式」條云：「孤平為近體之大忌，以其不叶也。但五律近古，與七律不同。故唐詩全帙中，不無一二用者。然必借拗體以配之。此在古人故作放筆，非無心也。若不察而誤用，失之遠矣。」唐代雖未必有「孤平式」之名，唯現存當時省試律詩確無「孤平式」。故王、李所言非無據也。

至於「三平式」，李汝襄《廣聲調譜・五言律詩》之「三仄三平對用式」條云：「三平句則近於古矣。三仄句可以單用，若三平則多與三仄並用。而且通體中，必有一二處拗體以配其氣。如正式之外，各種拗體是也。若一句單用三平，餘七句皆用正式，則不成體矣。」現存唐代省試律詩無三平句。此式在初、盛唐之非應試近體詩中較常見。其後三平句為古體詩所專用，遂成近體詩宜避之式。

明釋真空《篇韻貫珠集》第八節〈類聚雜法歌訣〉云：「一三五不論，二四六分明。」此乃近體詩格律之基本規則。「孤平」與「三平」雖屬三五位置之平仄安排，然乃省試律詩應避之形式。是以吾人編《近體詩選》，亦冀諸作勿犯「孤平」與「三平」，免招非議云爾。

然而，詩作經彙集後，則見孤平句二十餘，三平句二。而借韻詩亦有數首，詩中平字仄讀及仄字平讀則有十餘首。諸編輯於是命余作取捨。余乃取捨如下。

其一，有孤平句者取之。現存唐省試律詩雖無孤平句，然唐人日常攄情酬唱則偶亦用之。如李頎〈野老曝背〉七絕之「百歲老翁不種田」、高適〈淇上送韋司倉往滑臺〉五律之「醉多適不愁」、孟浩然〈遊精思觀回王白雲在後〉五律之「到家日已曛」、李白〈南陽送客〉五律之「寸心貴不忘」，以及杜甫〈翫月呈漢中王〉五律之「夜深露氣清」是矣。其後詩律轉嚴，孤平乃漸不為詩家所用。李汝襄《廣聲調譜》成於乾隆年間，而清高宗御製律詩尤多孤平句，此乃高宗未嘗應科舉試故也。本詩選所收既非應試之作，余復不欲因小故刪去二十餘詩，故終取孤平式。

其二，有三平句者捨之。固然，初、盛唐之近體詩不乏三平句，然而盛唐之後，古體詩刻意用之，三平遂成古體形式。《廣聲調譜・五言古詩》之「平韻五古式」條引李白〈擬古〉，在第二句「愛此荷花鮮」後注云：「三平句最要，乃平韻古詩下句之正調也。」又同書〈七言古詩〉卷之「平韻式」條引杜甫〈秋風詩〉後注云：「三平句最要，為平韻七古下句之正調，與五古同。」韓愈〈謁衡嶽廟遂宿嶽寺題門樓〉平韻七古十七押韻句中有十四句用三平，後世奉為圭臬。因三平句是古句，故捨之。

其三，有借韻句者取之。唐人近體詩偶用旁韻，元稹〈行宮〉五絕「東」、「冬」同用，至為人知。宋胡仔《苕溪漁隱叢話・前集》卷三十一引《緗素雜記》云：「鄭谷與僧齊己、黃損等共定今體詩格云：『凡詩用韻有數格：一曰葫蘆，一曰轆轤，一曰進退。葫蘆韻者先二後四，轆轤韻者雙出雙入，進退韻者一進一退。失此則繆矣。』」明謝榛《四溟詩話》卷一云：「七言絕律起

句借韻，謂之『孤雁出羣』，宋人多有之。寧用仄字，勿借平字，若子美『先帝貴妃俱寂寞』、『諸葛大名垂宇宙』是也。」可見古人為借韻詩之餘，更為之巧立名目。《近體詩選》之借韻詩縱或有無心而為者，然既有先例，不得不取矣。

其四，有變讀平仄者，或取或捨。如變讀字有平仄兩讀，縱意義有別，可解則留之。如「梵」作為佛家語只有去聲一讀，讀平聲則作別解，非復為佛家語。如詩中「梵刹」兩字分置不能改易之平、仄位，則視「梵」為非佛家語而留之。「令」作「使」解須讀平聲，如李頎〈送魏萬之京〉之「空令歲月易蹉跎」是也。如置於仄位，讀作「縣令」之「令」，雖牽強亦留之。「奏疏」之「疏」讀去聲，如杜甫〈秋興〉之「匡衡抗疏功名薄」是也。如置於平位，讀作「疏密」之「疏」，雖牽強亦留之。今普通話「奏疏」之「疏」與「書」同音，即與「疏密」之「疏」俱讀平聲，為詩時固不可法也。他如「先」、「相」、「教」等字俱有平仄兩讀，皆從寬處視之。如變讀平仄之字無平仄兩讀，則捨其詩。

詩人之作芸芸，選其五至十首，未必能盡顯其風格。然眾詩人之選，凡千餘首，或可因之而見近世詩風。此吾人所願也。二零零七年，龍集丁亥，草結嚴霜，何文匯跋於山樓。

原載《香港名家近體詩選》。香港：中文大學出版社，2007。

五 楹聯

五副

引　言

所選楹聯五副，俱見於香港名園。

第一、二副楹聯見於沙田公園，前輩嶺南畫派宗師楊善深先生書。第三副楹聯見於九龍寨城公園，益友書法名家翟仕堯先生書。第四副楹聯見於荔枝角公園，學長書法及國學名家黃兆顯先生書。第五副楹聯亦見於荔枝角公園，余自書之。

所選五聯俱為律聯。律聯格式出於四六文及近體詩。余別有〈對聯格式淺說〉一文，見於明窗出版社二零一零年出版之《廣粵讀》。

沙田公園正門聯　*1987*

一水東流，兩岸都成新市鎮。

眾山環抱，四時猶帶舊風情。

- 城門河乃沙田區內之人工河道，向東北流入沙田海。

與楊善深先生視察場地（1987）

沙田公園南園聯　*1987*

飛泉寒浸日；

垂柳靜生塵。

- 南園本多柳樹。其後相繼凋枯，所餘無幾矣。

九龍寨城公園衙門聯　*2004*

西母不能臣，域外龍兒，幽恨敢隨孤夢去？
離人應已老，村中燕子，多情還覓故城來。

- 西母即西王母。晉傅玄〈正都賦〉：「東父翳青蓋而遐望，西母使三足之靈禽。」西母喻英國維多利亞女皇。清廷自一八四二年割讓香港及九龍予英國後，九龍城砦仍由中國管治。故一九九七年回歸前，城砦在域外，龍兒終不得與巨龍相接，故有夢必孤也。回歸而夢不孤矣。然家國之恨藏於心中，豈敢遽遣之與孤夢同逝？唐杜牧〈丹水〉：「恨身隨夢去，春態逐雲來。」

- 香港政府於興建寨城公園前，悉數遷徙城砦居民，妥為安置。公園在東頭村旁，故有「村中」之語。《易‧說卦傳》：「離也者，明也。萬物皆相見，南方之卦也。」離卦主南方，以「離」對「西」乃借對。

村中燕子多情還覓

何文匯撰

黃仲文書

荔枝角公園正門聯　　*2004*

謝客來乎？有春草新塘，鳴禽翠柳。

楊妃往矣！想薰風古道，飛騎紅塵。

- 梁鍾嶸《詩品》：「謝客為元嘉之雄，顏延年為輔。」又：「初，錢唐杜明師夜夢東南有人來入其館。是夕，即靈運生于會稽。旬日而謝玄亡。其家以子孫難得，送靈運於杜治養之，十五方還都。故名客兒。」劉宋謝靈運〈登池上樓〉：「池塘生春草，園柳變鳴禽。」上聯檃括「園」字。

- 《新唐書・后妃・楊貴妃列傳》：「妃嗜荔支，必欲生致之。乃置騎傳送，走數千里，味未變已至京師。」唐杜牧〈過華清宮絕句三首〉其一：「一騎紅塵妃子笑，無人知是荔枝來。」下聯檃括「荔枝」二字。

荔枝角公園小亭聯　*2004*

幸有小亭能礙日；
豈無高手與爭棋。

• 宋秦觀〈望海潮〉:「西園夜飲鳴笳。有華燈礙月,飛蓋妨花。」

六 演說詞 一篇

引 言

余有非學術性演說詞百餘篇，主要闡釋市政與校政以及勉勵大中小學諸生。篇章雖多，然鮮有警策者。獨二零零八年論道德教育演說詞較可觀，故選入文集。

事緣香港喇沙會定於二零零八年十二月主持第七屆亞太區喇沙教育工作者議會（the 7th Asia Pacific Lasallian Educators' Congress, 簡稱 APLEC 7），主題是‘Lasallian Values in Education: Challenges to Youth in Asia Pacific Today’。修會轄下之學校以聖若瑟書院及喇沙書院之歷史最悠久，舊生人材輩出。聲譽所關，主辦國際會議自不可稍有差池。

為此，修會主事者 Brother Thomas Lavin 與 Brother Patrick Tierney 以及研討會籌委譚健國先生在二零零八年三月某日黃昏俟余於喇沙書院，垂詢愚見。其後乃邀余於大會首日作專題演講。

余以為時人特重人權與私利，故道德意識絕非因耳提面命而能有。為師者當不時以公利與私利之錯綜關係為題，與學生作深入討論，以求共識，學生方能因參與及認同而對道德意識產生「擁有感」。故余撰演說詞闡述之。

（演說詞用英國標點方式標點）

（2008）

Brother Thomas Lavin（left）and Brother Patrick Tierney（right）

（2008）

Brother Thomas Lavin（left）and Brother Patrick Tierney（right）

Moral Education:
Creating Ownership *2008*

Reverend Brothers, learned delegates, distinguished guests, friends:

Introduction

I feel greatly honoured and deeply humbled to stand here before you, a galaxy of educators with high ideals, to share with you experiences in education.

I wish to start by expressing my admiration for you for embracing the Lasallian core values, faith, service and community, which have long united us in the endless course of education. Your faith in God and in the Lasallian mission, your determination to be of service to humanity and your strong community spirit have brought us together today, amidst serious challenges facing us as educators and those we have devoted ourselves to educating. It is therefore very fitting that, this time, we shall identify and take on the challenges facing today's youth, some of whom are destined to become teachers and leaders. Whether they will become good teachers and good leaders will depend not only on how knowledgeable and diplomatic they are, but also on how moral they are.

Main Challenge

Overcoming greed must be one of the main challenges facing our youth, and in fact most of us, today, as it must have been in the past and will most probably be in the days to come. Unbridled greed causes us to act irresponsibly and even illegally, and it threatens to destroy social order, human dignity and human lives, if not the world itself.

There is no doubt that we are in a world fraught with the danger of our own making. The deadly conflicts caused by those greedy for power have continually put lives to an abrupt end and inflicted pain and suffering on the living. The global environmental crises for which almost all of us are responsible are threatening our own survival. Food and drink adulterated with harmful chemicals for the sake of bigger profits have over the years caused many sicknesses and deaths. And the recent financial turmoil which has swept across the globe like the fiercest of tidal waves shows only too clearly how gluttonous many corporate executives are in going to great lengths to inflate their personal wealth at the expense of others. Indeed, greed and avarice are reigning over us. To a lot of us, material gains are everything. Selfishness, though publicly deplored, is privately acknowledged as the key to more material gains; and selflessness is privately ridiculed. It seems that the efforts we have put into moral education have not produced the desired results.   ·

The most effective stopgap measure to combat excessive greed is instilling fear through punishments, which aim at preventing crime and reforming human character. But as educators, you will no doubt agree that a longer-term and perhaps more effective measure to combat excessive greed is still education, which aims at preventing crime and transforming human character.

Chinese Philosophy

A good religious education always works. It works better for the faithful, but less well for those whose interest cannot extend beyond worldly matters. In my school days at St. Joseph's College, we took ethics lessons during which moral principles without religious undertones were examined through discussions for application to our everyday behaviour. Most of us, especially the less religious, found those lessons rather interesting because they gave us a rare opportunity to express our opinions without being punished for talking too much. That process created a sense of participation in class and did set many of us thinking. In order to think more, and more deeply, I later chose Chinese philosophy as my minor at the University of Hong Kong.

In the mid-1970s, I taught Chinese philosophy at the University of Wisconsin. In my lectures I naturally placed great emphasis on the two most influential schools of thought: Confucianism and Daoism. My American students found Confucian and Daoist values to be very useful in guiding their social behaviour, the conduct of which forms an integral part of moral education. Furthermore, they found that those values, despite their Chinese origin and agnostic nature, were in fact very similar at the social level to Christian values, which they were so familiar with.

And I concurred. This concurrence of mine was expressed at the time of the Chinese Cultural Revolution, during which Confucius was branded as the greatest reactionary scoundrel ever lived, and Laozi, the alleged author of the Daoist classic, the *Daodejing*, was condemned for deceiving the common people with his advocacy of a return to a state of total ignorance for everybody.

Like all other Chinese scholars possessing a sound mind, I held a different view. As I was in the United States of America then, I did not have to fear for my safety for holding that view. Now that Laozi has had his reputation restored and Confucius is again greatly revered on the Mainland, with the latter's prominence testified to by the mushrooming of overseas centres of the Confucius Institute as the Chinese version of the British Council, the Alliance Française, the Goethe-Institut and the like, my urge to exalt, on Chinese turf, the

Confucian and Daoist values that have shaped the Chinese nation and its culture is greater and safer than ever. I believe they, as the major component parts of Chinese philosophy, can complement religious education and bring about very practical results. I therefore commend them to you. But first, allow me to offer a short description of these traditional Chinese values.

Traditional Chinese Values

With the possible exception of the decade-long Cultural Revolution, during which the slogan 'Destroy the old in order to establish the new' prevailed, the Chinese people have all along allowed themselves to be influenced by traditional Chinese values. At least they pay lip service to them. These values can be very good ingredients of moral education if wisely used.

We have inherited these values largely from the teachings of Confucius, born in the middle of the 6th century B.C., as recorded in the *Analects*, and to a lesser extent from the teachings of Laozi, allegedly a contemporary of Confucius', as expounded in the *Daodejing*, which roughly translates as 'the classic on the way and the virtues'.

Benevolence, *ren*, is the core of core virtues in Confucian teachings. A benevolent man not only loves his neighbour as himself, but also has compassion for the sufferings of others. As benevolence as a virtue is highly capable of being exploited, it must be regulated by wisdom, *zhi*, which is acquired mainly through learning, the importance of which is pointed out by Confucius in these words: 'Foolishness is the flaw in loving benevolence without loving learning.' (*Analects* XVII. 8) When asked by a disciple about benevolence and wisdom, Confucius said about the former, 'Love your fellow men,' and about the latter, 'Know your fellow men.' (*Analects* XII. 22)

When translated into action, benevolence manifests itself in two related virtues: *zhong*, which means being loyal to others; and *shu*, which means being considerate, tolerant and forgiving. Zeng Can, a disciple of Confucius', once said, 'The way of the Master consists only in *zhong* and *shu*.' (*Analects* IV. 15) For the purpose of this talk, *shu* has been translated as 'sensitivity', for want of a better word.

On one occasion, when asked by a disciple about benevolence, Confucius made the essential point in the following words: 'Do not impose on others what you yourself do not desire [D.C. Lau's translation in *The Analects*].' (*Analects* XII. 2) These words were repeated when another disciple asked whether there was a single word that could be used as a guide to conduct throughout one's life. In reply the master said, 'It is perhaps the word "sensitivity". Do not impose on others what you yourself do not desire.' (*Analects* XV. 24) Here Confucius is describing the passive aspect of sensitivity. This happens to be complementary to the active aspect of sensitivity described by Jesus some five hundred years later, 'And as ye would that men should do to you, do ye also to them likewise.' (Luke 6:31) Benevolence and sensitivity in their active form must be to help others, as is explained by Confucius in the following words: 'Benevolence is placing others in a position one wants to place oneself in, and helping others to reach the place one wants to reach.' (*Analects* VI. 30) This is the highest ideal in education.

While Confucius' doctrine consists in reaching out to people in the spirit of education, Laozi's *Daodejing*, written against the backdrop of human sufferings in the Warring States period, advocates social withdrawal and a return to complete ignorance. According to the *Daodejing*, only by returning to complete ignorance and inaction could human beings have total peace. But we know that since our intellectual ability is so developed, we cannot return naturally to complete ignorance. Therefore, stopping at the state of complete ignorance in Daoism is as impossible as stopping at the state of absolute goodness in Confucianism. But non-contention and timely retirement as Daoist virtues are worthy of being placed on the syllabus of moral education. The *Daodejing* says, 'Only if a person contends with no one can no one in the world contend with him.' (*Daodejing* 22) It also says, 'To enter retirement after making a success of one's career and establishing one's reputation is in keeping with Heaven's way.' (*Daodejing* 9) The latter is also in line with the Confucian notion of taking up public office solely for the sake of benefiting the common people. Thus, in figurative terms, Confucianism and Daoism, which show such contrasting attitudes towards life, may just be the obverse and reverse of a coin called 'traditional Chinese values'.

Approach in Moral Education

Many young people in the affluent world are so aware of their rights that they resent taking instructions from adults on moral issues. They tend to think they are capable of making decisions and, because they too enjoy freedom of choice, do not like older people, who are by extension outdated, to tell them what to do.

In a way, it is true that they are capable of making decisions. Unlike little children, youth can reason. But unlike older people, youth still lack the experience in life to make reference to when making decisions. However, the fact remains that many of them do not want to be fettered by the values espoused by adults, even if their powers of reasoning affirm the value of those values. They prefer supporting their chosen set of values, which may not be vastly different from the set of values chosen by their parents and teachers. The real difference is in the feeling of who owns what. Simply put, our youth want to be committed to the values they feel they own. But understanding the values they feel they own is a different matter. That is where moral education comes in.

For youth who take seriously freedom of choice, which may well embody freedom of speech, thought and worship, indoctrination alone does not always produce satisfactory results. Youth need respect to bolster their self-confidence, and they tend to be suspicious of their parents and teachers when it comes to values, on which they yield to peer influence and pressure. Therefore, moral education of today must have the following two features: what is taught is practicable in a materialistic society; and what is taught is, so to speak, also owned by those being taught.

Confucianism teaches selflessness, so does Christianity. In materialistic and liberal societies like ours, only true believers will believe in and practise it. To all others, profit is the appealing thing. And profit has always been appealing. Confucius once said, 'The gentleman understands what is righteous; the small man understands what is profitable.' (*Analects* IV. 16) When Mencius, who was about 170 years younger than Confucius and considered a sage second only to Confucius, visited the war-torn state of Liang, the king of Liang greeted him by asking if the sage had come to bring profit to his state. And the king was immediately lectured on the importance of benevolence and righteousness. But the sage's message was clear. It was beneficial to be benevolent and righteous. Because if all the king's men had only profit in mind like the king, they would even go so far as to take the king's life and state in order to reap the biggest possible profit. So, by deduction, if we are benevolent and righteous, and are able to, holding the moral high ground, guide our peers and subordinates to benevolence and righteousness, we may actually benefit from our circle of friends and our workforce. Therefore, 'It will do you good to do good' is definitely more appealing to our youth than just 'do good'.

In 1983, exactly a quarter of a century ago, I had the opportunity of being the scriptwriter and presenter of a 39-part television programme on Chinese maxims. The programme captured a large audience, primarily because it was aired on the then very popular TVB. In the same year, I turned the scripts into a book, copies of which may still be on the shelves of many libraries and homes in Hong Kong. As the book is written in Chinese, I am afraid it is all Greek to most of us. In 1984, the sponsor of the programme and the Hong Kong Government's Department of Education jointly commissioned TVB to record the programme on video cassettes, which, together with copies of my book on Chinese maxims, were distributed by the Department of Education to all our local schools for educational use.

Like the programme bearing the same name, my book on Chinese maxims begins with filial piety and ends with timely retirement. In it I attempt to hammer home my message that it will do you good to do good, with the following reasons: 'Those you have benefited may benefit you in return; even if they do not, the satisfaction derived from benefiting others is already a great benefit.' And in the preface of my book I have this to say:

> We often obey rules and regulations for our own benefit. However, if every one of us obeys rules and regulations for his own benefit and in so doing benefits others, nations can still be peaceful and prosperous, and people can still exist together in harmony. When benefiting others becomes a habit, what we do should not be far from the true way.

Today, I still hold the view that to do good for selfish reasons is a good thing.

Moral education is of course not confined to ethics lessons. Many other subjects are capable of serving the purpose of moral education. For example, a geography class can discuss the devastating effects of illegal logging on the land, overfishing on the sea, and global warming on our entire planet, all of which are a result of human greed and irresponsibility. Students in a chemistry class can learn more about the recent scandals in which deliberately contaminated foodstuffs passing for higher-value products have claimed several lives and destroyed the health of tens of thousands of people in China. Amidst these tragic happenings, however, it is cold comfort to know that many of the greedy criminals concerned have been brought swiftly to justice.

History lessons can show us how greed bred corruption and caused deadly conflicts in which even the lives of the greedy were not spared. And, to be realistic, students should know that while a small amount of greed can be looked upon as part of one's ambition and can spur one to do better, excessive greed can be lethal and suicidal.

As regards the preferred mode of instruction in moral education, one should expect the days of indoctrination to be long gone. As freedom of expression applies also to young people, educationalists have advocated that students' voices be heard in class. At the very least, this is a very good way of preventing students from falling asleep and teachers from delivering boring or ill-prepared lectures. And it does help students remember what they learn through participation.

Over the years, the pedagogic landscape has changed quietly from the one-way indoctrination mode to a two-way teaching-and-learning mode. At universities, teachers are working hard to perfect their skills as moderators in problem-based learning, and students are being asked to participate actively in the problem-solving process. As moral education often deals with situations in which concessions, self-sacrifices and life-or-death decisions have to be made, students must be made aware of the complexities of those situations. Nothing short of active participation in discussions would lead to such an awareness.

Push participation a little further, and ownership is created.

Technically, ownership of a company means owning a financial stake in its business. Nowadays, ownership refers also to a culture within a corporation or an institute where important ideas and policies are shared, discussed, understood and generally agreed on by employees of all ranks, so that they feel they are an integral part of those ideas and policies. Modern-day management reviews always look for the ownership culture within corporations. Even quality assurance audits conducted on universities aim to ensure that the management and the managed, and teachers and students have a sense of ownership. With ownership comes commitment. And moral education would fail without the students' ownership of and commitment to it.

A sense of ownership in class can be described as a sense of proprietorship the classmates have about the class. But before they have that sense, they must have a sense of engagement with the subjects they learn. This can happen if they are encouraged to ask more questions, join in more discussions, express their views freely and make judgements and reach consensus on the issues discussed. This is especially true in ethics lessons, the contents of which are instrumental in shaping characters and outlooks that may spur actions to make the world a better place.

While teachers are expected to work hard for the creation of ownership in class in the context of moral education, school principals likewise have to work hard for the creation of ownership among teachers, so that all teachers are good teachers of moral education. And, although we agree that in general teachers are moral people and good role models to their students, it is how skilful they are in creating ownership in moral education that determines how successful they are in making their students level-headed, kind-hearted, peace-loving and law-abiding citizens of the world.

Conclusion

Lastly, here is the grim reality. Loving moral education and embracing core values are no proof against any future deterioration of our character, because we are all victims of the situations we are in. Sometimes situations do require us to say and do things that are detrimental to the interests of others. But I still believe that a moral person, guided by his conscience, succumbs to those situations much less frequently and, if he does, hurts others much less seriously. On that less grim note, I thank you for your indulgence.

七 | 歌詞 十五篇

引 言

用之則行，舍之則藏

看詩文的題目和內容，一般都會知道寫作背景；看歌名和歌詞卻未必。所以這十五篇歌詞的寫作背景有必要在引言中敍述一下。

一九七七年，呂奇導演準備赴北美洲拍一部文藝電影，囑我作主題曲。於是我寫了粵語歌曲〈天涯知己〉。後因北美洲之行取消，呂奇導演便把歌曲交還給我。二零零二年，勤＋緣媒體服務有限公司行政總裁梁鳳儀博士告訴我，她在國內播映的電視劇《豪門驚夢》要一首片頭歌曲，並認為〈天涯知己〉的旋律相當合適；希望我按此旋律填上國語歌詞，並且親自演繹，製成示範光盤。為此，我寫了〈教我怎忘記〉呈交。鳳儀看後，認為歌詞雖好，卻未必能配合劇情；囑我還是以〈天涯知己〉為題，再填上國語歌詞。就這樣，三首同旋律的歌曲都作好和唱錄了。二零零三年，國語歌曲〈天涯知己〉在國內播放。後來，粵語〈天涯知己〉也在香港的廣播電台播過。

當時的工作程序是：先由我作曲和作詞，然後由倫永亮先生編曲；歌曲由我親自演繹，並由倫永亮監製；最後，把錄有歌唱版和伴唱版的光盤交給國內有關單位物色歌手演唱。其後的歌曲都按這個流程而製作。

粵語〈憶舊遊〉的歌曲和歌詞都作於一九七九年,是鳳儀和我合編的粵語舞台劇《新楊乃武與小白菜》的主題歌曲。二零零二年,我為勤+緣換上國語歌詞,成為電視劇《花魁劫》的歌曲。

一九八零年,有一位朋友按譜填了幾篇粵語歌詞讓我修改,又請我示範填歌詞的技巧。於是,我拿了國語〈綠島小夜曲〉填上粵語歌詞,取名〈有所思〉。一九九四年,我為香港電台編演電視劇《羣星匯正音》,以〈有所思〉作為插曲。並於二零零三年親自唱錄。

一九八零年,我還寫了〈秋望〉歌詞。〈秋望〉原樂曲叫〈壯士行〉,作者是國樂名宿鄭詠常先生。一九七七年,我把它用作舞台劇《王子復仇記》的主題樂曲。《王子復仇記》是我改編莎士比亞原作、並以五代十國的南漢為背景的中國宮闈劇。一九八零年在加拿大溫哥華演過後,我便為〈壯士行〉填上粵語歌詞,名為〈秋望〉。二零零三年唱錄後,曾在電台播過好幾次。

二零零二年,我除了一口氣寫了〈教我怎忘記〉、國語〈天涯知己〉和國語〈憶舊遊〉歌詞之外,還寫了一篇名為〈替大地換新裝〉的歌詞。這是勤+緣的特約歌曲,想趁新春在祖國大陸播放,用以勉勵國人重視個人和環境衛生。先由倫永亮作曲,然後由我按譜填詞。

因為梁鳳儀、倫永亮和我三方在二零零二年合作順利,所以在二零零三年我又受託作了三首歌曲,填了四篇國語歌詞。〈好

春光〉是電視劇《第二春》的主題歌曲；〈織夢〉是電視劇《大酒店》的主題歌曲；〈帝女花〉是電視劇《帝女花》的主題歌曲。其後，鳳儀說《帝女花》劇情有所改動，並且更名《天下》，請我按〈帝女花〉旋律填上〈天下〉歌詞。接着就是編曲、演繹，並製成示範光盤。

二零零四年，勤＋緣主導了《天涯知己》歌曲光盤的出版事宜。光盤一共收錄十一首我唱的歌曲——〈天涯知己〉、〈天下〉、〈織夢〉、〈好春光〉、〈替大地換新裝〉、〈教我怎忘記〉、〈有所思〉(粵語)、〈憶舊遊〉、〈秋望〉(粵語)、〈帝女花〉、〈天涯知己〉(粵語)，用以標誌梁鳳儀小說進入祖國大陸十一年。光盤出版後，我立刻寄了一張到臺北給呂奇導演存念。

二零零三年過後，我本以為朱弦已絕，不再做音樂人了。不意二零零七年某天，鳳儀打電話來，要我盡快替她的新電視劇《女人本色》作一首主題曲。我一如既往，先作曲，後填詞，取名〈美好未來〉。但因為時間緊迫，所以只呈交歌譜和歌詞，並沒有像以前那樣在錄音室親自演繹和製作示範光盤。於是問題來了。因為有關的歌曲監製和歌手都看不懂「过」的繁體「過」字，「經過風霜」便唱成「經遇風霜」。歌手又把「美麗明天」唱成「美好明天」。既和句末「美麗太陽」失去呼應，又使下段結句「美好未來」的「美好」變成重複。還有，可能因為歌手的音域比較窄，唱不了歌曲結尾 $[\dot{1}\dot{3}]$ 兩個音，於是唱成 $[7\dot{1}]$，和 $[\dot{1}\dot{3}]$ 之前的 $[7\dot{1}]$ 重複。本來是很有力的結尾，因而變成累贅無力。我看電視劇才聽到，不禁為之嘆息不已。

同年，香港中文大學中國語言及文學系講座教授張洪年教授，在一個聚會中建議我為中文系作一首系歌，使中文系成為中大第一個有系歌的學系。數月後，我邀請了張教授和中文系系主任陳雄根教授來我家，請他們聽聽〈美好未來〉國語歌曲。我說：「這首歌曲的旋律簡潔有力，容易振奮人心。我在歌譜上本已寫着歌曲節奏是 'march-like'，但現在卻給編成一首攄情歌曲。我們只要變換樂器，又把節奏改為明快一點，這個旋律便適宜作系歌之用。」他們都同意。洪年兄說系歌要用粵語唱，我說沒問題。不過，當時我正在編輯中文大學出版社的《香港名家近體詩選》，無暇創作；要待詩選十二月出版後，才可以為系歌作詞。他們都願意等候。二零零八年，歌詞寫好了，取名〈勇往〉。倫永亮先生委派他的助手林道善先生負責編曲，然後我在錄音室演繹該曲，光盤交中文系。我又用〈勇往〉的伴奏音樂唱錄〈美好未來〉，光盤交勤＋緣存檔。二零零八年秋天，經中文系系務會議通過後，〈勇往〉正式成為系歌，連同伴唱版、歌譜、歌詞和注釋放在中文系網頁之上，讓有緣人點擊收聽。

　　二零零八年五月，四川汶川大地震，傷亡慘重，舉國哀痛。地震過後不久，鳳儀從江西省南昌市打電話來，說由於大地震，有關當局勸諭各電視和播音頻道暫停播放喜劇和歡樂節目。他們已決定把一些較為嚴肅和勵志的舊節目重新包裝推出。其中有一個已播映的電視劇《無情海峽有晴天》，內容講述一對情侶在唐山地震中失散，多年後在臺北地震中重逢。公司打算重播，並且要配以一首新的主題歌曲。鳳儀建議我用二零零四年播放的〈好

春光〉旋律，填上新詞。關於歌詞的內容，鳳儀有非常清楚的指示：兩岸情懷、地震、血濃於水和眾志成城。但我要在三天之內把歌譜和歌詞傳真到廣州，以備錄音之用。因為歌譜是現成的，我只要在適當地方加上滑音，把節奏稍為控慢，唱起來自然比較幽怨。在鳳儀四個要點的規範下，作詞變得非常容易。終於歌詞及時填好，歌曲取名〈晴空〉，連譜帶詞一併傳真到廣州。

這次作詞，我故意違反了一個自己一向堅持的普通話發音原則。我一向不太接受歌手唱國語歌時把「風」、「逢」、「夢」等字的〔-eng〕韻母唱成〔-ong〕韻母（Wade-Giles:〔-ung〕）；更不接受他們把「一」（〔yi〕，既在歌詞之內，故不置調號）字唱成零聲母字。不過，這首歌道出的是一個身在臺灣的人的心聲，於是我把心一橫，拿「逢」字跟「重」、「東」、「濃」、「通」、「空」等字唱〔-ong〕韻母。因為這樣，歌詞裏沒有用來協韻的「風」（〔feng〕）字也不能不唱〔fong〕音了。處理這個問題，祖國大陸的歌手可謂駕輕就熟。只是我一向比較抗拒這種發音。後來到我用林道善編的 MMO 演繹〈晴空〉交勤＋緣存檔時，卻因為平時沒時間練唱，心理準備不足，覺得很不習慣。唱押韻的「逢」字倒沒問題，唱不在韻腳之內的「風」字時就顯得舉棋不定了。

同年，我重唱了國語版〈天涯知己〉。原因是二零零二年唱〈天涯知己〉那天的下午，政府發出了考慮把香港中文大學和香港科技大學合併的消息。中大校長立即召開緊急「內閣會議」，謀求共識。會議開到晚上七時多，行政樓外還有記者守候。我的錄音時間是晚上八時開始。我從後門離開，避過了記者的視線，

在大學附近的快餐店吃了一個漢堡包便趕往山林道的錄音室。第一次錄音便遲到，而且非常疲倦，唱起歌來自然沒精打采。六年後乾脆重唱，聲音的確較為活潑。

到二零零八年十二月初為止，一共唱錄了十四首歌曲。我於是當機立斷，把一九七九年的粵語〈憶舊遊〉也一併唱錄，湊足十五之數，並且把歌詞都放在自選集中。感覺上整齊多了。我再聽一九七九年唱粵語〈憶舊遊〉的錄音帶，才發覺原來我當時唱「愛」字是用「零聲母」、唱成〔⁻ɔi〕(粵語歌曲調值分明，故置調號) 的，非常正確。後來我決心從俗，才把「愛」字讀成和唱成〔⁻ŋɔi〕。

〈有所思〉和粵語〈憶舊遊〉的韻腳都是〔-m〕和〔-n〕韻尾同用的，這是粵語歌曲用韻的通融式。〔-m〕和〔-n〕同用這個現象在南北朝詩賦以及宋詞裏也偶然會見到。但在唐以後的古近體詩裏恐怕是找不到的。

過去幾年能夠在研究和行政工作的餘暇作曲作詞，而且在大陸有不少聽眾，我覺得非常幸運。縱使今後的作曲作詞活動或因見舍而藏，我也會為曾經見用而行感到欣慰。

天涯知己（粵語） *1977*

人情薄似紙，機心算盡逐名利。
千般巧計，爭求權位更相欺。
江湖盡處初遇你，芝蘭麗質無俗氣。
怎忘記，我當時已心醉。

閱人事已多，風花雪月本無意。
關山一隔，夢魂常繫有所思。
我願天涯地角追隨你，天長地久陪伴你。
永不離棄，此生餘願足矣。

良夜美景，春心卻在千萬里。
知己一個，千年難遇最罕稀。
我願兩人遁跡山林裏，詩情樂韻尋樂趣。
秋風寒雨殘葉全是佳句。

良夜美景，春心卻在千萬里。
知己一個，千年難遇最罕稀。
我願兩人遁跡山林裏，詩情樂韻尋樂趣。
秋風寒雨殘葉全是佳句。

同伴壯遊萬里飛翔去，
遠離塵俗，唯日與海鷗同戲水，
陰晴永相對。

天涯知己（粵語）

曲：何文匯

詞：何文匯

人 情薄似紙 機心算盡
人 事已多 風花雪月

逐 名利 千般巧計 爭求權位 更 相欺
本 無意 關山一隔 夢魂常繫 有 所思 我願

江湖盡處 初遇你 芝蘭麗質 無俗氣 怎忘記 我
天涯地角 追隨你 天長地久 陪伴你 永不離棄 此

當時已心醉 （合唱）hum
生餘願足矣

閒

良夜美景 春心卻在 千萬里 知己一個

千年難遇 最罕稀 我願兩人 遁跡 山林裏

詩 情 樂 韻 尋 樂 趣 秋 風 寒 雨 殘 葉 全 是 佳 句

（合唱）hum

句　　同 伴 壯 遊 萬 里 飛 翔 去

遠 離 塵 俗 唯 日 與 海 鷗 同 戲 水 陰 晴 永 相 對

黃學揚製譜

憶舊遊（粵語）　*1979*

夜半鐘聲伴我眠。月滿窗，恍似人面。
人面似玉更與花爭艷，光輝映照艷陽天。

尚記春朝共繡簾。蝶燕飛，花吐紅燄。
堤上柳綠片片鶯聲嫩，江心泛櫂浪微傳。

人萬里，空對月圓。隔千山，登高不見。
舊愛轉眼盡雲煙。

雲滿天，霧滿園。愁滿胸，理還亂。
廊外雨落細細風不斷，吹不散往日情緣。

人萬里，想也徒然。隔千山，一刻多變。
舊愛轉眼盡雲煙。

事似煙，日似年。恨往昔，過難現。
何日有夢再見卿一面？空相對，兩欲無言。
空相對，兩欲無言。

憶舊遊（粵語）

曲：何文匯

詞：何文匯

夜半鐘 聲伴我眠 月滿

窗 恍似人面 人面似玉更與花爭艷光輝

映照艷陽天 尚記春 朝共繡簾 蝶燕

飛 花吐紅燄 堤上柳綠片片鶯聲嫩江心

泛櫂浪微傳 人萬里 空對月圓 隔千

山登高不見 舊愛轉眼盡雲煙 雲滿

天 霧滿園愁滿胸 理還亂 廊外雨落細細

風不斷吹不散往日情緣　　　人萬

里　想也徒然隔千山　一刻多變舊愛轉眼

盡雲煙　　事似煙　日似年　恨往

昔　過難現　何日有夢再見卿一面空相

對兩欲無言　空相對兩欲無言

黃學揚製譜

黃淑儀女士飾演小白菜（1979）

有所思（粵語） *1980*

微風一縷輕輕到小窗，驚破悠悠夢魂。

夜闌獨對一片空天，有盈盈月冷光浸。

千山寂靜，鳥醒呼清音，掀起我別愁恨更深。

一曲寄哀箏，細傾憂與恨，徒惹蠟臺翠燭帶淚痕。

幽香陣陣，清風送蕙蘭入冷襟。

素影託弦上，絲絲印在我心。

我心內暗傷，傷她似影去莫尋。

懇請朗月，照好風到九天，為我今夜一俯瞰。

幽香陣陣，清風送蕙蘭入冷襟。

素影託弦上，絲絲印在我心。

我心內暗傷，傷她似影去莫尋。

懇請朗月，照好風到九天，為我今夜一俯瞰。

• 「素影」謂月影。杜審言〈和康五庭芝望月有懷〉：「霧濯清輝苦，風飄素影寒。」

有所思（粵語）

曲：周藍萍

詞：何文匯

微風一縷輕輕到小窗驚破 悠悠夢魂 夜闌獨對一片空天 有盈盈月冷光浸 千山 寂靜 鳥醒呼清音掀起我別愁恨更深 一曲寄哀箏細傾憂與恨徒惹蠟臺翠燭帶淚痕 幽香 陣陣清風送蕙蘭入冷襟 素影託弦上 絲絲印在我心 我心內暗傷傷她似影去莫尋 懇請朗月照

好 風 到 九 天　　為 我 今 夜 一 俯 瞰

黃學揚製譜

秋望（粵語）　*1980*

萬里長風翻千尺浪，萬里長空秋聲悽愴。
萬頃秋野上，留下我獨凝望。

天宇蒼蒼，我仗劍凝望。胸懷仇恨深似海，恨來淚滿眶。
風掃冷雨千萬丈，伴我窮途上。
登高一片日迷茫，丘墓蔽山岡。
萬世衣冠已盡作黃泉壤，人在世上似一夢，夢醒人何往？
獨留下千般恩怨化萬重浪。

萬里長風翻千尺浪，萬里長空秋聲悽愴。
萬頃秋野上，留下我獨凝望。

名位困此身，躊躇誤國邦，苦海欲渡難破層層浪。
仇恨與憂患，深怕為俗世講，忍將真愛盡拋雲壤。
用情無奈我心萬箭傷，背信棄義決絕兒女想。
令艷魂長斷與夢同逝水一方。

萬里長風翻千尺浪，萬里長空秋聲悽愴。
萬頃秋野上，留下我獨凝望。

漫漫秋夜風吹素霜，皎皎落月寒浸樓臺上。
哪為愛偷生，仇未報長冀望。
夜夜聽鬼聲泣訴令我慚無狀。
負義與不忠不孝罪難償，但求人在醉鄉深怕夢醒添惆悵。
唉！我此生苦痛又有誰見諒？

萬里長風翻千尺浪，萬里長空秋聲悽愴。
萬頃秋野上，長夜人遠遠望。

盧偉兒先生飾演吏部侍郎賀素（1977）

李楓女士飾演李如菲（1977）

黃淑儀女士飾演李如菲（1980）

盧偉兒先生飾演武威將軍李如龍（1980）

秋望（粵語）

曲：鄭詠常

詞：何文匯

前奏

（二部合唱）萬 里　長 風　翻 千 尺 浪

萬 里

萬 頃 秋 野 上

天 宇 蒼 蒼 我

長 空 秋 聲 悽 愴　　留 下 我 獨 凝 望

仗 劍 凝 望　胸 懷 仇 恨 深 似 海　恨 來 淚 滿 眶

風 掃 冷 雨 千 萬 丈　伴 我 窮 途 上　登 高 一 片 日 迷 茫

丘 墓 蔽 山 岡　　萬 世　衣 冠　已 盡 作 黃 泉 壤

人 在 世 上 似 一 夢 夢 醒 人 何　往 獨 留 下 千 般 恩 怨

（二部合唱）萬 里　長 風　翻 千 尺 浪

化 萬 重　　浪

萬 里 長 空 秋 聲 悽 愴

萬頃秋野上

名位困此身 躊躇誤國邦

留下我獨凝望

苦海欲渡難破層層浪 仇恨與憂患深 怕為俗世講

忍將真愛盡拋雲壤 用情無奈我心萬箭傷

背信棄義決絕兒女想 令艷魂長斷與夢同逝

(二部合唱)萬里長風翻千尺浪　　　　萬頃秋野上

水一方

萬里長空秋聲懷愴

留下我獨凝望

漫漫秋夜風吹素霜 皎皎落月

寒浸樓臺上 哪為愛偷生 仇未報長冀望

夜夜聽鬼聲泣訴令我慚無狀 負義與不忠不孝

罪 難 償 但 求 人 在 醉 鄉 深 怕 夢 醒 添 惆 悵 唉

(二部合唱)萬 里 長 風 翻 千 尺 浪

我 此 生 苦 痛 又 有 誰 見 諒

萬 里

萬 頃 秋 野 上

長 空 秋 聲 悽 愴 長 夜 人 遠 遠 望

黃學揚製譜

教我怎忘記 (國語)　*2002*

大地回春，春風吹進心坎裏。
春花開遍，窗前簾外香細細。
春水流處遇見你，嫣然一笑甜如蜜。
深深情意，教我怎忘記。

迎夏送春，鶯歌蝶舞小園裏。
一夜風雨，花老無力落滿地。
香徑徘徊我和你，將晚時光共憐惜。
深深情意，教我怎忘記。

碧雲黃葉，秋色染透千萬里。
西風漸緊，高樓難耐涼天氣。
攜手歧路我和你，欲語還休無限意。
怎會忘記，相愛卻要分離。

碧雲黃葉，秋色染透千萬里。
西風漸緊，高樓難耐涼天氣。
攜手歧路我和你，欲語還休無限意。
怎會忘記，相愛卻要分離。

在這淒冷寂寞冬夜裏，
獨對寒月想念過去，
深深情意，教我怎忘記。

- 辛棄疾〈醜奴兒〉:「而今識盡愁滋味，欲說還休。欲說還休。卻道天涼好個秋。」「愁」是「說」的賓語。此曲改「欲說還休」為「欲語還休」，乃因有關文句中「無限意」並非前四字的賓語。

教我怎忘記（國語）

曲：何文匯
詞：何文匯

大地回春　春風吹進　心　坎裏
迎夏送春　鶯歌蝶舞　小　園裏

春花開遍窗前簾外香細細　春水流處遇見你
一夜風雨花老無力落滿地　香徑徘徊我和你

嫣然一笑甜如蜜深深情意教我怎忘記　hum___
將晚時光共憐惜深深情意教我怎忘記

碧雲黃葉秋色染透千萬里

西風漸緊高樓難耐涼天氣　攜手歧路

我和你欲語還休無限意怎會忘記相愛卻要分

離　　　　hum＿＿＿＿＿＿＿＿＿＿＿＿＿＿＿＿＿＿＿＿＿＿

＿＿＿＿＿＿＿＿＿　　　離　　　　在　這　淒　冷　寂　寞

冬　夜　裏　獨　對　寒　月　想　念　過　去　深　深　情　意　教　我　怎　忘

記

黃學揚製譜

天涯知己 （國語）　*2002*

人愛尋煩惱，心機費盡逐名利。
千方百計，巧取豪奪更相欺。
江湖盡處遇見你，清雅不沾塵俗氣。
相憐惜，你和我是知己。

見人事已多，風花雪月都無意。
一見到你，心神不定夢常繫。
我要天涯地角追隨你，天老地荒陪伴你。
一年四季，日夜不分離。

不怕風雨狂，只因與你在一起。
縱有良辰美景，沒你沒意義。
我要和你遁跡山林裏，粗茶淡飯甜如蜜。
一花一草一木都覺美麗。

不怕風雨狂，只因與你在一起。
縱有良辰美景，沒你沒意義。
我要和你遁跡山林裏，粗茶淡飯甜如蜜。
一花一草一木都覺美麗。

和你壯遊翱翔千萬里，
滄海同舟破浪去，
在白雲下，和鷗鳥共嬉戲。

天涯知己（國語）

曲：何文匯

詞：何文匯

人　愛尋煩惱　心機費盡
人事已多　風花雪月

逐名利　千方百計　巧取豪奪更相欺
都無意　一見到你　心神不定夢常繫我要

江湖盡處遇見你　清雅不沾塵俗氣　相憐惜你
天涯地角追隨你　天老地荒　陪伴你一年四季

和我是知己　（合唱）hum

日夜不分離

見

不怕風雨狂　只因與你在一起

縱有良辰　美景沒你沒意義我要和你遁跡

山林裏 粗茶 淡飯 甜如蜜 一 花 一 草 一 木 都 覺 美

麗　（合唱）hum＿＿＿＿＿＿＿＿＿＿＿

＿＿＿＿＿　不　麗　　和你 壯 遊 翱 翔

千萬里 滄海 同舟 破浪 去在 白雲下 和 鷗 鳥 共 嬉

戲

黃學揚製譜

憶舊遊（國語）　*2002*

夜半孤燈照無眠。月滿窗，恍如人面。
人面如玉更與花爭艷，使我一見夢魂牽。

長記春城共繡簾。蝶戀花，芳園紅遍。
柳岸鶯啼喚起雙雙燕，輕舟過處水漣漣。

人萬里，空託琴弦。隔千山，登高不見。
回首往事盡雲煙。

雲滿天，霧滿園。愁無際，恨無限。
樓外風掃落葉一片片，秋聲夜靜更可憐。

人萬里，空託琴弦。隔千山，登高不見。
回首往事盡雲煙。

事如煙，日如年。愁難去，恨離填。
何日夢裏依稀再相見？絲絲淚，脈脈無言。
絲絲淚，脈脈無言。

憶舊遊（國語）

曲：何文匯

詞：何文匯

夜半孤　燈照無眠　月滿

窗　恍如人面　人面如玉更與花爭艷　使我

一　見夢魂牽　長記春　城共繡簾　蝶戀

花　芳園紅遍　柳岸鶯啼喚起雙雙燕　輕舟

過　處水漣漣　人萬里　空託琴弦　隔千

山　登高不見　回首往事盡雲煙　　雲滿

天　霧滿園愁無際　恨無限　樓外風掃落葉

一片片秋聲夜靜更可憐　人萬

里　空託琴弦隔千山　登高不見　回首往事

盡雲煙　　事如煙　日如年　愁難

去　恨難填　何日夢裏依稀再相見　絲絲

淚　脈脈無言　絲絲淚　脈脈無言

黃學揚製譜

替大地換新裝（國語） *2002*

白雲皎潔掛天上，早晨的空氣多清涼。
雨過天晴朗，春風蕩漾，鳥兒梳洗完了在歌唱。

蝶兒輕拍新翅膀，花兒朵朵都穿上新衣裳。
趁這好春光，人人打掃忙，要替大地換上新裝。

我們一起替大地換新裝，我們一起替空氣換新裝。
環境換新裝，人人精神爽，家家喜洋洋。
我們一起替里巷換新裝，我們一起替樓房換新裝。
可愛小臉龐，潔淨又漂亮，散發着光芒，我的小太陽。

白雲皎潔掛天上，早晨的空氣多清涼。
雨過天晴朗，春風蕩漾，鳥兒梳洗完了在歌唱。

蝶兒輕拍新翅膀，花兒朵朵都穿上新衣裳。
趁這好春光，人人打掃忙，要替大地換上新裝。

我們一起替大地換新裝，我們一起替空氣換新裝。
環境換新裝，人人精神爽，家家喜洋洋。
我們一起替里巷換新裝，我們一起替樓房換新裝。
可愛小臉龐，潔淨又漂亮，散發着光芒，我的小太陽。

來替大地換新裝（八次）

我們一起替大地換新裝，我們一起替空氣換新裝。
環境換新裝，人人精神爽，家家喜洋洋。
我們一起替里巷換新裝，我們一起替樓房換新裝。
可愛小臉龐，潔淨又漂亮，散發着光芒，我的小太陽。

來替大地換新裝（六次）

替大地換新裝（國語）

曲：倫永亮

詞：何文匯

（女）白雲皎潔 掛天上 早晨的空氣多清涼 雨過天晴朗 春風蕩漾 鳥兒梳洗完了在歌唱 （男）蝶兒輕拍 新翅膀 花兒朵朵都穿上新衣裳 趁這好春光 人人打掃忙 要替大地換上新裝 （合）我們一起替大地 換新裝 我們一起替空氣 換新裝 環境換新裝 人人精神爽 家家喜洋洋 我們一起替里巷 換新裝

黃學揚製譜

好春光（國語） *2003*

漫天風雨夜茫茫，前路險又長。
排除萬難上高岡，黎明就在身旁。

抵受着嚴寒不沮喪，逆境中要自強。
來春一片新氣象，再把握好春光。

風領我航，雨伴我唱。
告訴我前面多明朗，前面看到太陽。

春天的太陽氣昂昂，壯志萬里飛翔。
去年手種百花香，要把握好春光。

風領我航，雨伴我唱。
告訴我前面多明朗，前面看到太陽。

春天的太陽氣昂昂，壯志萬里飛翔。
去年手種百花香，要把握好春光。
去年手種百花香，要把握好春光。

好春光（國語）

曲：何文匯

詞：何文匯

漫天風雨夜茫茫　前路險又長

排除萬難上高岡　黎明就在身旁　抵受著嚴寒

不沮喪　逆境中要自強　來春一片新氣象

再把握好春光　風領我航　雨伴我唱

告訴我前面多明朗　前面看到太陽

春天的太陽氣昂昂　壯志萬里飛翔　去年手種

百花香　要把握好春光　風領我

航　　雨　伴我唱　告訴我前面多　明朗

前面看到太　陽　　春天的太陽　氣昂昂

壯志萬里飛翔　去年手種百花香　要把握好春

光　去年手種百花香　要把握好春　光

黃學揚製譜

織夢 (國語)　*2003*

悲歡離合，人生中總要經過。
日出日落，天地間無處可躲。
這世界像大酒店，我們都是過客。
在離開之前，讓我們手挽手苦中作樂。

大酒店裏，琴聲中燭光閃爍。
多情男女，燃點着愛戀之火。
以後，倘若有緣，你會和我共墮愛河。
在這夢一般的世界編織好夢千百個。

來編織金色的夢，愛夢的你，愛夢的我。
願我們這一生，在美夢中度過。

酒綠燈紅，看遊人來去如梭。
如幻如夢，華堂上聲影交錯。
到夜色沈沈，曲終人散，一片寂寞。
在這個空虛的時刻，幸而有你陪着我。

來編織金色的夢，愛夢的你，愛夢的我。
願我們這一生，在美夢中度過。

酒綠燈紅，看遊人來去如梭。
如幻如夢，華堂上聲影交錯。
到夜色沈沈，曲終人散，一片寂寞。
在這個空虛的時刻，幸而有你陪着我。

織夢（國語）

曲：何文匯

詞：何文匯

悲　歡　離　合　人　生　中
大　酒　店　裏　琴　聲　中

總　要　經　過　　　日　出　日　落
燭　光　閃　爍　　　多　情　男　女

天　地　間　無　處　可　躲　　　這　世　界　像　大
燃　點　著　愛　戀　之　火　　　以　後　倘　若　有　緣

酒　店　我　們　都　是　過　客　　　在　離　開　之
你　會　和　我　共　墮　愛　河　　　在　這　夢　一

前　讓　我　們　手　挽　手　苦　中　作　樂　　　　　來
般　的　世　界　編　織　好　夢　千　百　個

編　織　金　色　的　夢　　　愛　夢　的　你　　　愛　夢　的

我　願　我　們　這　一　生　在　美　夢　中　度　過

酒　綠　燈　紅　看遊人　來去如

梭　　如　幻　如　夢　華堂上

聲影交錯　　到　夜色沈　沈　曲終人

散　一　片寂　寞　在　這個空虛的

時　刻幸而有你陪著我　　來

黃學揚製譜

帝女花（國語）　*2003*

明宮一朵帝女花。
任風吹，任雨打，捨生何惜好年華。

君不君，國困民乏。臣不臣，國破城塌。
煤山上，恍然覺悔恨遲，一縷殘息隨落霞。

殉前朝，有並蒂花。再相見，在黃泉下。
來生約，願守在太平時，無災無難到黃髮。

念四方英雄豪俠，為復國，馳騁風沙。
回天無力，不可仍為，深知無國便無家。

亡國痛，使我驚怕。生死情，使我淚下。
日已沈，回頭不如歸去，與你把酒話桑麻。

念四方英雄豪俠，為復國，馳騁風沙。
回天無力，不可仍為，深知無國便無家。何以為家？

亡國痛，使我驚怕。生死情，使我淚下。
日已沈，回頭不如歸去，與你把酒話桑麻。
與你長夜細說帝女花。

帝女花（國語）

曲：何文匯

詞：何文匯

明宮一朵帝女花 任風吹 任雨打

捨生何惜好年華　　　　　　　　君不

君 國困民乏 臣不臣 國破城塌 煤山

上 恍然覺悔恨遲 一縷殘息隨落霞 殉前

朝 有並蒂花 再相見 在黃泉下 來生

約 願守在太平時 無災無難到黃髮

念 四方英雄豪俠為復國 馳騁風沙 回

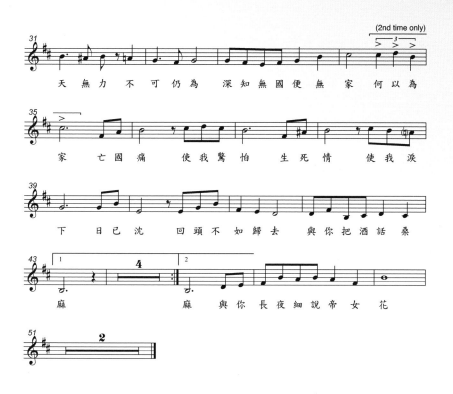

天 無 力 不 可 仍 為　深 知 無 國 便 無 家　何 以 為

家　亡 國 痛　使 我 驚 怕　生 死 情　使 我 淚

下　日 已 沈　回 頭 不 如 歸 去　與 你 把 酒 話 桑

麻　　　麻　與 你 長 夜 細 說 帝 女 花

黃學揚製譜

天下（國語）　*2003*

大江滾滾浪淘沙。
晝復夜，冬復夏，淘去人事已如麻。

看古今，群英爭霸。唯仁者，能王天下。
王者業，誰能守成不變？故事盡在漁樵話。

看天地，雷雨交加。看河山，風雲變化。
普天下，只有真情不變，不怕風掃雷雨打。

情，伴你我走天涯，欣然對萬里塵沙。
不要富貴，不要榮華，不要長於帝王家。

不愛名，名成人乏。不愛權，權重禍大。
愛逍遙，愛與你結伴行，水煙嵐霧看天下。

情，伴你我走天涯，欣然對萬里塵沙。
不要富貴，不要榮華，不要長於帝王家，不要爭霸。

不愛名，名成人乏。不愛權，權重禍大。
愛逍遙，愛與你結伴行，水煙嵐霧看天下。
同看大江滾滾浪淘沙。

天下（國語）

曲：何文匯

詞：何文匯

大江滾滾浪淘沙　晝復夜　冬復夏

淘去人事已如麻　　　　　看古

今　群英爭霸　唯仁者　能王天下　王者

業　誰能守成不變　故事盡在漁樵話　看天

地　雷雨交加　看河山　風雲變化　普天

下　只有真情不變　不怕風掃雷雨打

情　伴你我走天涯欣然對　萬里塵沙　不

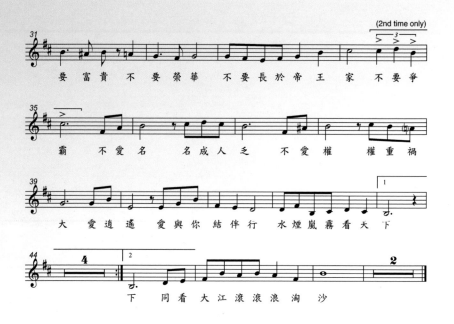

要 富 貴 不 要 榮 華 不 要 長 於 帝 王 家 不 要 爭

霸 不 愛 名 名 成 人 乏 不 愛 權 權 重 禍

大 愛 逍 遙 愛 與 你 結 伴 行 水 煙 嵐 霧 看 大 下

下 同 看 大 江 滾 滾 浪 淘 沙

黃學揚製譜

美好未來（國語）　*2007*

月明被雲妨，海靜起濤狂，天地變化總無常。
時而有雨露，時而有風霜，經過風霜草木更茁壯。

繁華變荒涼，快樂變憂傷，人事變化總無常。
順境要自勉，逆境不沮喪，面對變化我會更堅強。

風蕭蕭，夜茫茫，歧路上絕不徬徨。
有信念，要奔向，美麗明天美麗太陽。

太陽現光芒，百花散芬芳，天地一片新氣象。
要努力自強，把握好時光，美好未來等着我開創。

風蕭蕭，夜茫茫，歧路上絕不徬徨。
有信念，要奔向，美麗明天美麗太陽。

太陽現光芒，百花散芬芳，天地一片新氣象。
要努力自強，把握好時光，美好未來等着我開創。

要努力，要自強，美好未來我開創，開創。

* 蘇軾〈西江月〉：「酒賤常愁客少，月明多被雲妨。」

美好未來（國語）

曲：何文匯

詞：何文匯

月明　被雲妨海靜起濤狂天地
變　荒涼快樂變憂傷人事

變化總無常　　時而有雨露時而有　風霜經過
變化總無常　　順境要自勉逆境不　沮喪面對

風霜草木更茁壯　繁華強　風蕭蕭　夜茫
變化我會更堅

茫　歧路上絕不徬徨　有信念　要奔向　美麗

明天美麗太陽　太陽現光芒百花散芬芳天地

一片新氣象　要努力自強把握好時光美好
一片新氣

未來等著我開創　　　　　　　風蕭　創要努

力　　要自強　　美好未來我開　創　開創

黃學揚製譜

勇往（粵語） *2008*

河從遠天降，淼淼勢奔放，呼起眾物生氣旺。
龍吟聚英傑，物潤見生長，華夏志業古今皆偉壯。

仁和知相養，無和有相仿，深體太極生卦象。
緣情欲綺麗，狀物貴清朗，五色相宣八音皆美暢。

抱五典，踵偃商，道路遠我不回望。
也好今，又自創，國故趨新更有輝光。

承傳有方向，黽勉志高亢，推廣國學不退讓。
情懷繫中外，願力起香港，揚厲美善此身當勇往。

抱五典，踵偃商，道路遠我不回望。
也好今，又自創，國故趨新更有輝光。

承傳有方向，黽勉志高亢，推廣國學不退讓。
情懷繫中外，願力起香港，揚厲美善此身當勇往。

文明道，道自廣，廣比中天麗日照四方。

注 釋

第 1 段：《易‧繫辭上傳》：「河出圖，洛出書，聖人則之。」《易‧乾文言》：「首
出庶物，萬國咸寧。」孔穎達〈正義〉：「言聖人為君，在眾物之上。」
「庶」、「眾」皆陰去聲，然「眾」字較淺易，故取之。杜光庭〈虯髯客
傳〉：「虎嘯風生，龍吟雲萃，固非偶然也。」《易‧萃》：「彖曰：萃，
聚也。」「萃」、「聚」皆陽去聲，然「聚」字較淺易，故取之。《易‧
繫辭上傳》：「是故聖人以通天下之志，以定天下之業。」

第 2 段：《易‧繫辭上傳》：「仁者見之謂之仁，知者見之謂之知。」《論語‧里
仁》：「仁者安仁，知者利仁。」《論語‧顏淵》：「樊遲問仁，子曰：『愛
人。』問知，子曰：『知人。』」《易‧頤》：「彖曰：頤貞吉，養正則吉
也。」《老子》：「有無相生，難易相成。」《易‧繫辭上傳》：「是故易
有太極，是生兩儀；兩儀生四象，四象生八卦。」孔穎達〈正義〉：「太
極，謂天地未分之前，元氣混而為一，即是太初、太一也。故老子云
道生一，即此太極是也。」儒、道學說皆出《易》理。曹丕《典論‧
論文》：「蓋奏議宜雅，書論宜理，銘誄尚實，詩賦欲麗。」陸機〈文
賦〉：「詩緣情而綺靡，賦體物而瀏亮。」李善〈注〉：「綺靡，精妙之
言；瀏亮，清明之稱也。」沈約《宋書‧謝靈運傳論》：「夫五色相宣，
八音協暢，由乎玄黃律呂，各適其宜。」應劭《風俗通義‧聲音》：「暢
者，言其道之美暢。」

第 3 段：言偃字子游，卜商字子夏。《論語‧陽貨》：「子曰：『二三子，偃之言
是也。』」《論語‧先進》：「子曰：『師也過，商也不及。』」又：「子
曰：『……文學子游子夏。』」

第 4 段：承傳，受而傳之也。現代漢語作「傳承」。

第 7 段：柳宗元〈答韋中立論師道書〉：「及長，乃知文者以明道。」

勇往（粵語）

曲：何文匯

詞：何文匯

河從 遠天降淼淼 勢奔放呼起
知相 養無和有相 仿深體

眾物 生氣旺 龍吟聚英傑 物潤見 生長 華夏
太極 生卦象 緣情欲綺麗 狀物貴 清朗 五色

志業 古今皆偉壯 仁和暢 抱五典 踵偃
相宣 八音皆美

商 道路遠我不回望 也好今 又自創 國故

趨新更有輝光 承傳有方向罷勉志高亢推廣

國學不退讓 情懷繫中外願力起 香港揚屬
國學不退

美善此身當勇往 抱五 往文明

道　道自廣　廣比中天麗日照　四　方

黃學揚製譜

晴空（國語）　*2008*

別後青山一重重，人事各西東。
連枝情意血般濃，風雨中一心通。

西山一夜醒臥龍，長嘯驚破蒼穹。
石裂山摧地震動，何處再認雲蹤？

山成刀弓，地成丘塚。
眾志成堅城護哀鴻，悲心裏見英雄。

風雨悲心兩處同，萬里一聲珍重。
他年雨過再相逢，共賞一片晴空。

山成刀弓，地成丘塚。
眾志成堅城護哀鴻，悲心裏見英雄。

風雨悲心兩處同，萬里一聲珍重。
他年雨過再相逢，共賞一片晴空。
他年雨過再相逢，共賞一片晴空。

晴空（國語）

曲：何文匯

詞：何文匯

別後青山一重重　人事各西東
西山一夜醒臥龍　長嘯驚破蒼穹

連枝情意血般濃　風雨中一心通
石裂山摧地震動

何處再認雲蹤　山成刀弓　地成丘塚

眾志成堅城　護哀鴻　悲心裏見英雄

風雨悲心兩處同　萬里一聲珍重　他年雨過

再相逢　共賞一片晴空

山成刀弓　地成丘塚　眾志成堅城

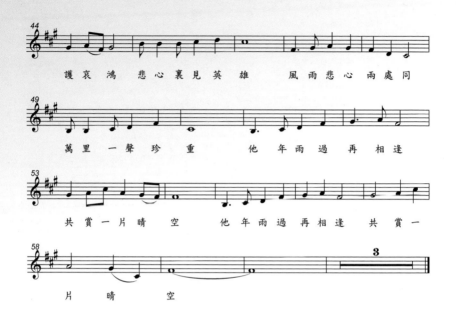

護哀鴻 悲心裏見英雄 風雨悲心兩處同

萬里 一聲珍重 他年雨過再相逢

共賞一片晴空 他年雨過再相逢 共賞一

片晴空

黃學揚製譜